叛逆する精神

評伝 藤森成吉

中田幸子

国書刊行会

はじめに

大正十三年四月十三日、三十二歳の作家藤森成吉は、所属していた「フェビアン協会」の例会のあと、突然日常生活から姿を消した。石鹼工場にはじまる労働体験を実行して世間を驚かせたのである。『朝日新聞』のスクープ記事でこれを知った友人らはイプセンやダンテの作品を引き合いに出して彼の行動を批判した。

私は、ブランドも神曲も思ひうかべてゐなかつた。その代りに、ジヤツク、ロンドンの「野生の呼び声《コール・オブ・ゼワイルド》」を考へてゐた。その特色ある小説の主人公は、犬から狼になつた。私は所謂インテリゲンチヤからプロレタリアにならうと思つた。（略）

とにかく、自ら所謂労働階級のなかへ入つて行くことは、私に取つては多年一貫の心願だつた。二十代の初めから実に十何年来の。

労働問題社会問題のなかへ頭を突つ込んで行けば行くほど、その念願は熾烈になつた。少しは、私といへどもその実相について知らなくはなかつた。が、何と云つても、そこには一の鉄壁があつた。自らその経験を持たないことは、自分の最大の弱みで、又いつも顧みて顔の赧《ママ》くなることを痛感しなくてはゐられなかつた——。(「狼へ! 一(わが労働)」『改造』大正一四・九)

堺利彦訳「野生の呼声」は大正六年『中外』に連載され、単行本としては大正八年、多分日本ではじめてこの原作を読んだ有島武郎のあとがきを得て、足助素一開業の叢文閣から出版された。当時のわが国の読者らは自分自身の感性や抱えている問題にあわせて主人公の犬バックの行動にさまざまなメッセージを読み取った。人と動物との心の交流に胸を熱くし、それでも解放や自由にあこがれる犬の気持ちに共感し、ときには好戦的な適者生存の生き方に高揚した気分を味わった。本国アメリカでも「階級制度下の社会秩序に組み込まれていたバックがその境遇を脱して」とか「脆弱な資本主義文明にたいする叛逆」など社会主義的呼びかけと評価するむきはあった。しかしバックに後押しされて「インテリゲンチヤからプロレタリアに」なることを企てたという藤森は多分一例ではないか。

戦後間もなく発表の藤森の作品「呼び声」のはしがきに「おうい!」と呼びかけられた人間の心理が語られている。

呼び声というものは不安なものである。それは不思議に人間をじっとさせておかない。「おうい!」と、どこかで呼ばれれば、「おうい!」と答えたくなる。答えないうちは不安で、答

えてからもこころが波立っている。（「家出」『解放』昭和二一・三）

これは藤森が八十歳のとき『呼び声』として出版された（藤森の片鱗を思わせる主人公の）立志伝的な物語で、題名はもちろんロンドン作品を想起させる。大正十三年の藤森はたしかに「おうい！」と呼びかけられたのであろう。

冒頭の引用で藤森自身言うように、この時点での彼は「所謂インテリゲンチヤ（傍点筆者）」で、正確には「インテリがみずからをインテリゲンツィアにまで昂める」[1]ということを考えていた段階にあった、と言える。同時代の麻生久が定義する「知識階級（intelligentsia）」とは「文字ある階級、知識を以て生活の資料とする階級」、あるいは「所謂中間階級」であるが、ひとつの階級としては鵺《ぬえ》的なこの階級全体を指して知識階級とするのではない。麻生は、「或ひは夫れが資本家階級の中からであれ、貴族階級の中からであれ、地主階級の中からであれ、兎にも角にも智識ある者が其自己の属する階級から脱して、社会運動の中に、階級闘争の陣列の中に身を投じた個人」が「インテリゲンチア」である、と言う。「真理を求むる心」と「人道を求むる心」が彼らを駆り立て、不合理な社会制度を呪わせ、反逆の運動に身を投じ去らせるのである。無産民衆がその経済的社会的事情に原因して行動するのにたいして、彼らの所有する知識そのものが彼らを導くのである[2]。

大正中期、「知識階級」についての発言は、説明、意見、主張など多数見られる。たとえば大正十二年『中央公論』（夏季増刊号）は「知識階級と無産階級の相互抱合論」という特集で十人の識者の意見を並べ、この問題にたいする世間の関心に応えようとした。執筆者のひとり安部磯雄は、知識階級と労働階級は「車の両輪の如きものであつて、二つの階級は互いに相支持することが必要」で、両者は「飽くまで対等であつて、相互扶助で一つの目的に向つて進まなければならない」と言い、もしわが国で普通選挙が実施されることになれば両階級の提携はますます必要になる、と説く。有島武郎は「所謂ブルジョア的プロレタリアート」と言われる人々が「今後社会生活の上にどういふ働きを為すであらうか」と考える。つまり自分も有産階級のひとりとなるべく努力するか、あるいは自分の実生活の実感から出発して無産階級に投じともに生活の改善に着手するかであるが、問題は、知識階級は無産階級の生活更新運動にたいして「今後どれだけの貢献を為し得るか」ということである。そして「自分の自覚によつて起された運動なら、それが必ず無産階級の利益になると想像するのは由々しき僭越である」という彼の持論を聞くことになる。

一年後の同誌（大正一三・七）では特集「ブルジョアの不安とプロレタリアの悲惨」について何人かが書いているが、そのなかのひとり菊池寛は「我々知識階級」の立場で、「ブルジョアの不安と云つたところで、不安を感じてゐるものは、知識階級に近い事理を解したブルジョアで……」と書き始める。

結局ブルジョアの中で、不安を感じてゐる者は、社会主義の理論が解り、資本主義の崩壊をおぼろげながら信じてゐる人々で、ブルジョアの中では、ブルジョア的罪の少ない連中である。
（「却て住み甲斐ある時勢」）

また、本間久雄は、ブルジョア階級の恐怖と絶望を語り、「プロレタリヤ階級との妥協によつて、その階級的不安を擁護しようといふ弥縫的方策」を指摘する（「覚え書き」）。本間はさらに「知識階級の岐路」（『早稲田文学』大正一四・一）の一文で、「知識階級は、正に、プロレタリヤの思想感情に浸潤して、自らプロレタリヤ運動の一戦士たることによつて有用の階級たるべき」ことを述べている。ウイリアム・モリスが「仕事をしてゐるやうな顔をしてはゐるが、その実何も生産しない階級」と「中産知識階級」を批難していることを引き、自らも「知識階級が有用な仕事をすること、すなわち真の意味のプロレタリア精神に目覚めること」を説いた。

世間は藤森の行動に驚いたとしても、この時代の多くの人々の意識の中に、あるいは意識下に、このような問題についての漠然とした危機感、不安感は確かにあった。

かつて筆者はアメリカの小説家ジャック・ロンドン（とアプトン・シンクレア）がどのように日本人読者を動揺させたかを調べようとしていた。「野生の呼声」が藤森の労働生活体験の引き金であったという発見に、「ロンドンはここまで日本人の思想や行動に影響を与えた」「その日本人がまた知名人で彼の言動が人々の注目するところであったのだから、この一例の意味は大きい(3)」と舞い上がり、いつかこの作家のあとさきを調べてみたいと思った。安全な生活を捨てて、危険なしかし納得できる世界へ飛び込んだ叛逆の犬に共感した一読者の人生のあゆみに興味を持ったのである。

実際藤森は人生の早い時期には「叛逆」ということばで自他の心中や言動を説明することがよくあった。叛逆の原因は彼の外にあることが多かったが、これらに反応するものがまぎれもなく彼の心の中にあり、「やりどころのない心の中の不満足」が原動力となって彼を駆り立てた。「圧へられつつ、然かもどうしてもそれに屈しない人間の心」があり、「生き生きとした人間の心の存在する限り、それは必ず永久に新しい障碍を見出しそこに不断の新しい自由を求めてゆく」と彼自身説明している（「芸術を生む心」『文章世界』大正九・六）。

さまざまな障碍やそれによって起こる不満足を解消するために、藤森は書いた。その作業は生涯にわたり、小説、戯曲、評論、ルポルタージュ、随筆、詩歌、その他の分野で多くの仕事をした。さらにはペンを擱いて現実の社会や世界の動きの中に飛び込み、いくつもの組織の一員として時には纏め役として利他的な活動に労を惜しまなかった。叛逆の対象は時代や環境とともに変わりもしたが、封建主義、帝国主義、資本主義などに由来する諸々の状況は終生戦わなければならない相手であった。

本書の題名は一応筆者の基本的な「藤森観」を掲げたつもりである。本文中で触れる佐藤春夫の「叛逆しなければ存在できない」などの発言からしても、「叛逆する」とは「（しっかり）生きる」ということと考えてのことである。島木健作が（文学の）「反逆性」について語り、いったいなにに反逆するのか書いているところを見ると、次のようなくだりがある。

夫れは精神の世界に於いても行動の世界に於いても一切の「卑俗なるもの」にたいしてだらう。この「卑俗なるもの」はあらゆる千差万別の姿をもつてあらゆる世界にあらはれる。公然と又こつそりと。（「文学の反逆性」『新潮』昭和一一・三）

こういう捕え方を借りれば、藤森のみならず、文学者のみならず、一般にわれわれにとっても無縁でないさまざまな好ましくない対象と自分との関係も説明できるのではないか、と感じた。島木のことばは、こういうものを「鋭く見抜き又嗅ぎ出し、それとはつきり対立する……」と続く。

以下時系列で書く「藤森成吉（一八九二―一九七七）」は、やり残しの宿題をなんとかしたいという筆者の個人的な動機からの出発ではあるが、大正、昭和の変動の時代の流れのなかで「自分を否定することなく自分の力を発揮し得たひとりのしあわせな作家」の八十余年のあゆみを辿ろうとするものでもある。あるとき藤森は自分自身について「自己の非力等々は十分認めているが、かつてアナーキイやニヒルやデカダンスになつたことはないつもり」と述べている[4]が、主としてこのような意味で、彼は総括的には「しあわせな」作家人生を送った人、と見るのである。

叛逆する精神　評伝　藤森成吉⦿目次

第一章　叛逆させる「境遇」一八九二―

秋田雨雀は、藤森の印象を「人生に対する素人という感じで、非常にハムブルな態度で生きようとしてゐる」、ハムブルという美徳はどんな社会状態にあっても光を失わないもので、彼は立派な魂を持った素人である、と言う（「藤森成吉君の芸術」『文章世界』大正八・一二）。これは藤森の第一作品集『新しい地』の書評のなかの一節であるが、「藤森成吉」という全編を通して読者を導くひとつの鍵となる視線である。

彼の生家は長野県上諏訪の「大坂屋」という十八世紀半ばにまで歴史を遡ることができる老舗の薬種店で、彼は経済的には恵まれた地方小ブルジョアの、そしていわゆる知識階級の、一人息子であった。天与の「ハムブル」な性格のうえに頭脳的にも優秀な小・中学生であった。彼自身による「年譜」（『現代日本文学全集　四七』改造社、昭和四）によると、以下の通りである。

明治三十二年　町立高島小学校へ入学。数年間、特に英語と日本画を習ふ。
明治三十八年　当時の高等二年から諏訪中学へ首席入学。
明治四十三年　第一高等学校ドイツ法科へ無試験入学。

だが自身病弱ということ以外にも問題はあった。それはほとんどが大坂屋当主である父英一郎に由来した。生母は藤森が二歳にもならぬとき、夫や姑にたいする抗議の自害を遂げ、残された子供は「長い間の自分の境遇」（「子供」『大観』大正八・五）と感慨を込めて自身書いているその「境遇」からさまざまな感情が芽を出し彼と共存してゆく。

たとえば、父は幼い息子に洋服を作って着せ、誰もこの辺では見たことのない三輪車や洋独楽などハイカラな玩具を与え、店の前の往来で遊ばせて得意であった。息子は町でただひとり異邦人のような洋服姿で三輪車を走らせ、「得意になるよりむしろ当惑した。」子供は物質的にはなに不自由ないのに「自分を不しあはせな人間と感じた」（「或男」『改造』昭和二・一〇）。

彼の中学時代については作品「旧先生」「ある体操教師の死」などが知られている。しかし印象に残る彼個人の発言や感想があまりないのが不思議だったが、自分自身を分析・紹介する「自画像藤森成吉論」（『新潮』昭和二・一一）の該当のくだりを読んでそれは納得できた。

おお、又その中学の何と馬鹿らしさよ！そこは全き芸術的養分の砂漠だつた。しかもオアシスの一つもないところの。……その最も感受性に富んだ中学時代の尠くも三四年間を、彼は殆んど空に過した。修学の上からの獲物も僅少だつた。中学へあがらない前、すでにナショナルリイダアの何巻目かを済ませてゐた彼は、学校では概ね遊んでゐたに過ぎない。

しかし当時の彼の読書については、公式発表的には、『八犬伝』『三国志』など蔵の中にあったさまざまな蔵書（漢文のものや、英文のものも）、父の青年時代の名残かと思われる『経国美談』や『国史要覧』など（「私の文壇に出るまで」『文章倶楽部』大正八・六、「愛読書の印象」『同』大正一〇・八、「絵物語」『女性改造』大正一三・八など）があった。個人的な秘密の打明け話としては、短編「或男」に繰り広げられるように、これまた蔵の三階の沢山の古い本箱に収納され彼の読書欲と好奇心にこたえるべく待機していたもろもろの書物（怪しげなものも）があった。

一方、諏訪の生家時代に彼が抱いた疑問や不満足の多くは、父親の店で働く奉公人や周囲の経済的に恵まれない人々の現状の「救われないこと」にあった。ブルジョア的な安全圏のなかの少年が弱い立場の人々の生活や人生から目をそむけることができないと感じたことは、これまでの藤森研究の複数において「はじまりはここだ」と指摘されているところでもある。

政治家という自らの果たせなかった夢を息子に期待する父親にこたえて、息子も東京の高等学校に入るまでは政治家になるつもりだった。がらりと気持ちが変わったのは一高生になってからである。「一高在学中、僕は当時盛んに翻訳紹介されたロシア文学の影響を受けて断然父に会うて［大学は］文科へ移つた」と「年譜」の大正二年の欄に書いている。

後年の「文学のために（自伝）」（昭和一五・五）の最初の部分を拾うと、母の自殺について「その短刀で一しように子供を刺したら、あと世話はなかつたらうに、惜しいことをしたものだ」、『神童』などといはれ、親馬鹿によつて小学校課外に数年英語や日本画を習はせられる」、「諏訪中学へ入り、五年間を空費する。その『遅れ』が永いあひだ祟る」、一高は新方法の「無試験入学」制度で入学したが試験があったら入れなかったに違いない、とかある。一高在学中「神経衰弱」が始まった、とのちのち気になる彼の「神経衰弱」の発端も明かされている。この一文には、出生から執筆時までの自分にかんする正直で率直な記述が見られる。[1]

決められた目的地への途上にあった一高生活であったが、それはまた上京してはじめて接するさまざまな新体験に動揺した年月であった。一高を出てから二十余年して書かれた「一高時代の憶ひ出」[2]によると、「一高へ入るや、」寄宿舎、ストオムとコンパ、もろもろの歌、乱暴なドイツ語教授、文芸復興、これらのなかにいきなり「突つ込まれ」た彼は、文筆稼業に入ってからあまりその頃の生活は書いていない、と言う。自作で彼が題名を挙げているのは「若き日の悩み」と「憧憬」のみである。

高校生活が一年もしない明治四十四年二月一日、大逆事件の処刑を非難する徳富蘆花の有名な講演がごく身近かで行われた。一高弁論部主催の恒例の演説会のこの年の演者は、当時『不如帰』『思出の記』などでことに青年層に人気の作家蘆花であった。蘆花は事件の犠牲者らを富の分配の不平等に社会の欠陥を見て生産機関の公有を主張した、と位置づけ、政府を糾弾し、彼一流の弁論を展開した。

諸君、幸徳等は時の政府に謀叛人と見做されて殺されたが、謀叛を恐れてはならぬ。謀叛人を恐れてはならぬ。自ら謀叛人となるを恐れてはならぬ。新しい物は常に謀叛である。（略）諸君は生きねばならぬ。生きる為に謀叛しなければならぬ、自己に対して、また周囲に対して。

（中野好夫編『謀叛論』岩波文庫）

だが藤森はこの講演、あたかも彼に叛逆せよと語りかけているような蘆花の熱弁を聞かなかった。大学一年の文科の秋季遠足で蘆花ゆかりの地、伊香保を訪れた時のことである。榛名湖畔を一年上級の英文の山宮充と散歩して、タゴールがノーベル賞を受賞したという話を聞く。そのあと温泉地の土産物屋で『不如帰』の武男と浪子の俗悪な絵葉書がたくさん売られているのを見て不愉快になる。

今でも読んだ事は無いが、その時分、私は「不如帰」と云ふ小説の筋すら知つてゐない青年だつた。そんな小説は私の頭の中に座を占める余地が無かつた。（「伊香保の想ひ出」『叛逆芸術家』聚英閣、大一三所収）

中野好夫によると、

この当時在校下級生には菊池寛、芥川龍之介、山本有三、久米正雄等々もいたはずだが神崎

〔清〕によると、この講演のことはほとんど誰も書きのこしていぬそうである。神崎が直接山本有三氏に問い合わせたところによると、蘆花等、どうせ『不如帰』等の作家として通俗作家視していたので、講演会にも出なかったとの答えであったという。なるほど、作家志望者たちにとっては、別の意味で軽く視られていたことも十分ありうる。ちょっと面白いから書き添えておく。(3)

菊池、芥川ほか中野が名前を並べている人々は（科は同じでないが）藤森と同期である。中野が「下級生」と書いたのは、蘆花宅へ講演の依頼に行ったのが最上級生の弁論部員河上丈太郎らであったからである。神崎によれば、このときの在校生のうち文学者の系統では「倉田百三、久米正雄、松岡譲、菊池寛、芥川龍之介、山本有三、藤森成吉、豊島与志雄、土屋文明らが、文壇進出の支度に余念がなかった(4)」。

東京での学業生活で、自他ともに認める藤森の最初の覚醒はロシア文学によってで、なかでも、明治時代にもっとも多く翻訳されたツルゲーネフの作品と、それを翻訳し自らも創作した二葉亭四迷の存在は決定的であった。二葉亭訳「うき草」（『太陽』連載ののち明治四十一年に文淵堂から出版）でツルゲーネフの『ルージン』（一八五六）を読んだときの感想である。

初めてツルゲーネフに接した時、私はおどろくべき新しい天地を発見した。その作物に描かれた、世界乃至精神は、今までの私の文学の概念とはまさに霄壌〔天地のこと〕のちがひを示した。私は一転して、かういふ文学こそ人間の偉大な仕事であり偉大な芸術家こそ真に偉大な人間だと思はずにはゐられなくなつた。そして無二無三に文芸の道へ走つた。（「思ひ出づるまゝ」初出未見。『叛逆芸術家』所収）

彼の作品には「本当の人間」「本当の人生」が描かれており、自分の心はその作中の「如何にも真摯な人間的精神」「情熱」そして「新生を熱望する気持ち」に強く引かれた、とも書いている（「ツルゲーネフの特色」『中央文学』大正一〇・一）。

のちに一番敬愛する作家を問われて、彼は「二葉亭」と答えている。二葉亭はすぐれた芸術的素質を持ち、近代的な悩みを悩み、時代の心を自在に写した。芸術に生きようとして生き切れず、さりとて実業分野を志向してもさしたる大事業などはなく、異郷で病み、故国への帰途で最期を遂げた。「殆ど日本の青年の血となり肉となつたツルゲニエフの名編『ルウジン』の主人公の、最後そのままを感じさせるやうなその孤独な終り」で幕を閉じた生涯であった。「実に彼自らが人生芸術家の生を生き、又その死を死ん」だのだ（「二葉亭を思ふ」『読売新聞』大正八・一一。『芸術を生む心』金星堂、大正一〇所収）。藤森は二葉亭の人生そのものに魅了されてしまったようである(5)。

人生の終わり近く（と言っても四十代半ばであるが）、大阪朝日新聞ロシア特派員であった二葉亭は、肺炎・肺結核と診断され、帰国の途上ベンガル湾洋上で明治四十二年五月十日に没し、シンガポールで火葬され帰国した。藤森の一高入学はその翌年である。

木村毅は藤森を「二葉亭の心の裡に自分の心の秘密を最もよく読んだ人」と見ている（「藤森成吉論」『新潮』大正九・三）。木村自身十五歳で『ルージン』を『太陽』の分載で読み、「宇宙と同じほどの無限の分量の事を考えた気がした」「西洋の近代小説がこんなものなら、一生をかけて渉猟しても悔いるところはない」と思った、と言う。同時期木村はまた、「ニヒリズム」の内容はわからぬままに『父と子』を読んで自分を「『父と子』の実践者」と回想している。[6]『父と子』（一八六二）の初訳は冷々亭杏雨（四迷、逍遥）訳『通俗虚無党形気』（明治一九）であるが、これは出版されなかった。木村らは相馬御風訳の『父と子』（新潮社、明治四二）を「争うて読んだ」そうである。木村情報によると、学生藤森はこれを「独訳」で読んだ。その時の藤森の感想を木村は伝えている、「読んで吃驚した。一体当時のロシヤ青年は、この『父と子』の主人公のどこに、そんなに憤激したと云ふのだ。それは全的に尊敬と好意の持てる主人公ではないか」（木村毅「ツルゲエネフと日本の文壇」『新潮』昭和一〇・五）。

藤森自身の回想によると、

その頃〔一高時代〕はツルゲエネフにすつかり心酔して、「ルーヂン」や「父と子」の中に出て来る主人公などに堪らなく惹きつけられた。全て自分の魂をその人物の中に発見したかのやうな気がした。（「私の文壇に出るまで」）

当時の『解放』（大正八・一〇）掲載の「ルーディンからバザロフへ――ツルゲネフを通じて観

たる露国文化史の一節――」（大西猪之介）は、この二人の青年を紹介して言う。前者は（西欧より到来しロシアの土に馴染まぬ）「知識」に基づく「理想」を実現させる意志の力を持たぬ「口舌の雄」である。のちに極端な唯物論者でニヒリストの「強い男」が現れる。後者をある人は破壊主義者と言うが、彼の本領は「否定」ではなく「批判」である。論者の結語は、「ルーディンからバザロフへ」ではなく「ルーディンとバザロフと」（理想に憧れる情熱と現実を攻究する科学的精神と）がロシア人の旗印でなければならぬ筈だ、ということである。

『父と子』の主人公バザロフを指した「ナイヒリスト」という言葉がこの作品以後日本でも一般に使われるようになったが、藤森は「日本のナイヒリスト」（『社会主義』大正一〇・七）という一文を書いている。ロシアの青年読者らがこの作品にたいして反感を覚え、作者ツルゲーネフを憂鬱にしたということを読んだ藤森は合点がゆかなかったが、クロポトキンの『自叙伝』で疑問が解けた。と言うのは、クロポトキンによると、「当時の若いナイヒリスト達は、決してバザロフのやうな消極的な一面ばかりを持つてゐたのではなく、もつと積極的な理想主義的な感情をいだいてゐたのだ」、彼らの否定したものは、「人生のあらゆる虚偽や旧套や習俗や形式だつたのだ」。つまり彼らナイヒリストは当時の間違った生活態度を否定し、新人生・新社会の方向へすすもうとしたのだ、と藤森も理解した。「懐疑と理想とは、相反するやうで実は盾の二面のやうなものだ、そうしてそう云ふ両方の精神が、日本人にはあまりに欠けてゐるのではないか。」ロシアの青年らは熱烈な人生肯定者で、この「理想的精神」は日本人の心に欠けている気がする、彼らロシアの青年らは、近ごろの日本で見かけるようなロマンチックな耽溺的な、弱いブルジョア的ナイヒリストではない、というのが藤森の結論であった。[7]

ロシア文学に魅せられて政治志望から文学志望に転じた彼であったが、一方、同郷の先輩、窪田空穂の『伊勢物語評釈』を「手頃な小冊子」という感覚で寄宿舎で読んだ。そしてこの古典にたいする評釈者の読みの深さによって「生き々々した人生とみずみずしい人間心理」を教えられ、「自分の作品を見て貰うならこの人にこそ」と思ったそうである。[8]その日はすぐやって来た。

大正二年七月、一高の三年間を終えた彼は伊豆大島へ旅行し、帰ってすぐ一編の長編小説を書いた。原稿を読んでくれた窪田空穂の励ましと父親の金三百円でこれが『波』として出版されると、当時『国民新聞』に長編小説「桑の実」を連載していた鈴木三重吉の好評を得たり、帝大文科の機関誌『帝国文学』の編集委員に加えられたりした。

「大正二年七月」はもうひとつ別の事柄で記憶されねばならない。『近代思想』開始の翌年であるが、大杉栄と荒畑寒村が「シンジカリズム研究会」を始めたのである。「7月6日（日）神田区中猿楽町のミルクホール豊生軒二階を借りて」であるが、参加者十五名のなかには片山潜がいた（『近代思想』大正二・七）。彼の名はこれ以前一月に始まった「近代思想社小集」にも見られる。「研究会」は月二回荒畑と大杉が青年を対象に講演し具体的な宣伝活動を行った。数回にわたって荒畑がサボタージュ論を、大杉が直接行動論を話す、のごときである。文学青年対象の『近代思想』のあと、労働者対象の『平民新聞』を「労働者の解放は労働者自らの仕事でなければならぬ」[9]というモットーで始めたが、発禁の連続であった。しかし「研究会」のほうは次第に盛んになり、大正四年二月名称を「平民講演会」に改めて継続した。[10]

藤森とこれら小集や研究会とのあいだにどのような繋がりがあったかは不明である。多分なかったと思う（なにかあったなら藤森はどこかで書き残している、と思う）。しかしこのような大杉の活動の延長線上に藤森が大杉から大きな影響を受けた、ということがあり、藤森自身「大杉栄らの文章に影響され、何度も学校をやめようと思ひ立つ」（「年譜」）とか、「無政府主義者大杉栄の著書の影響から何度も学校をやめようと思つたが果さず」（「自画像」）とかあちこちで書いている。彼がやめようと思ったのは父親の反対を押し切って転科して進学した帝大文科である。

明治三十五年鉱毒問題に抗議する谷中村事件当時、大杉は、小説「死灰の中から」（『新小説』大正八・九）で語っているように、十代の終わりで、「学校をやめる」ことを考えた十年後の藤森とほぼ同年齢であった。谷中村事件の見聞が始まりで大杉は幸徳秋水、堺利彦、安部磯雄らの名前を知り、やがて数寄屋橋の平民社を訪れて毎週の社会主義研究会に出席し、雑務や翻訳を手伝うようになる。電車事件や屋上演説事件を経験し、赤旗事件ではもはや首謀者として堺らとともに千葉監獄へ送られ、ここでシンジカリズムの研究に没頭したという。明治四十三年に出獄すると、幸徳ら多くの同志は「大逆事件」で捕われ平民社はひっそりしていた。

堺開業の売文社に一高生の藤森が出入りし刊行物を買ったり雑誌の購読を申し込んだりしていた、大杉の著書を人知れず熱心に読んでいた、と言われるのはこの頃である。木村によれば、こういうことは「帝大生らしからぬ」「特異な」ことであった。(11)

と言っても、藤森が（一高であれ帝大であれ）学生時代に接することができた大杉の発言や翻訳で、『近代思想』以前、つまり明治末年、に発表されたもののうち、いくつか(12)は要注目と思われるが、（影響・被影響という点での）実際の関連は不明である。『近代思想』（大正一・一〇―三・一二、大正四・一〇―五・一）全体に流れる清新で啓蒙的、刺激的な空気は言うまでもないが、具体的に大杉の発言のなにが藤森を捕えたのか。これに掲載された大杉訳クロポトキンの「相互扶助論」（大正四・一二、大正五・一）は見落とせないが（これは同書の「序論」と「第一章」の、それぞれ部分訳である）、「見落とせない」と思うのはこのあとの藤森の関心から遡ってのちの読者（たとえば筆者）がそう思うのであって、「まず学校をやめなければならない」と学生藤森に思わせたものとしては、決定打とは思えない。(13)

堀利貞が藤森から直接聞いた回想に以下のくだりがある。

学生時代、はじめは大杉栄らアナーキストに同感していたんです。クロポトキンの『革命家の思い出』という自叙伝なんかに影響されまして。そのうち、大学にいるときにロシア大革命が起こりましてね。それからブハーリンの『共産主義のＡＢＣ』などを読むようになって、アナーキストの立場から離れました。(14)

大杉訳『革命家の思ひ出――クロポトキン自叙伝』（春陽堂）は大正九年五月まで待たねばならない。藤森は原書（英語）に接したと考えられる。

一方、藤森はある座談会で、ロシア文学の次に影響を受けたのは「人間の実生活は必ず主義思想に先んじて存す」という標語を掲げる白柳秀湖発行の雑誌『実生活』であった、と語っている。

それを僕は学校の最中から愛読して初号から取寄せて綴じてゐたくらいで、あれが僕に非常な影響を与へて、そつちの方へ行かしたんです。僕が学校をやめちゃつて労働生活へはいらうかと考へたのも、その頃ですよ。（「日本に於ける社会主義文学の擡頭期を語る座談会　第二回」『人民文庫』昭和一一・九）

しかし『実生活』創刊は大正五年十月で、藤森はこのときはすでに帝大を卒業し同時に結婚し岡山の第六高等学校のドイツ語教師になるという段階にあった。座談会出席者のひとり前田河廣一郎が藤森の「雲雀」（大正四）の題名を出したのにたいして「それよりずつと前のことですよ」と言っているのも時間的にずれている。

もう一か所『実生活』への言及を見ると、

そのころ僕の行きかたは、一方にリリシズム（抒情派）的だと同時に人生派で、白柳秀湖氏が出してゐた「実生活」雑誌なぞから随分社会主義的影響を受けてゐた。そのうち労働運動もいよいよ盛んになり以前に抱いてゐた「工場へ入ろう」といふ決意をいよいよ固めるやうになつたんです。（藤森と丸山義二の対談「処女作時代」『文学案内』昭和二・二）

「そのころ」とは職業作家の生活が本格的に始まった時期で、この雑誌の社会主義的影響による労働生活実践への流れは理解できる。
ずっとのち彼自身の「フ・ナロウド」（労働者のなかへ）経路を語る一文「労働者のなかへ」（昭四二）では、山路愛山[15]や堺利彦らも執筆していた『実生活』の愛読を語り、「思想と実践の問題でなやんでいた」二葉亭四迷を引き合いに出し、実践、実生活にたいする自分の関心を説明しようとしている。

当時は、文学で実践という問題を、正面からあつかったものが少なかったし、思想と実践の問題でなやんでいた文学者は、二葉亭を除いてはあまりいなかった。内面の純粋さをほんとうにつきつめていけば、どうしても実践の問題にぶつからないわけにはいかない。そういう点で、四迷の文学がもっていた真摯な姿勢が、そのころの私の魂をはげしくゆさぶったのであった。
（「労働者のなかへ[16]」）

「私が小説を書く心」（『東京日日新聞』大正九・一、五回連載。『芸術を生む心』所収）という一文に、二葉亭が苦悩の果てに「どうしても踏み越さずにはゐられなくなつて踏み越して行つた境目」は「芸術と実行の境目」だったと述べるところがある。

現実を直接の対称《ママ》とする芸術に従ふ人間に取つては、時として芸術それ自身だけでは堪らなく飽き足りなくなるが――（略）――一旦芸術の立場そのものから離れると、その人自身が芸術家である限り、ヤッパリ彼の心の中には新しい不安と満たされない空虚な心もちが、どうする事も出来ずに口を開いて来るのだ、実行そのものに喘ぎながら、ヤッパリそこの世界に何時迄も落ちついて留つてはゐられない気持がするのだ。

「芸術的観照」のないところには「実行」の批判もなければ「真正の実行その物」さえも起こり得ないかも知れない、と考える藤森によれば、結局「芸術を離れた芸術家と云ふものは、云はば丁度水を離れた魚」のようなもので、「実行」の世界にいながらどうしても淋しくて堪えられない心、人生芸術家の魂というものがあって、それが彼にとっては「小説の創作の根柢」となっている、それは「たったひとつの摑んだ石」のようなもの、だそうである。そう言いながら、この時点の彼はやっぱり二葉亭と同じように「どうかした機会でもあれば」自分もその「境目」を踏み越して行くかも知れない、と思うのである。

『実生活』の白柳が「発刊の辞」に代えたいと言う「人生と生産との関係」(『実生活』創刊号)を読むと、——原始の昔から今に至るまで人間のしていることの本筋は、人間には自分の『生活』をよりよくしようとすることと、人と人との生活を調和して、「お互に立行かれる途を見出さうとすること」であった。その「社会生活」すなわち「政治生活」において生産という行為によって自分を利し同時に他を益し互いの衝突を避けてきた。個人としては『生産』となり公人としては『政治』となる生活である。白柳は、日本人の短所は「自分の生活をよりよくしようという欲望、即ち政治欲の欠乏」だと考え、「人生の本筋たる生産関係の改良、政治的境遇の改善」ということを自覚し関心せねばならない、と述べている。

このような白柳の考え方に藤森は惹かれたのであろうか、この先「実際、実行」という要素はかなりの力をもって彼を導くことになる。

これ以前、堺利彦の「実社会とは何ぞや（再）」（『反響』大正三・九）に、ことばとして「実社会」「実生活」と「社会」「生活」とはどう違うか、という論がある。ここで堺は、「今の文士、殊に其中の錚々たる人々が、（略）更に進んで実社会に踏み入りたいとか、実生活に触れたいとか云つて悶えるのは、何かそこに別の意味が無ければならぬ」と考え、「実社会」とは「社会組織の根本関係に直接した部分」で、「従つて実社会とは即ち政治関係の社会を意味する」と言い、「文士達が実社会に踏入ると云ふのは即ち政治界に踏入る事で、実生活に触れると云ふのは即ち政治に関係する事であらねばならぬ」とはっきりさせている。さらに政治に関係するということは政治の根柢をなす経済界に、資本と労働の関係に接触せねばならない、という堺の論理の展開を聴けば、藤森のこれからの進展の説明や理解も得られるのではないかと思う。

平野謙が言う「問題の発端[17]」が藤森個人の場合どのあたりにあったのか以下の随所で発見できればと考えている。

第二章　「人生派的」作品のなかの自分　一九一三―

ロシア文学で文学への眼を開かせられ、それを訳した二葉亭に心酔し、「ぼくは文学志望者になると同時に人生派になつた」と藤森は回想している。人生派の文学以外、真に心を打つ文学はないと思った。大学をやめようと考え、帝大を軽蔑し、漱石ではなく秋声[1]や空穂らに感心し、「同じ学校の新思潮派の諸君と交わらずに、早稲田の諸君達とつきあつた」。そして作品は抒情詩的なものと人生派的なものばかり書いた（「二葉亭に寄せて」）。蘆花の講演を聴かなかった同学の人々、第三次『新思潮』の同人ら（山宮充、久米正雄、山本有三、芥川龍之介、菊池寛、ほか）は藤森にとっては多分生涯近くて遠い存在であった。このことを彼は「個人的に悪い感じなどは少しもなかったが」仲間にならなかったことを自らの「狷介不羈」と説明している。

「新思潮」の諸君は大体仏蘭西文学とか、アイルランド文学の方の影響でせう。僕は反対にロシア的人生派ですから、自分が大学に居ながらも、大学や官立の大学の人間に人生がわかるかッて、まァさう云つた考へでゐたんですよ。実際何度学校をやめようと思つたか知れなかつた。
（「文芸座談会—文学修業時代の思ひ出・其の他」『文章倶楽部』昭和四・一）

一高卒業の年の冬休み、帰省した藤森は第一作目の短編小説「炬燵」を書いた。翌大正三年の『帝国文学』に掲載され、窪田空穂が「実に驚嘆した」と言ってくれた（「啄木と空穂」『芸術を生む心』所収）作品である。同年夏に書いた長編小説『波』の主人公「長野永二」の悩みを「日本の一九一〇年代の青年の『人生派的』な悩み」と藤森自身解説しているが（「自作の憶ひ出と記録」『文章倶楽部』昭和二・一二）[2]、「炬燵」も人生のある場面における自分自身のさまざまな問題を描くもので、「人生派的」である。

大きな店構えに何人もの使用人を抱える生家で繰り広げられるのは、語り手の「私」、父母や祖母、奉公人ら、その他周囲の人々の日常的、年中行事的な生活である。大晦日に金庫から五百円が紛失したのが事件と言えば言えるが父親の勘違いですぐ解決した。暮れにはある程度家業の薬屋の手伝いをし、正月には父親の代わりに寺などへ年始の挨拶に行く。東京の学校生活で神経を弱らせ、休暇を待って逃げるように帰郷した私にとっては気楽で心休まる日々であった。そのなかで私は折に触れ考えたり感じたり悩んだりする。

ここにはこれからの文筆活動で藤森が扱うさまざまな事柄（の原型）とそれらにたいする書き手の反応が種のように散らばっている。そのひとつ、主人公はひとりロシアの小説家クープリンの

『決闘』を読んでいる。

『ロマショーフは家へ帰つて行く。それは黎明である。樹や空やしつとりと濡れた草を見て、冷ややかな空気に熱した頰を冷やしながら、彼は此の清々しい朝の中に、穢れた醜い土の塊のやうに自分を感じた。』[3]

東京から帰る前日に買つて来た『決闘』を読んでゐるうちに、かう云ふ所へ来た。かういふ感じは、私にいつも極めて生き生きと理解し得られる。嘗て『父と子』を読んで、バザロフの決闘の日のことに来た時、やはり極めて鮮明に、バザロフの心もちを理解したことを思ひ出す。

ここに見られるのは、一高生になって彼がまず刮目した異国の文学の世界である。アレキサンドル・クープリンの『決闘』（一九〇六）（昇曙夢訳、博文館、大正二）は、ロシア帝政軍隊の裏面や将校階級の低俗な生活を描きながら、若い主人公ロマショーフ少尉の春の日々（それは六月はじめの決闘による彼の死でおわる）を物語る。「炬燵」作中にさりげなく挙げられた『決闘』の作品名であるが、当時藤森が読んだであろう全五六一頁のずっしりした邦訳本に繰り広げられるロマショーフの喜怒哀楽に同年輩の藤森の心は大いに反応した。

もうひとつ、彼は父親の「広い額、優しい鼻筋、潤いを帯びた眼、懐かしみやすい口もと、やや隆く聳えてゐる頰骨」を見ていると、いきなり飛びつきたいほど父を懐かしく思う。もうすぐ東京へ戻ると思うと、彼はこの家にいつまでも留まってあの暖かい炬燵から離れたくない、そして、勉強が何だ、そういうものは自分を少しも愛してくれない、と思う。

〔勉強や学問は〕私を叛逆させる為めに骨折つていろいろな武器を私に与へてゆくのだ、（略）お父さんは、私のまだほんの幼い時から、私を政治家にしやうと思つて教育して来た、然し私は、今法律なんか勉強したくなくなつた、そんな勉強をする位なら、家へ帰つて親たちの間に暮した方が、どんなにいいか知れない。

作品の結末では、大学は法科か文科か、という作者自身の問題が出て来る。まだ幼い子供がなにかにつけ「おとつさま」にすがりつき助けを求め、父はこの世で私の尊敬する第一の人間だった、という「父と子」の関係（「父と子」『文芸春秋』昭和二・一二など）は、「炬燵」では子供はいきなり飛びつきたいほど父親を懐かしく思いながら、進路にかんする自分の希望と父親の意向のはざまで最後まですっきりしない。具体的にはこれが始まりで父子関係は次第に厄介なことになる。

直後の長編第一作『波』（十五）でこの問題は一層深刻で現実的になる。主人公永二が先輩の「黒田さん」に自分の進路のことで父と考えが違い、そのことで父も自分も苦痛を味わっていることを話す場面がある。父の心にたいする自分の叛逆を考え、子の叛逆にたいする父の心もちを考えて、「一種凄惨な気もち」を覚えたこと、自分が親だったら子の叛逆にたいしてどう思うだろうかと考えると父のために泣きたくなったこと、しかし自分を犠牲にして自分の生命を棄てるような道を行くことは罪悪だと思ったこと、とうとう父が折れて自分の希望が適うとなると嬉しいどころか父にすまないと思い、こんな犠牲を払ってまで文科へ進む価値があるか、と悩みは深くなったこと……などである。黒田さんは永二の「危険な」ところを、「君は、一番死ぬことのプロパビリチイの多い種類の人」と注意してくれる。

ところでこの「黒田さん」を作中人物のなかでいちばんよく書けている、「温厚な青年紳士として、可なりの理解力と常識とを備へた男として」、とほめているのは、この作品をいちはやく読んだひとり、当時自分も（帝大英文の）学生であった江口渙である。彼の「『波』を読む」（『反響』大正三・八）によると、大正三年六月自費出版（中興館書店）された『波』三六五頁をなんと自分も大島滞在の日々に読んだ。「藤森君が小宮〔豊隆〕氏へ送つたのを小宮氏が又私の方へ廻されたのである。」

江口の『波』評は、全体としてはあまりに多岐多様で「フオアグラウンドとバックグラウンドの双方に余りに未練を持ちすぎて其双方を余りに微細に描き出さうとした為めに、」残念な結果となったということである。

唯描かんとする事象に対して作者の感受性が如何に働き、其を如何にクリエエトしたかに依つて其価値は初る。（略）唯かいなでの事象に対してかいなでな取り扱ひ方をし、かいなでな見方をしただけでは大した価値は生まれない。此は此『波』全体が無価値だと云ふのではない。唯玉石同架が余りに甚しい上に、玉石互に相分離して少しも一個の有機体を形作つてゐない憾みがあるからである。

作者の「現れ来る有ゆる事象に興味があつて如何にも捨てるに忍びない」という気持ちのために彼は「作全体に対する創作的気分の不充実」という罪を負わねばならない。汽船で見た若い女にたいするセンチメンタルな気持ち、黒田さんにたいする気持ち、湯場でのおさない姉弟にたいする心持ち、問題の「お絹」にたいする心持ち、さらに大島の自然や人事にたいする見方、などについての江口の評価は、「好い」「差し支へはない」「異議がない」であるが、「然し唯惜しいかな其凡てを裏付ける可き大切なサムシングを欠いてゐる」ことを指摘する。もっとも早い時期の江口のこの藤森作品評は、これからの藤森の創作上の問題点のひとつを衝いている。

この原稿を読んでくれた窪田空穂は、自分が発行する『国民文学』（大正三・九）の「新刊研究」で「青年の幻滅の悲しみ」を描くが、「巻を措いた跡の感銘が割合に濃くない」憾みがあると言う。

藤森と同年生まれの鎗田芳花も江口や窪田とほぼ同じ感想であるが、作品の自由でフレッシュな表現法、純一で若やかな心、冴えわたった感受性は、作者の輝かしい大きな未来を示唆している、と言い、この作者は長編より短編のほうにより多く技量をもっていると予測する（「藤森成吉氏と其処女作『波』」『新潮』大正四・一）。

（やがて生涯の友となる）木村毅の好意的な表現によれば、これは「一夏の夢、憧憬、動揺、憂愁などを、強いて思想のフオームに嵌めず、渾然たる胎動形態のままに」描いたもの、ということになる。(4)

大正四年夏に書かれた「煩悩」(『東京日日新聞』大正八・六―八、新潮社、大正一〇)を「はんのう」と読んで欲しいのは、これは恋愛そのものではなく、「恋愛に依つて惹き起こされた青年の煩悩の心理」を描きたかったからであると作者は言う(序)。主人公「参吉」は自分でも永二でもないと言うが、永二の「日本の一九一〇年代の青年の人生派的悩み」とは違って参吉のそれは恋愛ということに終始する。つまり悩みの種はすべて彼自身のなかにある。彼は複雑な心情の動揺に明け暮れ、悩みは哲学的とも思えるものから心の襞に隠されて手のつけられないようなものまでで、ある作中人物は「君は、実際此の世の中へ苦しむ為めに生まれて来たやうな人です。云はば何をしても、どんな事に遭つても、君はいつも苦しみ通さなければならないやうな性質《たち》の人です」と言う。

一高時代の自分の気分を直写したという「憧憬」(『新潮』大正七・八)では古い汚い寄宿舎に寝起きする「文吉」の夢と現実のなかの「落ち着かない」気分を、書き手はなんとか読者に伝えようとする。たとえば夜半、硝子戸ごしに見る月の光に「輝いた、澄んだ、淡い花の色」を思い、その空想をいとぐちに憧憬の感情が胸に満ち溢れたというような気分、「此物足りない心、此何ものかを欲求して止まない心――一体何を、自分の心は欲して居るのだらう!」「底の知れない自分の生命の孤独や遣瀬無い寂寥や、摑み処の無い人懐かしく物恋ひしい気分」などの不安と動揺の表現に接して、この時期藤森はあまりに多い刺激に「神経衰弱気味」であったという『たぎつ瀬』(二五頁)の説明で読者は納得することになる。のちの藤森の説明によると、青葉の時期になるといつも自分は「永遠」を考え、「それにしつくりと当て嵌つて来ない自分の心」のために耐えられない不安と焦燥に襲われたものであるが、この作品にあるのは「全く感覚の方から描写した青春期の青年の心もち」（「芸術を生む心」）だそうである。[5]この「憧憬」は言うまでもなく、『波』にせよその姉妹編と作者が言う『煩悩』にせよ、描かれている青年らの心持ちのなかには「社会的な」ものはない。

これら「悩み」主題の作品とは別に、大正三年に書いたという「祖母」の原型は不明である。今日読者が読む「祖母」（大正一四・九、初出未確認、『故郷』大正一五収録）が扱うのは祖母の死とその葬儀である。「年譜」に、大正三年夏の「祖母」がのちいくつかの短編になった、とあるから、「素の草稿の書かれたのは大正三年時分」（「自作の憶ひ出と記録」）と言う後出の「娘」はいまは不明の「祖母」のなかで生まれたのかもしれない。

創作順に「炬燵」『波』「祖母　原型」（現物なし）「雲雀」「煩悩」の五作品が学生時代に産出された。なかでも最初に商業誌に発表された「雲雀」（『新潮』大正四・一）は高い評価を得て、はやくも文壇内外に藤森の名は知られるようになった。この新進作家号に名を連ねている十人のなかには、藤森が「敵わない」と思った作品「父親」を書いた荒畑寒村や後年『人民文学』で行動をともにする江馬修もいる。

「雲雀」の、大店の若主人（藤森度はかなり高い）と年下の奉公人新吉との人間関係がひとつの軸であるが、新吉は若主人らの信頼を裏切って店の金を着服して出奔する、と話はある程度の緊張をはらんで、つまりストーリーとして読者を捕えて進行する。新吉が自分の片身のように大事にしている雲雀はいつか若主人にも馴れ、人間と鳥の関係は穏やかで心安らぐものである。しかしやがて若主人は鳥の従順さに苛立ちを覚え、この「名に負う大空の鳥」が「あだかも自分がそうした本来の鳥であることを知らないかのやうに、あだかも自分がそうした頭の毛と脚と尾と羽との所有者であることを知らないかのやうに」おとなしく人なつこいのが我慢できない気持ちになる。

「うへを見ろ、うへを。青い大空を見ろ。」と私は或る時ひとり鳥に向つて云つた、すると、鳥は私の声色にびつくりして、水つぽい眼で私の眼を見た、その眼の中には小鳥らしい恐怖がふるえてゐた。

従順な小鳥相手に叛逆せよと呼びかけている作者であるが、小動物、小生物をことばで写生する彼の才能が優れている、という評言はいくつかある。この雲雀は今後いろいろな小鳥になって彼の書くものの中に現れ、ときにはなにか重大なメッセージを持ち読者の心に働きかける。

大正三—四年、帝大一—二年の彼は、『波』出版、『帝国文学』に「炬燵」掲載、同編集委員、『新潮』新進作家号に「雲雀」掲載、その間「祖母」「煩悩」執筆という快進撃ぶりであった。ところが鈴木三重吉に直接「もう新時代が来てしまった」と褒められたという「雲雀」のあと、それなり創作をやめてしまった。評判がよかっただけにこんなものを書いていたところで「仕様がない」と思ったそうである（「思ひ出づるまゝ」）。どのような心境での発言か決断か理解しにくいが、（「自作の憶ひ出と記録」では「偏屈な気概から」と言う）いずれにせよ第一次大戦のあとソビエト政権の樹立を見たころの彼の個人的な生活は大学卒業、結婚、岡山の第六高等学校のドイツ語講師就任と進行する。

ところで本業の「独文」であるが、彼のドイツ語は「堂に入った」ものと言われ（芥川龍之介ほかの評価、『たぎつ瀬』三二頁）、卒業論文で取り上げたのはゲーテの戯曲『タッソオ』であった。しかし帝大文科で彼がやりたかったことはドイツ文学の研究ではなく、そのような分野で熱心に書いているものはあまりない。

〔卒業〕論文はみんな、図書館に保有されておかれると云ふ、さうしてその書いた本人だけが、もし見たい場合には許可を得て見ることが出来ると云ふ、なんと云ふ有り難い配慮だ！俺自身は、此の後自分の論文を見たいなどとは思ふまいが、――出来る事なら、焼いて影も留め無くして貰ひたいのだが――他の人に見られ無いと云ふ事は、何よりの幸福だ。

本当に心を使わねばならないことが幾つもあるのに、この数カ月をただこんなことで費やしてしまった。正直に書けばただの一頁で書き尽くせるものを、論文資格規定の百何十頁のために自分の考えと違っていようがくだらないばかばかしい議論だと思おうがいやおうなしに読んだ限りの参考書からひとつ残らず引用したのだ。

こうぼやくのは「研究室で」という短編（帝大卒業の翌年、大正六年夏過ぎに山陰の三朝温泉で書かれた。発表は『文章世界』大正八・一）の主人公で、研究室で卒業論文を書く孤独な学生の悩みや憤懣や絶望が描かれている。卒業するために興味のない参考書を読まねばならないが、卒業できたとしてもそのあとの当てもない。そんな「俺」の前に十年も論文（レッシングの『ラオコオン』の評論）が書けず卒業できない男が現れる。俺の分身のような、親たちの反対を押し切って法科から文科へ転じたものの今は文科もいやになっているという新入生もいる。西洋人教師、出来の悪い助手、十七年もかかる日本の空疎な教育制度、トンネルをやっと抜けてまた次の暗いトンネルに入らねばならないような、いつまでも夜が明けない行く手だ。「いずれの本のどのペエジを開いたつて、俺の血の一滴も踊ることは無い」という不満、くだらない議論に「真赤になつて争つて居る学者と云ふ人間」にたいする落胆、「殻を破らうとしている種子の感じ」という今の自分を納得させてくれるものは学校には皆無であるという絶望、などが語られる。

伸びて来るものは、自分のうちに伸びる力を持つては居る。然し、まだ伸び切らないうちは繊細でか弱いのだ、今の俺に取つて何より大切な事は、――もし俺がほんとに自分に忠実でありたく思ふなら――、此の柔らかいかぼそい芽を、鋭敏な化成期の心を、ソツと何物にも触れさせないやうに大事にしておく事だ、今さうしてさへしておけば、俺の心は此の後キツト丈夫な好いものに化る〔。〕

科目ずくめ試験ずくめで、弱い者は追放され、そうでない者も在学中にすっかり元気を失って「灰色の機械的な動物」になってしまい、社会の渦のなかではたちまちその姿は消えてしまう。こういう現状の被害者を、作者は学校制度、現代日本の社会制度の「憐れな犠牲」と見る。

では作者藤森自身はどうだったかと言うと、高校、大学を通じてマルクスもエンゲルスも知らずに「長い退屈な学校生活を彼は秀才で通つた［ここに彼の馬鹿正直と律義さが見られる」が、出て見ると、彼はあらゆる意味に於いて全く無力な自分を発見した」（「自画像」）。「研究室で」の主人公がそっくり藤森であるとは思わないが、後年彼はイタリア、ソレントの「タッソオの広場」で彼の大理石像を見る。

この詩人はソレント生まれだったのか、と思う。かつて学校の卒業論文にゲーテの戯曲「タッソオ」を主題にしたことがあるので一寸なつかしい気持ちになる。（「ゴルキイを訪う」『東京朝日新聞』昭五・四、四回連載。外遊体験記『ロート・フロント』学芸社、昭和八　所収）

このあっさりした口調を裏付けるかのように、のち（昭和三一）「学校生活を呪いつつ[6]」の一文で、「独文」は一高で独法にいたからで、（「若きウエルテル」ではなく「壮年のタッソオ」を選んだのは、）「タッソオ」はただ書きやすいからであった、と書いている。そして出世作「雲雀」は「タッソオ」やゲーテの自然描写にたいする「反抗気分」で書かれたそうである（「自作の憶ひ出と記録[7]」）。

大正五年九月に赴任した六高を一年で辞めたのは（六年六月に辞職）、同期の芥川や菊池が中央の文壇で活躍しているのを見て取り残されるという不安があったことが第一の理由であろう。「研究室で」の中に、卒業後東京から離れたくない、泣きたいほど東京に居たい、というくだりがあり、彼の正直な本心も伺える。

同時に、今度は教師としての立場であるが、自分がまたも学校制度に組み込まれて、「今迄俺が囚へられて居たものなら、俺は此の後もやつぱり囚へられて居るのだ」と悟ったとき、彼個人としては職を捨てるほかには術がなかった、のであろう。「学校生活を呪いつつ」の大部分は二十数年前の「研究室で」の繰り返しで、「散々学校生活に呪われくるしめられたおれがおれ自身が、こんどは反対に他人を呪ってくるしめてやるというのだ」と旧仮名を新仮名に改めた自作の引用で察することができるように、六高退職は彼の教育観からしても当然の結論ということになる。

「嘗て学校の教鞭を取りながら、その傍自分のほんとの創作をつづけて行かうと考へてゐた私の心もちは、その僅かばかりの地方の滞在の間に全く裏切られて了つてゐた」と言うある作中人物は、妻の十分な同意も得て、中央の文壇で仕事をするためにその地方を後にするのである（「一つの作」大正九・二・一三、初出未調査、『煉獄』所収）。

筆者ははじめ、「研究室で」作中の「異常な」精神状態の人物何人かや、彼らにたいする主人公自身の「神経症的な」反応などに目を奪われていたが、つまり恨みがましい不平不満やせいぜい蟷螂の斧程度の反抗心や抗議の連続に主人公の「絶望」の面ばかりを感じていたが、和田伝が正面からこれを『若き日の悩み』の別編と見なす、と述べているのに接して改めてこの作品を読みなおした。

この一篇よりして、我々は、あらゆる意味における「旧」を脱ぎ放ち、「処女の心」をもつて、その眼前に湧ける新らしき清冽な泉に浴する、敬虔にして粗剛なる叛逆者の姿を見るのである。(「藤森成吉論―その魂の歴史をたどる―」『早稲田文学』大正一五・一二)

そして、彼は古書籍の黴臭を逃れて、清らかな処女眼を見張り、出でて街巷に立つべく歩みを起したのである、という和田の言葉に、本当のスタートラインに立った藤森の姿を見る思いもした。この作品を「既成社会に対する鬱勃たる批判の第一歩」「知識人としてのみならず、独立不羈な芸術家の良心」と評価するのは、早い時期の女性研究者板垣直子であった。(8)

新婚の妻を連れて帰郷した時の両親らとの「恐ろしい争い」(「燕」『太陽』大八・九)や、単身山陰方面へ放浪して労働を志したものの(このとき「研究室で」を書いた)病い(胃腸病)に負け力尽きて家に帰りまたも続く「争い」について、『たぎつ瀬』(四三頁)に、「故郷の親類縁者はもちろん、両親もまた彼の帰郷を理解せず、歓迎もしなかった。成吉もまたそれに反発し、反抗し、憤激して飽くまで意志を貫こうとする。(略)その頃のことをその後数編の小説として発表しているが可成り事実に近いと思われる」とある。妻と生まれたばかりの子供を連れて、信州から千葉(房州北条)にある妻の実家の別荘へ移ったのがこの年の十二月であった。

翌大正七年三月、東京の目白に小さな家を借り、どうにか新しい生活が始まる。鈴木三重吉のおかげでこの年創刊の『中外』七月号に「山」が掲載され、おおかたの好評を得て彼の創作活動は復活した。「山」には故郷の自然や人間にたいする個人的な屈折した心情が描かれている。かつてトルストイの『コザック』（訳本）で読んだ主人公のオレニンは、コーカサスの山を見て「驚異」し「歓喜」し、やがてその美の精神の中へ自分が入って行って山を「感」ずるようになった、という感動を味わう。(9) そんなことはわが「山」の主人公（フィクションもあるが内面的には藤森自身）には理解できなかった。しかし汽車が故郷に近づき空気が山の気を帯びてくると、心は嬉しさと懐かしさで一杯になる。父母たちとは和解することなく帰京するが、たしかに山の荒々しい自然は「疲れた旅人の萎え傷ついた心と神経」を癒してくれ、「私の心は、生きてゆく力をそこに求めているのだ」と悟る。「山」の主人公もオレニン同様「今生活が始まるのだ」という厳粛な気持ちを味わう。

のちに藤井真澄は、現代人に必要・切実なのは「山の木や、木を切る労働者や、山の底にある石炭や、それを掘る労働者」だ、と「社会文学者に対する不満」（『新潮』大正一〇・一一）を述べるが、「山」の時点の藤森の視野にはまだそのような映像はない。焦点はもっぱら自分一人の悩みや救いである。

この作品にたいして理解を示してくれた有島武郎の知遇を得たり、創作活動に伴って木村毅や足助素一らの友人もできた。雑誌の口絵に藤森一家の写真が載せられたり、複数の作家による彼の人物紹介（喧嘩早い、立派な人、優しさ、など）も発表された。そのひとり片上伸は、「一体が内気な、強いて求めない、世間気の少ない人だから、交友の範囲での推奨と云ふだけで、それに便利なうしろだてがなかつたせいもありませうが（じみな作風と云ふせいもあるが）花やかな評判にはなつてゐないやうです」と観察し、「早く花やかな評判を得るよりも、そこを深く広く固めてゆくやうな気持」をみずから養っていくことを忠告している(「藤森成吉氏の印象　純粋な感じのする人」『新潮』大正八・一〇)。

「苦しかった大正五―六年を描いた数編の小説」のひとつで評判も良かった「子供」は片上の勧めで『大観』(大正八・五)に載せられた。彼は藤森の周辺の「早稲田の人々」のひとりである。

幼い時に母を失い、父親や継母の愛情があるようでないような育てられ方をして、今や「堅くこじれて出来あがつて了つた性情」の持ち主となった「子供」の主人公(藤森自身)は、職を捨て身重の妻を連れて故郷の家へ帰ってきている。

森雄の心は、自分の父親の心から独立しようとして居た、(略)父親の罵る通り、自分を生んだ老いた心に向つて彼は叛逆を企ててゐた。然し子の年齢と境遇とから来たその必然性を公平に認識してやる為めには、森雄の父の考へは余りに今迄の旧い習慣に、その心は余りに子の従順と自分の権威とに慣れすぎてゐた、さうしてタダ、突然に現はれて来たやうに見える子の叛逆そのものに逆上した。

子供が生まれても、父と子の関係は改善されないまま、森雄は妻子を連れて故郷を後にする。主人公と父親との厳しい関係にたいして、生まれたばかりの自分の子供にたいする若い父親の気持ちの変化には読者も胸をなでおろすところである。題名の「子供」とは、森雄であり、また、愛情どころか一歩間違えば子供に危害を与えてしまいそうな危うい父親である森雄自身の子供である。(10)

藤森があまりに至純で、あまりに正直で、あまりに人間を愛し生活に真剣であるが故に、人間を憎み生活を呪い、社会に対して極端な反抗的態度を示し絶望的になるのは「当然の結果」と理解を示し、しかし「人生はすべて暗い何うすることもできない絶望的なものにせよ（略）尚この絶望的な人生に生きなければならん」と言い、「旧先生」（『文章世界』大正八・七）を「希望なき人生の希望が微かながらも待たれるやうな気がする」と読み、その希望が実現される時が来て生まれたのが「子供」だという評がある（赤堀想三「希望なき人生の希望」『大観』大正九・一）。同様の感想が木村の「藤森成吉論」（先出）に見られる。木村は「床甚」（後出）とこの作品が『子供』という要素で関連していることを、「暗鬱な藤森氏の厭人的傾向を、ベアトリスとなつて光明の中に甦らすものは子供だ」と言い、作者の心の中にたしかに在るものを指摘している。

「郊外に来た春」（大正八・三）（初出未調査、『芸術を生む心』所収）に描かれているのは「子供」のつづきで、再度文筆生活に飛び込んだあたりの、個人的な不安、焦燥、苦悩の東京の日々を描く。ここではやくも彼は文壇の無力や利己主義に失望し（一年後には「所謂文壇に就て」という文壇批判の発言がある）、ひいては自分の心身にまで自信を失う、という状態である。書いても生活してゆけないのではないかという不安、それればかりかもう一字も書けなくなっている自分、故郷へ帰ろうかとまで悩む主人公であった。しかし題名に見られるようにこの閉塞状態もやがて季節とともに解消されてゆくのか。

郊外にあるその小さな家での話、「鼠」（『太陽』大正九・一）には、物書きの夫（これは百パーセント藤森）と家に住みついた鼠一家との闘いが描かれ、神経質で短気な夫は仕事が手につかず、敵の所業に怒り狂い、共闘する妻の無神経さや鈍感さに立腹する。しかし夫婦の心の機微も伺われ、疲労もするが心温まる作品である。作者はこの主人公を「非常に病的な心理の持主」と言い、「彼は毎日いらいらした気持ちの中に苦しい創作の筆を進めて」いると書いている（「一つの作品が出来上がる迄　短編『鼠』を発表するまで」『文章倶楽部』大正九・六）。

「燕」に描かれている「恐ろしい争い」とは、諏訪の生家における父たちのやり方すなわち家中心の思想と、これにたいする店の使用人らの醸し出す空気——彼らの思想や感情、反感と怨恨——、その双方にたいする主人公（藤森自身）の怒りや嫌悪などであった（虐げられている使用人らのがわのひそかな報復が語られる後年の「のれん一重」（『改造』昭和二・八）の題名は、主人ら奥の人間と人間扱いされていない奉公人らを区別する屋内の「のれん」を意味する）。

しかし「燕」では、「恐ろしい争い」以上に、堅い氷を徐々に溶かそうとするような（主として）主人公の父親にたいする思いやりや心配の気持ちに読者は打たれる。このかなり長い物語は、永年の商売をやめようとしている「家」のたたずまいから始まり、回想部分で家の中での「恐ろしい争い」が語られるが、いまやその父親は自分の健康の心配もあれば先祖代々の老舗の店じまいに直面し、相続者も相談相手もいないという状況である。

単に私にその家を継ぐ意志が無かつたからばかりでは無く、又父の心を、その廃業の決心にまで、引き摺つて来た事については、家の謀叛の子としての私の力にどんなに帰さなければならなかつたらう……が、その父の廃業の相談に私の与つたと云ふ事が、一方からは、又奇体な風に父の心と私との間の聯絡を固めて行つたのだつた。

七人から三人に減ってしまった奉公人の今後の身の振り方や「総番頭の遊興」事件の心配などが語られ、主人公は父親に「これからは普通の職人や労働者と同じやうに、店の者もやつぱりそれ相当の報酬で働いて貰ふより外仕様がありませんね」と、「一般の時勢つて云ふものが、もう今は一つの大転換期へ動いて来てゐるんですから」ということを説明する。また主人公は長い手紙を書いて「救いを求めている」父の心もちに寄り沿おうとする。

今世界を風靡して、日本にもまさに恐るべき勢ひを以て起らんとしてゐる風潮をお考へ下さい、此の後はもう、主人だけの利益の為めになぞ働く者は必ず一人も居無くなります。どこ迄も共存的に、相互扶助的に進んで行く方針で無ければ、此の後は一つの事業も経営しては行けません。

物語の最後で、山国の夏の朝、燕の出入りする大きな家をあとに東京の自分の小さな家に帰るべく停車場へ急ぐ主人公に読者が感じるのは、厄介な事態をなんとか回避できた彼にたいする評価であろうか。

大正八年九月、大坂屋閉店のとき父英一郎はまだ五十七歳で、その後十月に父子は和解した(『たぎつ瀬』四八頁)。

宮島新三郎は、芥川、久米、菊池、藤森、江口らを便宜上赤門派とくくり、この年（大正八年）とくに江口と藤森の活動に意を強くしている、と言う。「パッとした華やかさもなく、作意の上の通俗的な面白味もなくて、暫くの間は文壇の中心興味にならなかった」藤森の作品が認められてきたことを喜び、「湖水の彼方」「子供」「旧先生」「燕」の作品名を挙げ、「子供」「旧先生」にかんしては「真摯な態度で物を見てゐるその真面目さ」に心を打たれたし、菊池寛が先生ものとして一番すぐれていると推奨した「旧先生」を「静かに人生の底の淋しみを味はうとする者にとつては常に強い魅力を有してゐる」と言う（「本年度に於ける創作界総決算」『新小説』大正八・一二）。別のところ（「九月文壇の印象」『早稲田文学』大正八・一〇）でも「旧先生」「燕」を評価しているが、「燕」の主人公の、父親らにたいする態度、その主人公を描く作者の態度は「疑問」だと言う。宮島は、「何でもかんでも知つているぞ、お父さんなんざ引込んでゐるがよい」と言う主人公にたいして一種反発に近いものを味わった、そうである。

大正九年になっての彼の藤森評（「藤森成吉氏の作品」『早稲田文学』大正九・二）に「意義ある些末事《シグニフィカント・デテール》」という言葉が出て来る。

> 真の芸術家は意義ある些末事を再現する。すなわち些末事に何時も意味あらしめるのである。（略）事実を情緒と空想とを以て生気づけ、色付け、かつ生命づける処に真の芸術が成り立つのである。私のよく云ふ現実主義の文芸とは此の意味を基点としたものに外ならない。そして藤森氏の芸術にはさうした意味が非常に多いことを私は心から喜んでゐる。（略）それでは氏

の芸術は単に人生の報告そのものにすぎないかといふに決してさうではない。私達は氏の芸術から人間の生活に親しむべきこと、どんな小さな事柄に対しても愛を持つべきことを教へられる。人として最も尊い謙虚にして総てのものを愛すべきことを示してくれる。

無条件に感心したと言う「鼠」はじめ「山」「子供」、自分以外の生活を描いた「床甚」「旧先生」に言及し、さらに藤森のなかにひそむ「何時かは徹底的に爆発するもの」――芸術にむかって、生活にむかって――を期待、予言している。

宮島によれば、「現実と詩とがすれ違いなく融合一致した場合こそ」藤森の作品はすぐれた芸術品となるが、「山」はその代表的なものである。しかしなお「素材を十分にマスターする」とか、「表現は内容の円熟に従って自分から誘発されるという信念」を持つ、などの助言をしている（「詩と現実の調和を求む」『新潮』大正一〇・三）。

「意義ある些末事」論から二年して、宮島は「文芸の社会主義的傾向」について述べているなかで、この傾向を見せている作家として、長谷川如是閑、上司小剣、小川未明、江口渙、加藤一夫、宮嶋資夫、藤森成吉、宮地嘉六を挙げ、宮嶋、藤森、宮地らは「社会主義者たるべく、余りに芸術家であつて、その作品が多くは社会主義的思想以上のものを現してゐるのを以て見れば何時、社会主義の衣を脱ぐかもしれない」「社会主義は生活を規定する一つの法式ではあるかも知れぬが、芸術を規定する主義ではない」と、藤森のこれからについて重大な発言をしている（「創作界の傾向及事件」『早稲田文学』大正一〇・一二）。

宮島は『大正文学十四講』（新詩壇社、大正一五）のなかの「第八講　プロレタリアの文学」で、作品のうえに社会主義がいかに現れているかを論じるのはまだ無理があるとしながら、一般的に、藤森、小川、前田河を取り上げる。藤森についてはこれまでの論評の延長であるが、彼が「人間を凝視することによつて、プロレタリアの精神を摑まうとする人」であること、「人道主義を是認しつつ社会主義を主張する立場にあるらしい」こと、「氏の作品にして成功してゐるものは詩が程よく現実と調和してゐるか、又は現実に対する観照が透徹してゐるか、その何れかの場合である」こと、などが見られる。「お玉婆さ」「床甚」などについては「如何に虐げられ、如何に此の世の中から顧みられないでも、人には人として生きる道がある」「この人として生きる力を暗示してゐる所に意義があり価値が存する」という評価をしている。

早稲田出身の当時新進気鋭の、評論家であった宮島の藤森にたいする評価は概して好意的であった。「人間を凝視することによつてプロレタリアの精神を摑もうとしているらしい」という彼の藤森観察はこの時期の藤森のもっとも注目すべきところを衝いており、のちの研究者らの発言を導くものとも感じられる。(11)

木村毅の「藤森成吉論」（『新潮』大正九・三）は、この時点までの藤森が「全的人生の表現」「全部的表現ができる小説」にこだわり成功している、という面を指摘する。『波』「炬燵」「雲雀」「造花」を同系統（暗さも深さもない純朴さ）と括り、「研究室で」「お玉婆さ」「母」「床甚」などに描かれている人生は憂鬱で、「作者のミザンスロピックな心の反映」である、と言う。初期の作品の芸術味、明るさ、面白味が彼の一面であれば、その後の作品の暗い威圧的な厭人的傾向も彼のもう一面である。彼の持つ「詩と現実」「芸術味と人間味」「光明面と暗黒面」を見せる「山」は彼のもっとも優れた作品のひとつであり、ここに見られるのはグルーミイ・ビュウテイの味わいである、と言う。

大正九年四月、江口は「新現実主義潮流の形成に影響を与え、その鳥瞰図を示した」（小林茂夫「江口渙」『日本近代文学大事典』）と評価される評論集『新芸術と新人』（聚英閣）を発表した。ここに組み込まれている「藤森成吉君の処女作」と「藤森成吉論」によって、『波』から作品集『新しい地』に至る藤森の「大きな進歩」について発言している。「イリタビリテイ」（irritability）というキーワードで『波』を批評し、「神経衰弱に罹つて東京から大島へ遁れて行く大学生の如何にもいらいらとした心持ち」や「無闇にいらいらする事に依つて独りで好い気持になつてゐる」ところは、『新しい地』の「子供」「床甚」などでは「背後に十分な人間性が隠されてある」「読者を無理にもその痛ましい憂鬱の中へ誘い込まずには置かない」ものになっている、と評価し、このような変化を「進歩」と評価するのである。ちなみに江口の苦情で多数の同感を得るであろうと思われるのは、藤森が読者おかまいなしで自分の書きたいことを「無闇に」書く、というところで、それは彼の「生一本と一向き」によるものであるが、「出来るならもう少し読者の方も併せて問題にして欲しい」と悲鳴を上げている（「藤森成吉君の処女作」は前出『波』を読む」と同一）。

第一短編集『新しい地』（大正八、「山」「子供」「娘」「湖水の彼方」「憧憬」「旧先生」「床甚」）と第二短編集『研究室で』（大正九、「研究室で」「お玉婆さ」「雲雀」「造花」「母」「炬燵」「発狂」）は作者自身の経験や記憶から紡ぎだされた「人生派的」作品が主である。秋田雨雀は『新しい地』を評して、この七編は「悉くこの作家の素人らしい態度で人生を静かに見てきた報告」と言い、「芸術のもっとも重要な役目をヒュマン・ドキュメントとしたならば、藤森君の芸術は、その目的に最も適合したもの」と評価している（前出「藤森成吉君の芸術」）。

諏訪中学時代のある先生の生き方を延々と書き綴った「旧先生」を小島徳弥は「ロシアのツルゲエネフの作品の主人公を思ひ出させるやうな空想家のタイプ、山川先生の話をあれ丈け達者な筆致でぐんぐん書いて行く後に、読者はいささかの倦怠もなく引摺」られると褒める（「藤森成吉論」『サンエス』大九・四）。ただし小島は、それに止まらず少しは作者の「批判」を要求し、「床甚」など泣くにも泣けない人間の姿を「そのままベツとり油絵の如く書き上げただけ」という彼の「書き放ち」には失望と言う。「あとは賢明なる読者諸君におまかせしますといふ調子でさつさつと出て行くやうな薄情な態度」と言い、宮島の「意義ある些末事」という考え方にも異を唱え、いくら意義ある些末事でも「書き放ちにしてある丈け」では満足できない、と訴える。当然秋田のヒュマン・ドキュメント第一の説にも反対であるが、この点実は秋田自身も、藤森は「非常に太い線で、何等の意味がありそうに、読者の注意力を引つぱつて行く、そして最後に、何等の解釈も与へず読者を放り出して、自分だけはさつさと陰へ引つ込んでしまふ」と同じ文章で述べている。

小島の「藤森成吉論」は初期の作品をよく読み、作者の長所短所をていねいに指摘している。彼は『早稲田文学』（大正一〇・一一、一二）で二か月続けて藤森の「善人主義」について書いているが（「最近文壇の収穫」と「最近創作壇の収穫」）、俎上の作品は「妹の結婚」（『新文学』大正一〇・五―七）である。藤森の現実の異母妹は初期の「造花」（『新小説』大正五・一二）で初登場する。突然その存在を知ったのは学生時代で、兄弟姉妹のない彼は、日陰の環境に生い立った彼女にたいしては、愛情、責任感、そして違和感など心中は複雑ではある。作品の主人公は、つまり藤森は、なかば親代わりのような気持ちで彼女の結婚にかかわろうとするが、善人、善意そのもののような主人公にたいし妹やその周囲の反応は期待外れ、いささか非常識、というところで、善人は複雑な思いを抱えながら撤退する、という話である。小島は「人としても善人である」作者が「善人の失念と悲哀と寂寥とによる人生の諸相を描き出すところに、作家としての努力がかかつてゐる」と言い、これを善人主義者の失敗とその失敗から来る彼の自嘲と見たが、作者から抗議があったことなどを述べている（『早稲田文学』大一〇・一二）。小島が同誌前号で詳細に論じたと言う「善人主義」であるが、善人主義と人道主義の違いを、人道主義の正反対が悪魔主義であるとすれば、善人主義の正反対は利巧主義であると言う。人道主義が他に働きかける時、その働く主格はその作用を十分に意識しているが、善人主義はその主格においてそれの作用の意識がない。悪魔主義が他の領域を犯すまで至らなければ承知できないのに反して、利巧主義は文字の示すように「利巧に自分の天地丈けを小さく守って」いる、という相違がある。善人主義が性格的なら人道主義は理知的である。小島が言う善人主義は、藤森の場合、やがて「人間愛」「慈愛」などの装いで現れるのか。

（これまで題名のみ出してきた）「床甚」であるが、これについて藤森は、岡山時代に「土曜の午後から日曜一杯で」書き上げたが、それは当時登場した中条百合子の「日は輝けり」（『中央公論』大六・一）に「刺激されて」であると言う。中条の作品は二人の青年を取り巻くそれぞれの一家のマイナスの状況にあらがう彼らの負けいくさを描きながら、底流に「日が輝く」ことへの確信のようなものが感じられるが、これが藤森を後押しした、とは発見であった。

私は従来の自作に表れた抒情詩人的天分にあきたりなくなつて、真に人生の奥底へ突入した凄い物を書きたいと、凶暴に荒れ狂つた。その怒濤の生んだ牡蠣の一つ。(「自作の憶ひ出と記録」)

「凶暴に荒れ狂つた」作者が一日半で書いた(作品集『新しい地』で)一一〇頁以上の「凄い」産物に語られるのは、人間を憎み社会を信じられない床屋の甚九郎、芝居小屋で働く妻のお菊(人間としても女性としても非難はできない)、そして木村毅が見逃さなかった唯一の救いが期待される『子供』(この女の子はお菊と死んだ前夫のあいだの子供であるが、甚九郎もこの子にたいしては優しい)、そのまわりの人々の絵に描いたようなどろどろの、小島が言う「泣くにも泣かれないやうな」人間悲劇である。最終的にお菊が夫を殺して子供をつれて警察に駆け込むところで、読者はむしろほっとする。

第一短編集に収められている二つの関連する作品に触れたい。作者が「自分の初期プロレタリア文学の代表と言いたい」と言った「娘」と「湖水の彼方」である。

「湖水の彼方」とは諏訪湖をなかにして上諏訪の対岸にある岡谷である。大正八年に書かれたこの短編(『中外』三月号)で語られるのはひとりの青年の空振りの「冒険」である。題名の醸し出す意味ありげな「場所」に連想されるのは、(のちに触れる)巨大な搾取の城塞の残酷さのみではない。「新の一月おくれの盆」の夜、「丁度、私の二十歳の夏」（藤森は八月生まれ）という青年は、この時期町じゅうに群をなす工女のだれかを誘惑しようと胸を躍らせて下りの汽車を降りる。しかしまったく何もできずただ歩き回って「湖水の水の注ぎ出してゆく川〔天竜川〕に掛けられた長い幅広い橋」を渡って小高い場所から「その町の、日本でも有名な沢山の大きな製糸場の全景」を月の光の中に見る。傍らの女らの会話が聞こえる。

「ねえ、マア奇麗ぢやあ無しか、――私達はあんな所に今まで働いてゐただねぇ。」「ふんとうに。かうやつて見てゐりやタダ奇麗ばかだ、――イヤだなあ、さうだけんど。お盆が済むと又あんな処《とこ》で、マダこれから暮まで毎日ガミガミ云はれて働かなけりやあいけねえだで。」

同時期に書かれた「祭の夜」（大正八・六）も同じ体験を扱っている。こちらは友人と一緒であるが、ここでも「冒険」は失敗に終わる。

藤森作品のなかでも知名度が高い「娘」のなかの十五歳のおとみは小学校もろくに行かせてもらえず土地の人が「きかい」と呼ぶ製糸工場で働いていたが、いまはさいわいにも大店で女中奉公をしている。この家の「お袋さま」は客の百姓相手にしゃべる。おとみはちょっと強情で言うことを聞かない、とこぼすと、聞き手は答える、

「さうかい、工女になると、誰でもみんなづぶとくなるだよ、――おらの知つて居る娘《こ》にも、

やさしくて極いい女だと思つた奴が、僅か工女に行つて帰つたら、マルデ見違えるやうになつた奴が幾人も居るわ。」「……きかいつちうとこあ、女の行末の為めにやあマズよく無え処さ、外に金が取れるもんなら誰だつて好き好んで、大事な娘をあんな処へやりやあしめえがなあ、何しろ大勢だし仕事は激しし、傍からあ荒つぽくされるしだで、又図太くでも無けりあ一日だつて勤まりやあしめえわ。」

作者は例の如く「書き放し」であるが、読者らがそれぞれの胸のうちに「おとみ」のこれからの人生の絵を思い描けるだけの読後感を持つことができる語り口である。(12)

第三短編集『寂しき群』(大正九、「盗人」「その兄弟」「狂つた友だち」「鼠」「燕」)は「序」によるとそれぞれ「寂しき人生の一断面」を描いたものである。大正九年に書かれたものを主とした第四短編集『その夜の追憶』(大正一〇、「故郷を去るまで」「罪業」「海」「その夜の追憶」「灯」「仔鳥の死」「日傘」「奇妙な家」「水郷雨語」)の「序」で自分の特徴を知ってもらうためまず「灯」(『太陽』大正九・一〇)を読んで欲しいと言うが、これも岡山時代の産物で(大正六・三)内容は「全部空想」だそうである。

数年前自分が生まれたときにお産で母を失った男の子と毎夕マッチを持って神社へ行き灯籠の蓋を開けて灯心に火をつける父親だけが登場する。薄暗い社や森を背景に語られるのは、取り残された者同士の愛情と取り返しのつかない寂しさである。この点、藤森の寂しさは詩人のでもなく哲人のでもない「慰められやうのない人間としての寂しさ」と捕えているのは木村毅である(『新しい地』について」『大観』大正九・一)。

大正九年は藤森にとって空前の多産の年であったが、ここでもう一度題名も文字通り「故郷を去るまで」(『大観』大正九・四)によって(話の流れとしては「子供」「郊外に来た春」「燕」と語られてきた)当時の生家の険悪な空気と作者自身である主人公の胸の内を読者はなぞらねばならない。これがこの種の作品の集大成的なものであるからである。

夏の初め、職を手放し他郷で無断で結婚した妻を連れての帰郷であった。主人公と周囲の人々との間の反感、不和、憤りなどはもはや省略するとして、焦点を「全く専横的な」父親と「自棄的な暗い」態度の奉公人らに合わせ、主人公が父親に反省を促そうとするところを見ると、

確かに間違つていらつしやるんです、家をほんとに大事にお思ひなら、なぜその家の人間を大事になさらない? 個人の生命を重んじないで、家の栄えたタメシは決してありません。(略)家は人を養はずに反って殺そうとするやうな変な空気で一杯になつてゐます、どの人間も窒息するやうな気もちで暮らしてゐます。(略)生きた人間の心を無視して、人間から出来上がつた家を持ち堪へて行くなんて事が、どうして考へられませう。

この発言で事態は一層悪化する。十一月二十日の「お恵比寿講」は商家の商売繁盛を願うお祝いで、新店や出店など親類中の年寄りや手伝いの女らで生家はおおいに賑わったが、そのすぐあと主人公は妻と生まれてやっと一か月の子どもを連れてこの家を去った。やがて冬になる故郷の景色を眺め、

そこに暮らす父や母、さらにあきらかにその血が脈打っている自分の生命やらを思って、何に向かってかわからぬまま主人公は涙をこらえて一心に祈るのであった。

年末には日本社会主義同盟という新しい流れに飛び込むことになるのだが、藤森としてももうそろそろこの題材から卒業することを考えていたに違いない。現に同時期『改造』掲載の「盗人」ではこれまでの彼の創作世界には見られなかった問題が展開される。

もう一つ『芸術を生む心』所収の「三つの創作的心理」（大正九・七）という小文をこの時期藤森が書いていることを言わねばならない。これによると、現代英国の思想家バートランド・ラッセルは日本でもしきりに紹介されている人気者であるが、ここでの要点は彼が人間の精神生活を「本能」「知性」「霊性の生活」とわけていることである。藤森は、「霊性」という「妙な」言葉は、空想の力によって第一の本能生活を拡大した形、と説明する。藤森の「空想」も「妙な」と言いたいが、第一の時期は「鳥が歌い、花が咲くように」ものを書いたのが、次の時期は自己の主観のなかへ入り込んでの反省と懐疑の時代で、やがて「自己を問題とすると同じ程度に、他のすべての人を問題にし、自己の生活を考へると同じ深さに於いて他人の生活を考へる時期」が来る、と解説する。

つまり小主観の世界から脱却して大主観の世界へ入る。その大主観の世界は言葉を換へて言へば深い客観の世界である。で、作品としても小主観の世界から脱却して、大主観的な作品にまで達しなければ、本当に大きな立派な作品とは言へないと思ふ。

「三つの創作的心理」が書かれたのは大正九年七月である。彼は、自己中心の人生派的作品を書きながらラッセルの言う「霊性の生活」（すべての他人を問題としその生活を考える）にもアンテナを伸ばそうとしていたらしい。先出の和田も、ラッセル、藤森、両方の文に接し、藤森の「創作心理の発展も、このラッセルの説くところに甚だ近い」と述べている。

五番目の作品集『煉獄』（大正一〇）のなかの「勿忘草の花」（初出未調査）は「故郷を去るまで」の続編とも言えるが、事態が穏やかに収拾されようとしているのが読み取れる。父親との軋轢の軌跡は深いが、反抗、屈辱的な降参、心に残る憤りなどを背景に、それでも子は妻にもすすめられて父を東京見物に招く。田舎から出てきた父はどことなく身体の元気がなさそうで、子は東京のいい病院で診て貰ったら、と言ったり、どこか芝居へご案内しましょう、と勧めたりする。

芝居は新派の舞台で、自首して刑を受けようとしている男が鐘楼を守る父親の勧める教会へ行き父に引き取られている自分の妻子に別れを告げようとする。昔気質の父は世間に代わって成敗すると言って、息子を刀で斬ろうとする。息子の細君は「彼等を赦したまへ、彼等そのなすところを知らざるが故」と聖書の言葉をひいて「神様でさへも許して下さるつて云ふのに、どうしてお父さまはお許しになれないんです」とその腕に取りすがる。

「全くあのとほりだ……思はず身につまされて了つた。」

その幕が下りると、親父はまだ涙に濡れてゐる顔をして、少し気恥しさうに弁解らしくそんな事を云ひ出しました。

「……」

そう云ふ親父の言葉の中に、僕は同時に或る親父の考へを読みとりました、決してわざと親父が泣いたんぢあないにしても、「身につまされた。」って云ふその独り言みたいな言葉の裏には、ハツキリと親父の自分自身にたいする是認と、今ひとつ僕への非難とが含まれてゐる筈です。

しかしやがて父と子の気持ちは自然に溶け、父は土産の勿忘草の株を鞄に入れて持ち帰り、子は空色の花が郷里で咲くのを思い浮かべる。

一つの見方であるが、俳人の宮田戊子《ぼし》の藤森観察に触れたい。彼は「藤森成吉氏の性格形成について」の一文において、「今人間を研究する唯一の方法たる精神分析の知識を以て」彼の人と作品を検討する、と書き始める。（これを収める『近代日本文学の分析』は昭和十六年の出版であるから、その時期までの藤森の動静を観察、分析するものであるが、）まず「藤森氏の文学の特徴」の項では、彼における自己恋慕（ナルチスムス）、自分に親近する者との競争意識（劣等感）、自己弁護、旺盛な発表欲、などを挙げて、批判的である。

斯かる自己恋慕は万人にとつて、自己を策進し、鞭撻すべき努力を銷磨する大敵であるのはいふまでもない。わけても芸術の最高峰を目ざして、日々刻々の精進を怠つてはならぬ文学者にとつては、それ以上の大敵であるのは論をまたぬところである。

『出家とその弟子』の倉田百三や『夜明け前』の島崎藤村を例に挙げ、彼らにたいする藤森の競争心については、「その芸術的価値よりも、むしろそれの世間的人気」に刺激されたという彼の「幼児性」を指摘し、「氏の競争意識なるものは幼児的ナルチスムが原動力になつてゐる」と言う。彼の「自己弁護」については、「氏が常に何かに自己が監視せられてゐるが如く、監視者の攻撃を予期して防御線を張つてゐる心理状態」と言い、旺盛な発表欲も含めてすべてナルチスムスによって一貫されている、と観察する。

「生い立ち及びその性格」の項では、「エディポス・コムプレクス」として主として「父にたいする母の復讐」を指摘し、「それがために氏は父を敵と見てそれに挑戦し、執拗な闘争を繰り返すのであるが、後に氏が自ら社会主義者と宣し、たとへ一時的にもせよ、氏としては柄にもないと見られるプロレタリア作家となつたのは、この封建的家族制度を崩壊すべきものは社会主義より外ないと考へたのであらう」となる。「或る男」「故郷を去るまで」「子供」「若き日の悩み」などの作品によって「その反抗は反抗のため以外の何でもなかつた」「反抗が氏自らいふ如く単なる思想の相違でも時代意識の相違でもなく、母の復讐といふエディポス・コムプレクスであつたことは確言して差支へない」と言いながら、「然し斯く父親に対しての憎悪も畢竟、父への憧れが変形したものにほかならない」とも観察する。

斯く父を克服することに失敗した氏の不幸は殆ど生涯的なものとなつた。されば氏は幾度か父の代償もしくは人を父と仮想してそれに向つて克服すべく努めるのだが、これが氏の競争意識なるものである。そのため大方の人に在つて自我の監視者たる超自我は、氏に於ては外にあり、それがため、フロイドの所謂観察されてゐるといふ妄想を抱き、そのためにこそ氏は世評に一喜一憂したり、自己弁護をしたりするのである。

宮田の執拗な論はさらに「何が藤森氏をさうさせたか？」の項へと進むが、そこで繰り返し「故郷を去るまで」を引いて、大正九年当時の「人を使つてゐるものの罪障感と、権力への社会主義的な復讐に対する恐怖の心境」という面に言及している点は、首肯できる。(13)

作品集『煉獄』(大正一〇)所収の「一つの作」「家と彼」「春」「雀の来る家」「蓬萊屋」なども作者自身の話である。「水を恋う」は亡母への思慕の一編である。最後に母に背負われて聞いた川瀬の音が始まりで、長じて(素質的に)病的な神経が著しく成長して来ていた「私」はまひるの湖で亡母の幻を見たりするが、やがて折々の水の姿に「自由自在に」しかも自分のとるところを失わない生命の世界を感得して、「すつかり自由な、まるきり今迄とは違つた世界だ！」と、心身ともに健康な自分を取り戻す。

のちに藤森は「私小説」についてこれは一人称で書かれる場合もあるが「大たい三人称の形を取り、しかも主人公の彼氏は作者と同一人物である」と述べ、なぜそんな手数を踏むかと言えば、それによって「自己を客観視する」小説の本質に適合しやすいし、フィクション(虚構)も採り入れやすいからである、と説明している(「俳句と私小説」『雲母』昭和二八・七)。彼の人生派的小説の中の自分は客観視されてもいるし虚構も見られる「私小説」の主人公ということになる。たとえば「或男」はあきらかに藤森を連想させる武井善太郎の短い一生を描きながら、おおいにフィクション(事実とないまぜの)を取り入れて話を面白くし、主人公を客観視し、善太郎という藤森とは別個の男を使って作者の内心を吐露しようとしている。「その夜の追憶」の主人公は一人称で「その夜の追憶」を語る。「上の学校へなどはやらせられずに」家にいて店の者と一緒に働いている十九歳の「私」も藤森である。生母が死にすぐ後へ来た継母が生んだ弟、夜の湖で無理やり小船にのせた老犬の黒、その夜のできごと、などを語り、犬も弟も一年後、二・三年後に死んでしまった、という単純な話に練りこまれた主人公すなわち作者の孤独で暗い内心は感覚的には十分読者に伝わる。作者は、これは「月夜の諏訪湖を書いたものです。僕は非常に好きなんだ」と書いている(「諏訪湖の畔」『文章俱楽部』大正一一・七)。作品の中の自分は、正面から自分むきだしのものから雲をつかむようなものまでで、数えればいったい何十人の「藤森」に読者は活字の上で出会うのだろう。

自分とは違う生き方、境遇、運命の、しかも多くは不幸で、救いようがない残酷な重荷を負っている人間を描く場合、そのような絵柄を垣間見る、安全なところにいる自分、という構図である。例えば、語り手の「私」がお玉婆さの小屋を訪れるのは「全く私の偶然の思いつきから」であった。その思いつきから彼女の人生の長い時間やはっきりしないその人間関係などが悪夢のように露呈されるのを読者は辿らなければならない。「床甚」「発狂」「狂つた友だち」「罪業」「奇妙な家」と数え上げると、この種の作品の共通点と思えるのは、一種病的な「異常」である。木村毅の言う「暗い」「威圧的な」「厭人的な」異常である。たとえば「狂つた友だち」(『新潮』大正九・一)では、語り手の自分は学友飯田の異常さは幼い時に母が発狂していなくなり父子家庭の父親が強迫観念となっている彼の環境が原因かと思ったり、ロンブロオゾの狂気論まで参考に心配したりする。事態は悪化し、帰郷させて療養させるのがよいということになり、彼を騙して汽車に乗せ信州まで送っていくことになる。家へ帰らない、学校へ戻る、と抵抗する彼を道程半ばの塩尻あたりまで連れてきたころは読者も疲労困憊の体《てい》である。しかし彼は結局自宅で孤独死してしまう。

作者は「書き放し」である。こういう異常を解決できない作者はそうせざるを得ない。彼になにかできるとすれば、問題がいくらかでも「社会的」でなければならない。

もうひとつ気になるのは「蛙」（大正八）「轢殺された犬」（大正一〇）（のちの「はらわた」「闇の死」なども）などあまり読み返したくない作品の恐怖的描写はいったいなにに由来するのだろうか。作者生来の神経症的傾向からか自然主義のあおりを受けているのか。もしかしたらリアリズムを意識した「プロレタリア文学的な」絵柄のつもりだろうか。

藤森は、自分の初期プロレタリア文学の代表と言いたいのは「娘」（『文章世界』大正七・九）であり、また、「日傘」（『大観』大正一〇・一）を「プロレタリア文学の味ひを持つた短編」と書いている（「自作の憶ひ出と記録」）。北欧の少女の貧しい生活や、日傘に象徴される美しいものへのあこがれや、彼女の自尊心などを念頭にプロレタリア文学性を言うなら、いろいろな意味での弱者が多く登場する初期の作品の多くにはプロレタリア文学の「味ひ」があるということになる。のちに藤森は「僕は決して、あまりに放漫な、広義のプロレタリア文学を採らない者です」と言いながら、いやしくも真の芸術家なら「虐げられた階級の心理の奥底へ突つ込んでいけない」はずがない、と断言している（「インテリゲンチヤとプロレタリア文学」初出未調査、『叛逆芸術家』所収）。つまり真の芸術家は、あるあるいはすべての対象を描く場合、その精神はプロレタリア的である、と彼は考えているということである（その逆――真のプロレタリア精神が芸術を生む――を彼が熱心に主張する場面はのちに述べる）。

評論「所謂文壇に就て」（『新潮』大正九・二）[14]で、藤森は、作家がいわゆる文壇に凭れかかって安心している状況を「妥協的」「事大思想的」「付和雷同的」などと批判した。文壇を重視してそれに囚われ過ぎれば、やがて作家ら自身の、ひいては芸術それ自体の堕落、文壇自体の腐敗が進行する、と警告した。これを改革するために、と彼が訴えたことは、文壇の厚い壁を壊し、自由闊達で晴朗な空気をそこに漲らせ、社会と合一した文壇をつくって、民衆の精神のなかに飛び込みその精神を受け入れた新しい文芸を育て上げる、ということであった。このような発言には大杉栄の影響が明らかである。「民衆は芸術から遠ざけられている。（略）かくして思想は甚だしく貧弱となり、芸術の為めには重大な危険が迫っている」と彼が訴えたのは大正六年であった（「新しき世界の為めの新しき芸術」『早稲田文学』大正六・一〇）。

しかし藤森の発言は「抱負」であって、これまでに発表された人生派的な大量の作品にどれほどの「民衆の精神の中に飛び込みその精神を受け入れた新しい文芸」の息吹が見られたかは別問題である。こののちどんなかたちで彼の発言が作品化されるのか、というところである。

最後に、しばしば引用した「自作の憶ひ出と記録」であったが、その結語は省略できない。昭和二年も終わりに近いときの発言である。

振り返つて見ると、遅筆のくせに随分書いたものだが、何故もつと早くマルキシズムを勉強してゐなかつたか、又宿望の長編小説を書ゐてゐかつたか、と残念に思ふ。

（略）が、まだこれからだ。

人生派的作品を後に、将来にむかってマルキシズムと長編小説への志向が本人の言葉で確認されたのである。

第三章 「実行に於いては社会主義、文芸に於いては プロレタリアニズム」一九二〇—

(1) 日本社会主義同盟加入、フェビアン協会参加

森戸辰男事件で始まり、日本最初のメーデーが行われた大正九年、二十八歳の藤森は、十二月に日本社会主義同盟が発足すると直ちに加入し、「以後ハッキリ社会主義運動に参加す」(「年譜」)となる。

森戸の「クロポトキンの社会思想の研究」(『経済学研究』大正九・一)はクロポトキンの無政府主義を研究、発表したもので、新聞紙法違反により起訴された。[1] 森戸によれば、——理想的社会とは「社会の各成員が『自由なる人格』たるに適する社会状況」であるが、現今は国家主義と資本主

義が障害となって政治的にも経済的にも自由は得られていない。クロポトキンが説く無政府共産主義の思想内容は「それが現在即時に実行し得るや否やとの問題とは別に、将来人類の発達とともに実現し得、また実現しなければならぬ社会理想たり得るものである」。このような考察や発言には藤森も同感であったであろう。森戸は昭和三年の普選に立つ藤森を応援するひとりである。

日本社会主義同盟は、明治時代からの社会主義者と第一次大戦後の若い社会主義者とを結集し、社会主義運動と労働運動との本格的な結合を実現するものと期待されたが、内部のマルクス主義と無政府主義両派の協同は長続きせず、翌年五月までの短命に終わる。発起人は山川均、山崎今朝弥、岩佐作太郎ら三十人で、三千人に達する加入者があった。文学者としては、宮地嘉六、宮嶋資夫ら労働者出身の作家ら、藤森はじめ「いわゆる既成作家のなかで社会主義的関心を示した作家たち」[2]が参集した。江口は、「小川未明、秋田雨雀、藤森成吉、江口渙」の名を挙げ、この四人が相次いで加盟したことを「これが文壇人が身をもって社会運動に飛び込んだ最初の記録である」と回想している（「ロシア革命と日本文學」『新日本文学』昭和二二・一一）。

意図するところは文学、労働、社会主義をひとまとめにして、つまりあらゆる色合いの仲間を集めて共に「社会主義への第一歩」（江口渙著『続わが文学半生記』春陽堂、昭和三三の冒頭章のタイトル）を踏み出そうとすることであったが、十二月十日夜、神田青年会館での創立大会が解散した時、早くも発起人のひとりであった大杉栄は検束された。大杉は発足時に書いた「日本に於ける最近の労働運動と社会主義運動」[3]で、ここに至るまでの流れを解説する。すなわち、日本に組織ある労働運動をもたらしたのは、日清戦争後アメリカから帰国した社会主義者片山潜の知的指導であった。幸徳秋水と堺利彦は主として非戦論をもって社会主義の理論的普及に尽くした。大逆事件後、大杉と荒畑は『近代思想』ののち、「明白にアナルコ・サンジカリズムを主張する」月刊『平民新聞』によって苦闘した。堺は社会民主主義の立場で雑誌『新社会』を始め、これが『社会主義』として社会主義同盟の機関誌となっている。

この時点での藤森の信念や立場を明らかにしている短文がある。

社会制度の問題については、私は前から社会主義を信じてゐる者だ、その思想を最も正しとし、それ以外に改革の途なきことを確信してゐる者だ、（略）「実行に於いては社会主義、文芸に於いてはプロレタリアニズムの文芸」の宣言だ。

そのプロレタリアニズムの文芸とは「真にプロレタリアの心を心とし、真の芸術的精神を精神とする」ものである。文末に「江口君安んぜよ」と言って、自分が発会式直後に加盟書を事務所へ送ったことを書き添えている（「私の態度」『時事新報』大正九・一二・一八）。江口は同盟中央執行委員である。藤森は翌年の年頭所感「今年は何を書くか」でもこのことを繰り返している（『読売新聞』大正一〇・一・一〇）。

私の抱いてゐる芸術の信条はかねて言明してゐる通りプロレタリアニズムの芸術です。（略）これは私の一時的の信念ではなく、従つて今年に限らず此の後絶えず其の方面に進んでやまない積りです。

ただ少し、云つて置きたいことは、此のプロレタリアニズムの芸術は、現在の芸術たると同時に（寧ろヨリ多く）未来の芸術だと云ふことです。敢て将来と云はず未来と云ふのは、その精神が永遠の芸術の本質に触れてゐるからです。プロレタリアニズムと云ふ言葉からが、すでに現在の把握であると同時に一個の理想です。（「私の態度」「今年は何を書くか」はともに『芸術を生む心』に収録）

雑誌『人間』（大正九・一二）は「社会主義同盟に加入した理由」の特集で、加藤一夫、藤井真澄、島田清次郎、江口渙らの発言を載せている。社会制度の不合理と欠陥を破壊する企てとして（加藤）、社会主義を実行させるために（藤井）、同盟には期待しないが社会主義という大義名分に敬意を表して（島田）、などの感想の中で、江口は芸術か実行か、という観点から言う、

芸術家は往々に実行家を疎んずる。又、実行家も同様に芸術家を疎んずる。然し、ほんとうの芸術は、決して、ほんとうの実行を疎んじない。同様にほんとうの実行も亦ほんとうの芸術を疎んじない。何となれば芸術は由来正しき思索を必要とし、正しき思索は実行の深さに達して始めて生命が生まれるからだ。

彼らと異なり、有島武郎は、疑いなく社会主義が将来の社会生活を指導するものであるから文芸

家の参加は「実にあたり前以上にあたり前」と言いながら、自分が加入しないのは、一に、自分の生活があまりに有産階級的であるから、二に「自分の職業上絶対に自由な立場に自分を置きたい」からだと説明している。束縛を嫌う有島は、ひとりで気の向くほうに歩いて行くことを選ぶのである（「文芸家と社会主義同盟に就て」前掲誌）。

「制度に入れば自由が失われる」という考え方にたいして、長谷川如是閑はある論文の冒頭で、「制度《インスチチューション》」と呼ばれる「生活の一組織」は「個人がその意識した生活の目的を実現しようとする」ための「個人の生活の進化に資するもの」である、と定義する。家族、寺院、組合、結社、学校、政党、軍隊、自治団、国家などを挙げて、これらは「生活の具体的実現の組織」であると言う。制度は個人の絶対の自由を拘束するが、それはまた社会生活において人間は自己をのみ貫徹させることはできず自己の生活が隣人の生活を離れて存在し得ないという体験をさせ、「互助」という観念を教える。制度は自由の禁制でなく、「自由の社会化」である（「生活の現実と超国家の破滅」『我等』大正九・六）。

制度が「拘束」であるとなれば、それは「個人に対する暴君」である。長谷川はさらに、制度とは「我々自身が、時々刻々に形作つて行きつつある機関」である、なぜなら「その制度の中に投じられる新しい人間が、各自の意識的生活の進化に伴ふ意志目的を達成すべく、その制度に新しい血と肉とを与へて行くからである」と説明する。そうでなくなった制度は社会から消滅していく。一方、意識的にまたは無意識的にできるだけ制度を「固定」させようとする動きがあれば、制度は「一種の無機的固形物と変じ、個人や集団の生活に対する桎梏になってしまふ」と述べている。

藤森がこれからかかわるいくつかの組織と彼個人の関係を見るうえで参考になる視点であろう。同時期の有島の新人会での講演「ホイットマンに就いて」（大正九・一〇・二六—二七）[4]の冒頭部分は、先天的な人間の二つのタイプを論じる。一方は主義・主張を持つ人で理想家肌であり、人類全体の幸福とか社会の状況などがその人を導く動因になる。自分の理想に則って人類生活のなかになにか外面的な規範を設け、その規範にすべての人の生活を投じてそれを純一にし統合しようとする。この目的にはむかうすべての既存の制度・組織を破壊し征服するという決意を持っている。主義の者は出発点においてはたいてい被迫害者であるが、やがて自分の建てあげた理想の開山となり、制度そのものが支配者となり、迫害者の面目を明らかにする。一つの制度が出来上がれば、それが存続するかぎり他のものを圧制する結果になるからである。

もう一方のタイプはローファー（loafer　のらくら者）型で、いつでも自分が中心になっている。自分が絶対の自由の中に住みたいので、他人にも絶対の自由を許さないではいられない。ローファーは常習的叛逆者と言えるが、この種の人間は制度なしに生活することができなかった現在までの歴史の中ではやっかいな存在であった。ホイットマンはこのタイプである、というところから講演は進む。

どちらの型にも「叛逆」はついてまわる。社会主義同盟への加入は一つの制度への忠誠であり決意である。藤森は仲間と結束してこの組織を盾に既成の価値などに叛逆しようとする。有島が加入しなかったのは、絶対の自由の中に身を置きたいからであり、そのためにはやはり彼なりの叛逆をせねばならなかった。

この後藤森は当時巷で話題になった一年余の労働生活を実践し、「礫茂左衛門」に始まる戯曲作品の産出で注目され、やがて第一回の普通選挙では請われてではあるが労農党から立候補して敗戦を戦っている。社会主義同盟加入後の彼の意識がある方向へ集中していることは明らかである。

書かれる作品の色合いにも変化がはっきりしてくる。祖父江昭二は、「盗人」（『改造』大九・四）「ある体操教師の死」（『解放』大正一一・七）「脱走者」（『解放』大正一二・一）を「長い作家生活を送った藤森が日本社会主義同盟に参加した時期に底辺に生きる人々を描いた作品」と括り、「盗人」と「脱走者」には、「資本主義の秩序を批判する」論理や「階級支配のうしろにある国家権力という根本の力」こそ反抗すべき相手であるという構図が示されていることを指摘している。(5) 森戸が理想社会の障碍と名指した国家主義と資本主義こそが批判し攻撃すべき相手であるということが、作家藤森においてもはっきりしてきたということであろう。

「盗人」の舞台は東北の辺鄙な海岸で、「私」（藤森）は特権的な組織でもある組合に加入せずに鮑を密漁する男（祖父江は「ショウヤン」と呼ばれるこの男に「民衆像の多面的な諸相」を指摘している）と親しくなる。これも祖父江解説にあるように、勝手に鮑を取るという反秩序的な行為をしながら「一種の所有権の否定、私有財産こそ『盗人』の結実だ」ということをいつしか読者に考えさせるようなこの男の発想や人間像が肉厚に展開されている。「こちらが『盗人』ならあちらも（あちらこそ）『盗人』ではないか、それなのに、こちらだけが『法』に反しているのなら、その『法』とは果たしていったい何物か」という解説者のパラフレーズはまるで藤森の言葉の延長のようにきこえる。祖父江は、主人公は「プルードンなどを連想させるような根底的な資本主義批判の論理を主張し、実践している」と解説しているが、ほぼ重なる時期に実際藤森は新明正道訳でプルードンの『財産とは何ぞや』（一八四〇）を読み、発行されるとまもなく発禁にされたが、ちかごろ読んだ最もおもしろい本と紹介している（「『財産とは何ぞや』と『曲馬団』」『新潮』大一〇・八）。この書の結論は、「所有とは集合力の不当な収得、したがって『盗み』である」ということである。(6)

端的に「脱走者」には「社会主義思想を説明するくだりが初めて現れている」と言うのは藤森岳夫（『たぎつ瀬』六二頁）である。

……その監獄部屋の後ろにゃ、ちゃんと天皇制の国家権力が働いているんだ、もし君がほんとうに監獄生活を怨みに思ったら、またその手先の悪周旋屋を憎いと思えたら、まずそのうしろに立っているやつをのろい給え。

……その根本の力へ向って反抗したまえ、それがほんとうに万人を救う道だ、……

北海道の鉄道工事の監獄部屋からの脱走者にこう語りかける「私」も藤森自身で、作品は（後述の）大正十一年の北海道行きの産物のひとつである。この部分にたいしての解説者の発言は、

唐突でこれでは「脱走者」は説得されまいとも思うが、国家権力は階級支配の装置だぞというマルクス主義的な社会科学的認識の成果を息せきって言いたいところに、社会主義に転換し

ていく知識人作家藤森成吉の――だけに限定できないが――「発見」の情熱がうかがわれる。

この二作品では、登場人物らの描き方や話の筋によって、社会主義思想を訴えるという狙いは成功し、語り手である藤森がラディカルでありながら常識的で信頼できる人物に成長している感もある。この時点での藤森は、かつての「書き放し」からは歴然とした進化を示してはいるが、つまりこれまでの「見ているだけ」に加えて「教える」姿勢を獲得してはいるが[7]、まだ傍観者的指数はかなり高い。共感の心を持って、ではあるが，渦中の鮑採りや脱走者とは立場的にも感覚的にも「のれん一重」を境にした別世界の人間である。

題材が変わって「ある体操教師の死」の主人公「高等師範出身ではなく体操教習所を卒業してすぐ赴任した」「木尾先生」についての次の見解は首肯しやすい。

たしかに、師範系、高等師範系、あるいは官立大学卒業という背景を持たぬ傍系教師は、この師範閥、学閥系教師が、その正当性のゆえに勢いをふるっているとき、ただひとつおのれを生かす道は、そのきまじめさと厳格主義をもってする以外に、おのれを生かす道はなかったのである。むしろ、われこそは、人格形成の道をまっすぐに歩いているのだとの自負心をもって、身分的・経済的に弱いおのれの支えとし、それが客観的には、天皇制絶対主義教育や軍国主義教育に随順することになったのである。

しかし作品の舞台である長野県の当時の思想的風土は（自由主義教育が広く行われ）「白樺派の人道主義と教養主義を骨子とした、いわゆる『白樺精神による気分教育』が盛ん」で、主人公の教師の「せっぱつまった教育精神」は生徒らの心をとらえることはできなかったというわけである。(8)

話を少し戻して有島と藤森の交流の始まりに触れると、大正七年、「山」掲載の『中外』七月号を贈呈してから半年して、藤森は有島に直接声をかけられた。大正八年二月九日北海道スケッチ即売会でのことであった。「何と云ふおだやかな、優しい、鄭重な先輩だらう、……それが、私の初対面の感じだつた」（「有島氏について、交友、思想、作物(9)」）。

短編「車掌」（『雄弁』大九・二）（片上伸・相馬御風編『十六人集』新潮社、大九・二　所収）を見ると、

思ひがけ無く或る先輩からハガキを貰つて、その人の極内輪の親しい人々だけの為めに自分の家で開いた或る鉛筆画の展覧会へ、その日私は正午頃から出かけて行つたのだつた。……その先輩とは、ただ手紙の取りやりをしてゐるだけで、私はまだ一度も会つた事も話した事も無かつた。無論その家へ行つて見たことも無かつた。誰一人頼りにする人もない都会の寂しい孤独な生活の中で、さう云ふ人からそんな好意の籠つたハガキを受けた事は、私の暗い心を限り無く喜ばせた。雀躍りするやうな、久しぶりの喜ばしい心を抱いて、私はその人の家へ絵を見に出掛けて行つた。

絵は北国の山や河や野を描いたもので、どの絵の中でも自然が声を挙げ叫んでいるようであった。私は一枚の絵を十円という大金で買い求め、帰ってからの妻の愚痴を思い浮かべながら電車に乗っていたが、「その一枚の絵を手に入れた為めに起つて来た自分の心の喜びと元気」を否定できなかった。それを見さえすれば身体に力が湧き、神経が興奮しているときも落ち着くのだ。

題名の車掌には二か月ほど前に不愉快な思いをさせられ、そのことを怒っている主人公の神経には読者も辟易気味であった。『たぎつ瀬』（四六頁）は、このころの「失意と貧乏の時代」について「かなりイライラした、トゲトゲしい気分で、相手の心理を自分勝手に揣摩臆測して一人相撲をとる有様」と観察している。しかしいま降車するとき顔を見合わせた二人は双方とも微笑むという場面で話は終わる。有島にたいする藤森の思い、有島が応援している画家の絵にたいする藤森の感動、そういう人間のプラスの心の動きが敵同士さながらであった二人の大マイナスの関係を氷解してしまったようで読者も胸をなでおろす。

藤森が大金で買い求めた絵の作者北海道岩内町の木田金次郎あての有島の書簡（大正八・二・二五）は、二月九—十日有島生馬旧宅の画室で開催された木田作品の展示会の報告である。この会への招待状は八十人ほどに送られた。手紙のなかで、絵が平均一枚十円足らずで買われたことを弁解しているくだりがある。

それを買つたひとが多くは智的な従つて金銭上の自由を有しない人達だと云ふ事を知つて我慢

してくださいい、大家の庫中に塵を被つて蔵せられるよりも、さういふ本当の熱愛者に常時眺められてゐるといふ事が兄にも満足だと思ひます。

言い合わせたかのように有島の文言は「車掌」の藤森の胸中と呼応している。

ちなみに大正八年から十一年までの藤森宛の有島の書簡（で筑摩書房『有島武郎全集』一三―一四巻に収められているもの）は九通ある。短編「娘」の礼、「研究室で」にたいする返事、夕食への誘い、神田猿楽町の能楽堂での「安宅」など鑑賞への誘い、木田を紹介するから来宅をという誘い、「妹乃結婚」の礼と有島作品「御柱」にかんする依頼、著書（多分短編集『煉獄』、筆者）受領の礼と藤森の仕事ぶりが羨ましく自分も早く生活をなんとかしたいと言うもの、藤森の祖母の死にたいする悔やみ、などがそれらの内容である。

大正十年の『文章倶楽部』三月号に「相互印象（一）武郎氏＝成吉氏」という読み物があり、有島の「蓄音機の針」と藤森の「一つの逸話」が掲載された。有島は、最近藤森の自宅へ招かれたときのことを「私は文学に携わる友人から生れて始めて招待されて御馳走になつてこの上もない気持のいい半日を過ごした」と書き、藤森の「あのブキツチョウさ、あの用心深さ、あの何とも言へない正直さ」を述べ、彼は「どうしても詩人だ」と見抜いている。藤森のほうは、「教養ある立派な紳士」有島の人となりを作り上げているのは、「教養」のほうからどれだけ「素質」のほうからどれだけ、と考える。芸術家にとってブルジョア的特徴は忌むべきものであると考える藤森は、この点を本人に確認したい、と言う。情が厚いこと、一種激しい情熱をもっていること、それと紳士的であることが、彼の中に同居していて、彼の複雑味と面白味はそういうことから来る、とも思う（『芸術を生む心』所収の「有島武郎氏の印象」と同一）。

問題は、有島の「宣言一つ」（『改造』大正一一・一）を藤森はどう受け止めたか、あるいは受け止められなかったか、である。

「第四階級者以外の生活と思想によつて育ち上つた私達は、要するに第四階級以外の人々に対してのみ交渉を持つことが出来るのだ」「私の仕事は第四階級者以外の人々に訴へる仕事として終始する外はあるまい」「どんな偉い学者であれ、思想家であれ、運動家であれ、棟梁であれ、第四階級的な労働者たることなしに、第四階級に何物かを寄与すると思つたら、それは明らかに僭上沙汰である」など、要は、自分ら知識階級は絶対に第四階級にはなり得ない、第四階級者らを助けたり彼らとともに闘うことはできない、自分らはこの点まったく無力だ、という悲観的消極的な「宣言」にたいして、藤森は同意できなかったばかりか、ここではっきりあるべき自分の態度を確認することになったと思う。

「年譜」によると、藤森は大正十一年夏北海道を北見まで旅行し、途中狩太の有島農場に泊まった。「狩太の農場―北海道旅行の一節」は、狩太の停車場を出て「有島さんの農場へは、どう行つたらいいんでせうか？」と尋ねるところから始まる。

この年八月の有島農場解放を控えて、案内をしてくれる留守居役のY氏の関心も藤森の思いもそのことにあった。彼はこの旅行の出発二日前に有島を訪ね、足助も交えて心静かな時を過ごしたが、そのとき有島は「久しぶりで此の夏は行つて、例の問題を片づけて来なくちゃア」と言っていた。

かつて有島氏の計画が新聞紙に発表された時、それへ向つて加へられたいろいろな人の意見が——単に有島氏一個の事で、社会運動には何の関係もないと云つたり、社会主義の上からは無意味な、むしろ余計な事だと云つたりした意見が、再び私の心に思ひおこされた。その時有島氏の気もちを憶ひやりながら、一人で苦笑して考へ浮べたクロポトキンの言葉も、二度胸のなかへ蘇生つて来た。

「『奴隷によつて造られたパンはにがい』、と吾々の詩人ネクラソフは歌つた。実際青年等はこのパンを食ふのを拒んだ、そして奴隷の労働によつて、それが農奴のでも又今日の工業制度の奴隷のでも、とにかく奴隷的労働によつて父の家に蓄へられた富を享けることを拒んだ。」(革命家の思ひ出、大杉氏訳)(「狩太の農場　北海道紀行の一節」『読売新聞』大正一一・八・二四—二七)[10]

有島の「小作人にいつた言葉」(大正十一年八月十日付けの森本厚吉あての書簡に自ら引いている)のなかに次のくだりがある。

従来私がこの農場に対し何等はかぐしい仕事をしないで来たこと、又余計な小作料を徴集して来た事を恥じます。

これは大杉が邦訳したクロポトキン経由で藤森が引いたネクラソフの詩句のこだまのようである。藤森は、有島の行為が無意味でもなければ眼を瞠るべき珍事でもないことは、この苦しみを自ら嘗めた人なら分かるはずだと気色ばんだ気持ちであった。

今度のことを決行しようとして、忽ちいろんな実際的困難にぶつかつた有島氏のうへを、私は続いて思つた。端的な気もちには端的な形式ほどいい。その気もちを凡俗によつて迂遠され繁雑にされることは、殊に詩人的素質には堪らないことだ。(「狩太の農場」)

「狩太の農場」を収める「自然を対象として」その第一編という感想・随筆集『大地の匂ひ』(人文社)は大正十二年五月に出版され、まもなく六月の有島の死を聞くことになる。

藤森はかねてより、有島について、彼のブルジョア的温和さが「芸術家として真個の人間として」の彼の邪魔になることだ、と危惧していた。この桎梏から抜け出すために、有島は個人主義的思想、社会主義的思想の道を取った。「個人思想時代のあとへ来た社会思想時代、それの妥当性と確実性の認識に於いて文壇で氏の年齢であれまで行つた人が外に幾人あるか」と評価する一方、「出来るだけ誤つて人の生活の中に立ち入らないやうに、個人々々の絶対自由を破らず、又破られまいとする注意、人間の性格や運命は宿命的で、後天的には一寸も変り得るものではないとする見解」のような彼の生き方や考え方(藤森はこれを、「どこか前時代的、歪、偏り、束縛的、潔癖すぎ」と言う)の行き着く先は「思想的孤独と寂寥に陥る必然性」であると観察する(「有島氏について」)。

長谷川如是閑も「『自己』の絶対性は、事実に於ては融通自在のものである」と言い、有島の「自己の個人的貫徹——絶対的自己肯定——」が「結局同じ自己否定の形式になつて現はれるより外はないのである」と問題点を述べる(「有島武郎君の死——自己肯定による否定——」『我等』大正一二・八)。

長谷川は有島の死を悼む別の一文で有島の問題点、彼の「親切」について述べる。「親切な人」有島の親切は、人間にたいしても問題にたいしてもそうであった。「親切」は、すべてのものから解放される「無頓着」の反対、「有頓着」であり、それはすべてのものに「束縛」されていることであると同時にすべてのものを「束縛」していることである。『親切』は畢竟天女の抱擁を以てする「束縛」である」。有島が一切の規範、制度、メカニズムを否定して、自分は『永遠の叛逆者』だ、第四階級的建設の邪魔物だ、滅びて行くことが次の建設を助けるばかりだ」と考えたことについて、「約束肯定の孔子」は「親切者」「有頓着者」であり、「約束否定の老子」は「不親切者」「無頓着者」である。「前者は制度の牛馬であり、約束の風車である。後者は制度の野獣であり、約束の暴風である」。すなおに廻る風車が建てられると同時にそれを吹き倒す暴風が発生するのは、人間が生きて行かねばならない「当然の過程」である。それは「老衰の果に死んで行く人の機構の裡に次の時代の生活体の芽生えが生まれるのと同じである」。「親の腹から、親の時代を否定する倅の産れる」のと同じで、「人類は永久に鬼子を生んで暮らして行かねばならないのだ」という有島自身の言葉の通りである(「『永遠の叛逆者』有島君」『改造』大正一二・八)。

江口は有島の死を「勤労階級解放のためのたたかいの逃避であり、知識人にあたえられた歴史的使命の放棄である[11]」と率直に述べているが、こういう気持ちは藤森の中にはなかったであろうか。ちなみに藤森は有島の文学作品では『或る女』を自然主義の「完成作品」と評価している（「有島武郎研究　座談会」『新潮』昭和一〇・二）。

小笠原克は「所謂左傾をめぐる諸問題――昭和初期文壇におけるインテリゲンチャ作家の位相――」（『藤女子大学文学部紀要　2』昭和三八・三）の冒頭で、「有島的自己限定――自己否定へとむかわずに、実生活に根ざし、階級的社会的諸問題を文学的課題としつつ自己揚棄――主体変革へとダイナミックに成長してゆく道筋」を把握しようとした「有島に続く世代の作家」らの筆頭に藤森を挙げる。そして「六高教師の職を棄てて労働生活に飛びこむことにより、『若き日の悩み』の感傷から「犠牲」の訣別を経て、「拍手しない男」に塗り込められた「労働者の感情を体得して行く」このあとの藤森の進路を予告する。

関東大震災後、藤森は安部磯雄、新居格、山崎今朝弥らと日本フェビアン協会を設立しその活動に参加した。大反動時代に備えて社会主義者らの自己防衛と左派大同団結を目的とする進歩的知識人百二十人が参集した。藤森に誘われて入会した木村は言う、

震災直後の復興東京は、行政のすべてがいくらか社会主義的であった。すなわち電車は、しばらく無賃で市内をはしり、また金持だからとて、二倍三倍の配給米を要求することは出来なか

った。資本主義の組織下においても、異常な出来ごとに出くわすと、社会主義的原理によるほか手のないことを、民衆は実践して来たばかりだから、このさい社会主義を福音として説く最好機会ではないかという認識が出発点である。

彼は、フェビアン・パンフレット第一冊『我等の態度（安部磯雄）付　沿革及綱領』によってこの協会を紹介している。毎週安部邸で集会したが、大宅壮一が事務局長として参加し「俄然フェビアン協会は、潤滑油をそそがれた大機関の如く動き出した」そうである。[12]

協会の主な仕事は、啓蒙的な講演やパンフレット作り（ウエルズ著、大宅訳『靴の悲哀』、ボクダーノフ著、新居訳『芸術論』など）であったが、当然社会的な動きに対応する姿勢を持ち、新潟県木崎村小作争議や大学・専門学校の学生らの軍事教練反対の動きなどに関心を示し応援した。協会機関誌『社会主義研究』の号によっては公開講演の案内が見られる。たとえば、第二回は「十月二十五日午後六時、芝公園協調会館、聴講料金弐十銭　野次フリー、講師は演説が頗る下手だといふ大確信を有する左記（確信順）会員が入替わり立替り出直し下り直し大々的に訥弁を揮ふ、」と述べて、山崎今朝弥、新居格、小川未明、江口渙、藤森成吉その外多数の名を挙げている。第三回（十一月二十九日）は聴講料が三十銭になっている。

武藤直治は、これを「あくまで中正と、穏健をもつて、合法的、漸進主義を標榜して立つたインテリゲンチヤの集団」と言い、「インテリゲンチヤの集団である限りは」、「知識階級の存在する理由は、一つに思想的純潔、徹底的批判の支持者として」であることを強調する（「フェビアン協会の創立」『早稲田文学』大正一三・六)。

日本社会主義同盟加入で藤森ははっきりと自分の立場や態度を明らかにした。フェビアン協会ではより実際的現実的なレベルで自分の信念にそって武藤の言う「知識階級の一員として」多方面にわたる活動――彼の言う「社会運動」――に参加することができた。木村が引いている安部の言葉にも「社会主義はかくの如くして論議の時代から実行の時代に進まんとしている」というくだりがある。

機関誌『社会主義研究』創刊号(大正一三・五)に藤森の「試験制度に就いて」という三頁の短文がある。「日本の学生ほど世界に気の毒なものはない」とある外国人教師が言ったが、つめこみ主義のもと彼らは自由に考える余裕も機会もなく、過重な課目と試験に追われている。「もしこのまゝで進んだら、此の国からはもう大人物や面白い人間は出なくなるにちがいない」というこの外国人教師の感想は、現代にも十分通じるもので、藤森の言う「身体は少年にして、心はすでに老人の如く疲れたる灰色の群」は過去の話ではない。藤森は自分の二十年近くの(学生)経験から「もしその貴い年月をもっと自由に聡明に教育されたら」と「終生の恨事」を述べ、「学校生活によって傷つけられたものは益したものより遥かに多い」と言う。自作「研究室で」「悪夢」(『東京日日新聞』大正一〇・四・一七[13])以来の課題である「教育」にかんする問題提起である。「悪夢」では、作者は田舎から上京して来た叔父と学生時代の試験で困ったり大慌てしたりする恐ろしい場面の悪夢を語り合い、コロレンコの『樺太脱獄記』を引き合いに出して、「出獄者が幾年絶《ママ》つても絶えず牢屋の夢を見ると云ふ事が書いてありますが、丁度其四人の心と同じですね」と言う。

のちに藤森は『受験小説選集』（考へ方研究社、昭和四）の募集小説選者としてさまざまな少年らの書いた「体験的苦痛の告白」に接し、少年らを苦しめるのは「労働者を虐げ、婦人を虐げるその同じ資本主義制度の力だ」と考えたことを述べている（同書序）[14]。

八月号に千葉亀雄が「アプトン・シンクレエヤ」の一文でかなり詳しくこの人物を紹介している。最近のアメリカ読書界の注目として、彼の小説『彼らが自分をカアペンタアと呼ぶ』と教育論『鵞鳥の歩み』を挙げ、後者は「米国教育の精神と形体を粉微塵に罵倒」していると言う。この大学教育を扱う書物は普通教育についての次作『鵞鳥の子』とともにアメリカの教育を暴露するものであるが、要はアメリカの教育は大企業のシステムのためになされている、ということを著者は大量の実地検分の調査資料をもとに明らかにしている。量的、規模的には大きな開きがあるが、藤森とシンクレア二人による日米両国の教育問題にかんする社会主義的見解が小さな日本の雑誌に並んだわけである。

大正十四年六月号掲載の藤森の「雑感」に①蘆花の『黒潮』と②学生の問題について、が見られる。①は片山潜と木村毅経由で『黒潮』を読むことになった経緯を語り、かつて『不如帰』の作者ということで無視してきた蘆花であったが、「十九世紀の終りに日本に此の書のあつたことをたまらなく愉快に思つた。自分の遅読を忘れて」と興奮気味である。ただし近ごろの蘆花（たとえば『富士』）には落胆している。

②は、一年前の自分の記事「試験制度に就いて」にたいする批判の声（試験制度で苦しめられるのはブルジョアの子弟だ、プロレタリアの問題には無関係だ）にたいして、「事後に、私は得たり

顔をする人間でありたくないが」とことわりながら、あのあとすぐ（六月に）起こった大阪市電のストライキが「思ひがけなくも、高商高工の学生等によつてスカツブされて、」——それが唯一の原因ではなかつたにしろ従業員らの惨敗に終わった、ということがあったことを書いている。労働者のストライキにたいして学生らがスト破り（scab）の立場をとるということのさきゆきの暗さを藤森は危惧し、さればこそ学校制度・学校教育の重大さを感じたのであろう。

『社会主義研究』に見る限り、この時期の藤森の関心事は「教育」にあったことがわかる。

ところで、フェビアンというこの特異な集団の終結について新居は書いている。「日本フェビアン協会は必然の状勢から成立し而してまた必然の状態から解散した」。協会は反資本主義ないし広義な社会主義を広めることに意義と使命を以て仕事をしてきた。その意味、その範囲であればこそ、「アナキストもコンミユニストも、その他も共に同じ演壇に上り、同じ雑誌に書き、同じ汽車で講演旅行にも相たづさへて行つたのである」。しかし「一に社会状態の進展」により「各自の立場に於ける陣営が多忙に」なって解体する時が来た。新居は、協会は「フェビアン」の名称の故に「一方では時宜に適した存在」とされたが、他方ではそのために「社会主義同盟の再生的存在」にはなれなかった、と言う（「日本フェビアン協会の解散」『解放』大正一五・二）。「フェビアン」の言語的意味は「長引かせて敵の自滅を待つ戦術、持久的、漸進的」である。

（2）労働体験

大杉は、大正六年の暮れに亀戸の貸家に転居し、労働者街に住み労働者とともに活動したいというかねてからの希望は実行された。

大杉の発言のなかから二、三見ると、――賃金の増加と労働時間の短縮という生物学的要求の上に、労働者にはある人間的要求がある。自分自身の生活、自主自治の生活を得たいし、自分の運命を決定したい。労働運動は労働者の自己獲得運動、人間運動、人格運動である（「労働運動の精神」『労働運動』大正八・一〇）。労働運動は彼等だけのものではないが、労働運動の主体は労働者でなければならない。運動に加わろうとする知識階級はこの本質に徹底していなければならない。知識階級の歴史的任務が権力階級の擁護であり被圧制階級の欺瞞であったことの反省と、今度こそ彼らの真実の友達になるのだという新しい覚悟がなければならない（「知識階級に与ふ」『労働運動』大正九・一）。

藤森がこのような意見に接して「労働階級」「知識階級」それぞれの抱える問題を改めて意識したとしても、彼が労働階級に飛び込んで労働者らの先頭に立って「労働運動」をしようと考えた、ということはない。

「労働運動と労働文学」（『新潮』大正一一・一〇）はどうか。この一文の冒頭で大杉が「最近しきりに階級意識とか労働文学とかを主張している」と言う「某君」とはだれであろうか。大杉は中西伊之助、宮嶋資夫、宮地嘉六ら労働文学の人々の名を挙げて概して「まずい」と言い、某君に言う、それよりか、一そ思いきって、労働生活をして見るんだね。然らずんば、せめては労働者街にでも住むんだ。そうしなけりゃ、とても労働者の気持ちなぞは分かるものでない。

クロポトキンの「一革命家の思出」からフ・ナロオド（民衆の中へ）の運動について引き、さらに言う、

知識階級から出た労働運動者や労働文学者は、此のプロレタリアの中に自分のからだをぶちこんで、其処から力と生気とを摑みとって来なければ駄目なのだ。そして又、其の中に流れている、プロレタリア自身の感情や思想や理想を学んで来なければ駄目なのだ。

前衛の中の労働者を捉える、一兵卒として入る、一体的感情に絶望しない、労働者と同じ階級的意識を持ちたいという誠意、などを労働文学を志す者に説き、結論として、某君に「何よりも先ず、労働運動の行為の中へはいって行こう。事実の中へはいって行こう。それが一切を産む母なのだ」と説く。

藤森はいわゆる「労働文学」を書こうとしていたか、これもはっきり違う。はっきりしているのは、彼が「インテリゲンチヤからプロレタリアになる」ことを目指していたということである。大杉の説得力あるあまたの言葉は「総論的には」彼に影響したであろうが、労

働問題や社会問題のジャングルの入り口で、藤森は自分の弱みは労働や労働生活の「実経験がない」ということであると痛感していたと見るのが自然であろう。本書冒頭で引いた彼自身のことばの通りである。「インテリゲンチヤからプロレタリアになる」という彼のキャッチフレーズも「大ざっぱ」「大風呂敷」であるが、要は問題は自分だ、自己啓発のためにまず（個人として）行動を起こすということがなすべき最初の行動だ、と具体的な方策を考えたに違いない。

「地主（一名　凶い日）」（『新潮』大正一二・三）の主人公小山は関西のH県の小地主であるが、上京して大学のロシア文科の学生である。母親一人が家を守っている郷里では小作争議が起こっている。語り手（藤森）は、この「貧乏馴れない、気の弱い、善良な若い地主」に同情する。小山は、なんとか職を得て生活をせねばならない、と思ってはいる。

「そら、もうそんなに口があるぢゃ無いか、ほんたうに働く気にさへなりやあ、男一疋、どんな事をしたつて食つていけないなんて事ァない。」
「又、土方になれ、でせう、無理な事を云うなあ。」
「君の大好きなネクラソフの言葉ぢやないが、『民あるところ呻きあり[15]』さ。君は頭ぢやァよつくわかつてながら、自分は呻く民の仲間にやァ、どうしてもなりたくないつてんだから、虫が善すぎる。」

またもネクラソフであるが、ロシアの詩人、革命的民主主義者である彼は落ちぶれた地主貴族の出で、「農奴制下の苛酷な搾取を受けている農民を描き、人民の悲哀、苦痛、窮乏、憤り、その成熟しつつある革命力の表現者」（『岩波西洋人名事典』）と言われる。クロポトキンの好きな詩人はネクラソフで、「其の『踏みにじられ虐げられた人々』に対する同情が妙に私の心に共鳴した」と書いている。[16] 藤森にとってもネクラソフはかなり気になる存在で、彼に言及して自分の思いを補強したと思われる。

「地主」のもうひとりの登場人物木島は、紡績工場で十五年も働き、工場や女工のことを書いている人である。彼は小山に「今の労働なんてものは、しなくては生きられない人間は別として、強いてすべき事ぢやァ決してありません」と言って彼の出端をくじく。小山にとってこの日一日は「何て悪日」ということになる。

藤森は、紡績工場の労働現実を綴った「女工哀史」の原稿の出版の件で執筆者の細井和喜蔵と知り合った。「地主」のなかの木島が彼である。そして彼のつてでいよいよ念願の労働生活実践に入るのであるが、ロンドンの『野生の呼声』か、殺害されてしまった大杉か、自死を選んだ有島か、そのほかこれまでの彼を作り上げてきたもののすべてが彼を労働の現場に立たせたのであろう。

その行動の詳細は「狼へ！（わが労働）」（『改造』大正一四・九、一一、一二、大一五・二）にあきらかである。これを解説する今崎暁巳は、日本の民主主義の黎明期における知識階級作家の労働現場体験ルポルタージュとして、意識的に現場へ入り労働者とともに生き労働した点と、あるべき豊かな労働生活の鍵がここに示されている、ことを評価する。人間ひとりひとりが大切にされていない、恐るべき長時間労働を強いられている、など、藤森の視点の「先見性」が指摘され、また、細井の『女工哀史』と佐倉啄二の『製糸女工虐待史』という労働者作家の作品を応援した藤森の姿勢が紹介される(17)。

「狼へ!」は「石鹼工場労働」(亀戸)「牧畜その他」(北海道遠軽、家庭学校農場)「豚飼ひ」(松沢病院畜産部)「織物工場」(浜松市外)「鉄工場」(南葛)「製糸工場」(岡谷)の六項目から成る。冒頭に九頁にわたるまえがき風の記述があり、なぜ自分がこのような行動をとったのかを説明するにあたり、まず自分の知識階級論を展開する。ここで当然の流れで有島が登場する。「我等知識階級は、はたして絶対にプロレタリアとなり得ないか?」という問いにたいして「宣言一つ」の有島は否定の答えを出した。

プロレタリアの一切は、プロレタリアの手によつてなる。我等は、ただその外部からの応援者(略)たるに過ぎない。これが氏の信念だつた。その信念の憂鬱さが、一部分あづかつて氏を殺した、と私は今でも思つてゐる、氏は後年マルクス唯物史観の堅い信奉者だつた。その信奉から、この絶体差別観が生まれ出たことは疑ひない。

「ここまで唯物史観を延長させることが正しいかどうか」と藤森は述べているが、それでも有島の否定の回答は、人間として芸術家として彼が「唯物史観に囚はれすぎた弱点」から出たものだというのが藤森の結論である。

知識階級はブルジョア階級と労働階級の中間にあって、人数は少ないが「力においては意外な驚くべき影響を以て」動き流れる、と藤森は述べる。そのさまを分解しやすい物質原子やころがりやすい水銀の玉にたとえる。彼らはやがて中産階級とともに社会の表面から消える運命（ブルジョアの仲間入りをするか労働階級の中へ移るか）であるが、ここで問題は後者の場合である。「そもそも、知識階級の名は知識の独占を示す。さう云ふ知識の堆積の偏倚は、富の堆積の偏倚と相まつて、ただ資本主義時代にのみあり得られる。社会改革のあとに、どうして現在のやうな知識階級が存在しよう」と論は進むが、当面の結論としては、知識階級に労働を、労働階級に知識を、という解決策で、労働と知識は人生にとって最重要の要素であるのだから両者の結合があってはじめて人間の幸福は成り立つ、ということである。藤森は、両階級のギャップ（知識階級はたしかにその一半の責任を持つ）にもかかわらず、知識階級は労働階級と融和できるという確信を「私は労働体験から獲た」と言う。

この行動はジャック・ロンドンの犬の話に触発されてのこと、はじめからこのような記録を書くつもりはなかったこと、などが述べられ、初回の石鹼工場体験は興味津々たるものがある。小説家などが身分を隠して貧民街へ潜入して記事を書く、ということはよく聞く話で、たとえば今名前が出たロンドンがイギリスの首都ロンドンの貧民街イースト・エンドで見聞した体験記『奈落の人々』を見ると、まずそこへ入るまでの段取り（服装なども含めて）が語られ、読者は自分も疑似体験に付き合うような緊張感を覚える。細井という頼りになる案内役を得て藤森の「実行」が始まる。(18)

さて、五月初旬から六月末までのK石鹼工場での五十日間は朝七時から規定の十時間の上さらに七時間にも及ぶ夜業、残業の日々で、危険をも伴う激しい仕事であった。それだけの賃金の伴わない人夫仕事である。しかしここの労働者らの職工気質について「おとなしい、決して無知ではない、割合親切、正直、率直、さっぱりして気持ちがいい、仕事に対する良心、清潔」などと観察している。彼自身はじめは「詩人がこんな労働をやる必要があるか」と思ったが、やがて一人の労働者としての自信を得てうれしかった、と書いている。

五月の末に朝日新聞の記者に労働生活をスクープされたが、工場長にたいしては最後まで身分を隠しとおしたとか、友人らにたいしては新聞に書かれてかえって説明の手間が省けたとか書いている。

注目したいのは、労働行脚のすべてではないが、妻が積極的に同行し労働していることである。彼女は英語学者岡倉由三郎の長女で、岡倉天心の姪である。細井は「労働街の文学者——T石鹼工場に於ける藤森成吉氏——」(六月二十五日)で、初体験の労働街での藤森夫妻の様子を「さしづめ小学教師の駆け落ち」「何処か田舎の資産家の若旦那が、奥さんを棄てて学校の女教員と駆け落ちでもして来た」と云う想像が当てはまりそうと、(周囲の反応を)描いている。夫妻は慣れない労働生活に負けることなく、藤森氏は月二回の工場の公休日には、雑司ケ谷の自宅へ帰って「約束の原稿をせつせと書いて居られる」と結んでいる[19]。

次の労働は八月から九月半ばまで北海道北見での主に牛相手の牧畜で、これには幼い子供も同行した。早朝四時からの牛の群れ集めや搾乳や牧草刈りの初体験の作業である。

内務省の役人らが「移民地視察」にやって来たが、藤森は彼らのいい加減な調査ぶりに失望し、仲買の商人らの狡猾な術策同様これでは労働者は救われないという現実に暗澹たる思いであった。視察の役人と現地の農業者らのやりとりの場でも、「折角百姓が実際の苦痛を話し出すと、『あんまり長くなるから』と勝手に打ち切らせたり」はぐらかしてしまうような「網走支庁の農業技師か何か」の存在が両者の意思伝達を阻み、「あのまま、所謂実地調査となつて、中央官庁その他へ報告されるのか」と官庁の仕事や調査の「迂愚と不徹底」をいまさらあらためて慨嘆する。個人的な労働体験を超えて、「政治」の領域の諸問題も彼の視野にはっきりしてきたようである。

このあと、原稿の仕事、フェビアン協会の地方講演、信州での講習などを片づけ、次は東京郊外での百何十頭の豚相手のこれもまた大変な肉体労働であった。しかしここ武蔵野や北海道北見のそれぞれの自然の美しさは、そのなかでの動物相手の労働と相俟って、工場労働では味わえない生理的幸福感を与えてくれた。

冬は浜松の織物工場であるが、『女工哀史』の予備知識は役に立たなかったようである。朝七時からの十二時間労働で、ここで彼は、賃金の搾取だけでなく労働者はあらゆるものを搾取されているが、なかでも暴虐な「時間の搾取」という問題がなおざりにされていることを指摘する。毎朝四時ころから夜の九時ころまで職工らを働かせているということを、「おどろくべき」と言うより「恐るべき野蛮さ」と言い、日本国民の常識を疑われるこのような事実が一九二五年のいま現に存在することを糾弾する。

不景気の色が濃くなり、やっとまた亀戸の小さい鉄工場の仕事に就くことができた。大工場と違ってここでは賃金の支払いも含めて万事がだらしなく、たとえば昼休みの一時間も守られていない。

当然の権利として労働者みなで団結して行動すればいいのに、なんでもできないことはできないまでである。藤森は、各種各様の労働様式を知り、経営の大小によって起こる労働のありかたの差異を学習し、労働者がなるべく大きな工場へと走る理由がわかった。こうしてますます大工業時代が進み、資本主義は発達するところまで発達してゆくだろう、と観察する。

最後は信州の製糸工場である。「娘」「湖水の彼方」という関連の自作品をあげ、この土地に生まれ小さい時からの見聞も多い自分としては、日本の生糸生産の最大中心であるここでの労働はもっと時間をかけてやるつもりだったが、いろいろな事情でそれができず、一般的な見聞を書く、と断っている。

大正十四年五月末にほぼ予定の行動を終えた。「七　結末に」で、自分の行動は「私一個の内部的成長として残るのみ」と言いながら、日本の労働者の不自由な状況、とりわけ「時間の搾取」と彼が言う労働時間の問題を繰り返し訴える。

ただ身体がつづくかつづかないかの問題ではない。人間としての生存権の問題だ。それ以上働かせて、果たして人間の生存権が認め得られていると云えるか?罪悪の匂いがないと云えるか?

結語は、「知識階級」にたいして「諸君の立場を潔める為に、まず一斉にこの問題の為に立て!」という呼びかけである。

六月、労働体験直後、「藤森成吉氏と人生と芸術を語る」(『新潮』大正一四・七)という一問一答形式の対談で、藤森は語っている。――今度の経験で知ったプロレタリアの悲惨は人道主義の立場からぜひ何とかしなければならない。どうしたら彼らをより良い生活に導くことができるか、それにはブルジョアを改心させるのが一番の近道だが、それは今までさんざんやってみても成功していない。「そういう組織」が現存しているかぎり説教などでどうかなるものではない、と感じたとき、人道主義者は社会主義者にならざるを得ない。

また、この対談で彼が「僕の進む道は芸術にあると確信して居ます。ですから労働其のものも、僕の芸術に直接なり間接なり寄与して呉れれば大変有難いです」と言っていることも見逃せない。この「内部的成長」が文学の上に現れるのが松本克平が指摘する戯曲創作である。松本は「その〔プロレタリア作家としての〕芸術的転換の契機をなしたのが彼の労働体験であった[20]」と述べている。藤森自身は、この行動にたいする世間の「毀誉褒貶の批評に影響され、思ひ切つてその経験を創作にも書かなかった」と書いている(「文学のために(自伝)」)。この体験と彼の文学をつなぐものは創作の題材ではなく大げさに言えば「精神」や「思想」(の成長、覚醒)の面であろう。

昭和四年一月の文芸座談会(『新潮』)で、長田幹彦は「藤森さんが工場に入られたあの時の第一の意図を伺ひたいものです。それはやはり材料と云ふ意味ぢやないのですか」と質問した。長田や加藤武雄(司会)の関心は「作品との関係」「材料を取る」などの面にあったが、藤森にとって重要、有意義であったのは「労働者諸君の生活を実際に見、又感じた」ということであった。

藤森の「労働者のなかへ」の一文(昭和四十年代はじめに書かれた)は、「一九一〇年代には、インテリゲンチアというのは、結局、労働者とは同化できない、という一種の宿命論のような考え方が風潮としてあった」と始まる。しかし、

私は、それには反対で、労働者の気持ちを理解できないことはない、いっしょに仕事ができないはずはない、という考えをもっていた。とくに作家の場合は、実感的、感覚的に労働者の生活を自分のものにする必要があるという気持ちをずっともっていた。そうした私の思想形成につよい影響をあたえたのは、二葉亭四迷であった。

この文の結論によると、「私は、作家になるために、プロレタリア的な作品を書くために、労働体験を志したのではなく、一般的に社会運動をめざしていたのであった」。フェビアン協会の創立にかかわり、その後もずっとその方面に関係していたことに触れて、「あくまで社会運動をやっていくという立場から、労働体験をへて、どのようにして労働者階級の生活感情を自分のものにしていくかということを主眼においていたのである」という本人の説明でことの核心は理解できる。

つまり、具体的な実践（当時は実行といわれていた）をとおして、人生いかに生くべきかを体得すること、政治的実践、社会運動というこの根本的な問題を、とくに文学者の仕事の基盤にすえねばならぬ、

という理解・実感からの「出発」であった、と回顧している。[21] 現に木村は「その〔労働体験の〕直後から彼は勇敢に街頭運動に出初めた」と証言している。[22]

彼の言う「社会運動」の中身、「社会」にたいする彼の関心や理解や働きかけのなりゆきは、これからどのような形で展開しわれわれはそれを見ることができるのか。

同時期の岡田三郎は、藤森の労働体験を「生活転換」というような「大袈裟な」表現で言うのは当たっていない、「あれは決して生活転換ではない。一つの学校へはひつたやうなものである」と言う。「必然的」であるのは「藤森氏の欲求から云つて至極必然的なもの」であるという説明である。（「藤森成吉論」『不同調』昭和二・八）。この観察は当たっている、と思う。文部省が指導する学校生活の空しさをさんざん訴えてきた彼であったが、この「学校」は彼に劇的な教育を与えてくれたことは確かである。岡田は早稲田大学（英文）出身の新興芸術派の作家で、藤森とは距離がある感じであるが、「正直者か偽善者か」で始まるこの藤森論はむしろ共感できるものである。

「大袈裟な」行動ではないということは、藤森ものちに折に触れて述べている。たとえば（前出の昭和四年の座談会では）「時代が或る処まで来て居なかつた」ということに自分の労働体験の原因のひとつがあると言う。「時代」と自分の足並みが大きく前後していたことは、しばしば語られるが、ここで彼は言う、「若しも十年も前に今の機運が来てさへ居たならば、僕なぞは余計な廻り道や煩悶をする必要はなかつた。直ぐに組合運動へでも何でも入つて行つたんです」（『文章倶楽部』昭和四・一）。

（3）はじまりは「惻隠の情」か

人生派的作品産出のかなり長い年月に引き続き、藤森は「実行に於いては社会主義、文芸に於いてはプロレタリアニズム」の標語から見ればいささか首をかしげたくなるような「文芸」作品を何編も書いている。青木壮一郎（本名今西成美）の「プロレタリア作家としての藤森成吉氏」（『文芸戦線』昭和三・八）という論文が、「思想的に或る行きつまりを感ぜられたらしく一種人生観照家といった態度で」身辺の現象を何の批判もなく描いた数多くの作品、「ユーモア小説と自称される多くの極めて意図の不明瞭な小品」などと括るものである。「雀の来る家」「奇妙な家」「一喜劇」「避暑客」など「こんな世界もありますよ」程度の感銘しか与えないもの、というような紹介をしているものもある。筆者としては、大正時代最後の作品集『悩み笑ふ』（改造社）に収められている十余編（のなかのいくつか）も青木の括る一群の仲間に入れたい気分でもある。

一方、和田伝は「これら作品は「笑ふにはあまりに痛ましくいとほしい、悲しむにはあまりに微笑ましい、そしてまた、憤るにはあまりに善良にして心無き……」対象を扱うものである、という受け止め方をしている。そもそも和田はいちはやく藤森を「正義の使徒」と呼び、その精神をかつての人道主義者が主張した「個人的で私人的なもの」とは同一視できない「集団的、社会的」正義と観察している（「藤森成吉論『東京へ』を評す」『早稲田文学』大正一三・四）。彼の次の論文「藤森成吉論—その魂の歴史をたどる」（『同』大正一五・一二）はここまでの藤森の創作活動のほぼ全体を伝えようとする。初期の感想・随筆集『芸術を生む心』を一方の手がかりに、もう一方は同種の『叛逆芸術家』の著者という視点で、『東京へ』と『鳩を放つ』を読み、彼の仕事はこれから、と期待する。

ところで、大正十二年九月一日正午前、二日前の晩に伊豆から帰宅した藤森は自宅の二階で横になって本を読んでいた。突然「誰も夢にも思はなかつたやうな事が起つた」。関東大震災である。

ビシビシ云ふ柱の音、今にも堕ちるかとばかり揺《うご》く天井、ブランコのやうに揺れる電球、本箱の上の物が崩れ、額の糸が切れてぶらさがり、四方の壁がまるで柘榴のやうに割れ始めた。

そのときの気持ちは、「しんから情なく」「あゝ一体どうしたらいいだらう」と思ったそうである。当日の午後と翌日、目の前に横たわる「東京の跡」を見てまわり、自分がいかに東京を愛していたか、はじめてわかった。

日本の他の大都市に較べて、東京はたしかに、割合正直な親切な人間の多くを持つてゐた、誠実な気質と教養の点で、公平に彼女に比肩する都会が幾つ今まで日本にあつたらう、恐らくは此の点に大きな原因がある、彼女が――あれほどの物質化資本化にもかかはらず――なほ従来ほとんどすべての日本の地方から好感を抱かれ、なつかしまれ、今度の災厄に関しても、到るところ涙ぐましいやうな援助の手が挙げられたのは。

改造社からの近刊、拙著『東京へ』をよまれた人々は、この事をきつと具体的にハツキリ知らう——八月中旬末に出版されたそれは、それにつけても、いろんな意味で、何と云ふ記念になつたらう。「まァ何てお立派なこッたか」と女主人公を感嘆させ、「何と云ふ家、家、家、大きさ、煙、物音……」と描かれた東京は、「ふんとに夢のやうで……」の横浜は、今どこへ行つたか！　が、東京が新しく建ちあがるとしたら、この一小編の心を外に又どこに礎石を求めよう、この大変事にも、時々堪らなく不愉快な事実を聞きながら、東京人特有のあたたかさの滲み出た幾多の光景に私は尠からず慰められる。（「震災随感」『改造』大正一二・一〇）

作品集『東京へ』に収められているのは、「東京へ」「無心」のほかは前の年に訪れた北海道の自然や人々を描いた四作品で、それぞれ特殊な舞台背景（少年感化院、監獄部屋、修道院、宿屋）に展開される物語があり、これを体験するのは語り手の旅人作者自身である。[23] しかし当面の問題は、東京や横浜の大きさ美しさに感嘆した女主人公「おその」が登場する「東京へ」であり、「東京が新しく建ちあがるとしたら、この一小編の心を外に又どこに礎石を求めよう」と言う作者の「先見の明あり」というような「自信」（？）である。

そもそも大震災直前に出版された『東京へ』の序で著者は、ここには『新時代』だけは籠っていると言い、「敢て一個の爆弾を送ると云はう、沈黙した爆弾！それを読者が如何に点火し、如何に精神のなかに点火し、如何に精神のなかに爆発させて新しい世界をひらくか……その空想をゆるせ」と挑戦的である。和田は「叛逆精神の灼熱し、燃焼せる芸術がここにある。正義の闘士として、現代悪に投擲した爆弾がここにある」と応え、「東京へ」（『東京朝日新聞』夕刊　大一二・五、三十一回連載)と「無心」(『改造』大正一二・七)をまず「相互扶助、共存共労的友愛意識の発芽にたいする努力」が見られるという視点で読む。そしてプロレタリア文学生い立ちの時、プロレタリア文学と言えばすべて叛逆、反抗、破壊の文学であったこのとき、これら作品は「今日に投ずる爆弾でありながらやがて花開く逞しい種子」をはらんでいる、と言う(「藤森成吉論『東京へ』を評す」)。

旧い田舎の伝習のために牢獄の中に固く閉ざされているような「東京へ」の聡明な女性「おその」をむきになって東京見物に引っ張り出す「竹田」も、悲喜劇の連続のような生涯を送って来た少々頭の鈍い「次郎」に金の無心をされて解せないでいる(「無心」の)「田村」も作者の分身である。おそのも次郎も、竹田や田村の縁続きの貧しい恵まれない人々である。作者は、自分とは住む世界が違う放っておいてもかまわない人々の生活に首を突っ込み、その難儀を心配し、できれば助けの手を差し伸べたい気持ちである。和田の言う「相互扶助」よりは「救済」「慈善」ではある。

しかし次郎が他人の心配などしていられない自分自身であるのに、金銭面で人助けをしていたこと、仲間と「血の出るやうな身銭を切つて助け合つてゐる」ことを田村は知る。次郎は「自分で困つてゐるくせにやつぱひとの困つてるとこを見てゝるとどうにも棄てておけねえ性分で」と言い訳する。腹立たしくもあったがすっかり感動した田村は、自分の不人情な態度や、わずかな金を出し惜しんで相手を説教したりしたことで逆に「打ちのめされたやうな気分」になる。

何と云ふあはれな生活と同時に心からの相互扶助だらう。何と云ふ、うそと入り混つた美と善良さだらう、たとへ彼の気もちに、彼独特の卑しさや醜さが加はつてゐるとしても、そんな物をすつかり帳消しにしてゐる人間の根本的な精神がちやんとそこに根を張つてゐる……。(「無心」)

和田は、『鳩を放つ』(大正一三・四)にはさらにこの精神——相互扶助——が見られると、「ぼんぼんの教授」「逃れたる人々」などを取り上げてこれらの作品で示された藤森の「惻隠の情」(「惻」も「隠」も「心が痛むさま」の形容)という心境にスポットを当てる。和田の言うとおり、藤森における「惻隠の情」はこの時に始まったのではない。

けれども、かつてのこれは、彼の最も近きもの、親戚の者、村人、或は知り人かに向つて注がれてゐる。いま彼は、見も知らぬあかの他人に、その家を開かないではゐられない。見も知らぬ他人、しかしこれ隣人である。均しくこれ、苦悩を啜る隣人である。彼は、この心境にまで達することが出来たのである。この心境は、後に、彼が自らを労働者街に投じ、一個の労働者としての生活に入るに及んで、ここにいよ〳〵近代的共存集団意識にまで、体系を形づくつて行くものなのである。(「藤森成吉論——その魂の歴史をたどる——」)

震災の被災者らにたいする藤森の親切、救済の精神は、「逃れたる人々」(『改造』大正一三・一)を見れば、見も知らぬあかの他人にたいしてそこまでするのか、と言いたくなる。この作品の助けの手を差し伸べる側の人間（藤森）が相手にたいして感じる気持ちは「無心」の田村に通じるところもあり、自分から買って出た人助けであるのに、場面によってはその面倒を避けたい気持ちになったり、そのことを反省したり、相手の要望に戸惑い、この非常時下自分ら助けるほうも不自由に耐えているのに、と思いもするが、その病人が死ねば、まだ尽くそうと思えば尽くせたのにそれを自分らはやらなかったのでは、と落ち込んだりする。小島徳弥の言う「善人主義」との関連で考えると、藤森の姿勢が少なくとも利巧に小さく自分の天地だけを守る「利巧主義」でないことは確かである。

作品「逃れたる人々」の「合評会」での評価は、主として主人公の「気持ち」の点で不評であった。「主人公が善いことをしてゐるとは思はない。善いことをするといふことに反省も足りない」「あれでは全然ブルジョアの慈善意識だ」「極く簡単に偽善的だ」「不遜なるブル意識」、などの発言者は久米正雄である。久米の「結局主人公の感じが善くない」、久保田万太郎の「主人公の気もちが私には徹しない」、加納作次郎の「あの博愛的な互助的な行為が全人格的ではなくて、単に頭だけで、思想的にやつてゐる……」などの評言を聞くと、やはり問題は主人公の「慈善的な気持の破綻」（田中純）すなわち「善人主義」の敗北にあるのだろうかとも思われる。ほかに、「藤森氏はどうも真のプロレタリア作家とはいはれない」気がする、人道主義的正義感はプロレタリア作家でなくてもあるもので、知識階級から出て来た人にはもっと悩みがあっていいはずだ、という評言（水守亀之助）もあった。彼らが延々と藤森批判を続けるのにたいして、菊池寛の「もう長すぎる。次は？」の一声で合評会は進行する。徳田秋声の藤森弁護が目につく（「新潮合評会」『新潮』大正一三・二)[24]。

「藤森成吉論――主に近著悩み笑ふについて――」(『文芸戦線』大正一五・四)を書いた倉田潮の藤森観はほぼ和田と同じである。トロツキーを引いて、革命以前の文学は反抗、叛逆の芸術であるが、以後のそれは叛逆それ自体の目的と対象を失い、ここに社会主義芸術が人間の集合意識すなわち愛に根付くということに泰西諸家の意見は一致している、と先ず述べる。

しかるに此処に不思議とも云ふべきは、我が文壇に此の反逆と集合の両意識を、彼岸と此岸とを、現在と未来とを同時に抱懐してゐる人と芸術とがある事である。その人は藤森成吉氏、その芸術は「悩み笑ふ」〔。〕

人道主義の色彩が濃かった初期の藤森はその「非回避的な、熱情的な性格」のゆえにいまや「華々しき今日の戦場の勇敢なる戦士」となり、芸術の分野では今は「叛逆芸術家」「叛逆批評家」である。倉田は、藤森を説明するのに「剣とコーランを持つモハメッド」を引き合いに出している。

木馬を散々に飛び越した揚句、「遂に命まで飛び越して了つた」薄給の体操教師、毎日浅草で遊び暮らさねばならないアンニュイその物のやうな川柳師、滅びゆく若きインテリゲンチユア――それ等の人々に対して深い理解と其の故に深い同情を持つてゐる〔。〕

と、「ある体操教師の死」「公園の文人（「路上」のなかの）」「京洛の秋」を念頭に倉田は言う。そしてこれら「聖者みたいな人間」をめぐる「いささか困った」状況を前に、作者はなんらなすべがなく、悩み、笑うしかない、と見る。そのような笑いを「いつくしみ笑う」笑いと観察し、藤森の作品は総じて「この慈愛の微笑から生まれて来たのだ」と言う。

なかでも「親ごころ」（『改造』大正一四・二）を「確かに慈愛のみの微笑である」と観察し、藤森の作品を読む者は最後には誰もみな「人類への愛」をおぼえるが、「親ごころ」においてその感はもっとも痛切で、このような「偉大な作品」が世間の評判にならないのは不思議だそうである。この平穏無事でさしあたっての心配ごともない物語――母親の一家（祖母、母本人、やや知恵の遅れという不安のある母の妹、養子）を正月休みに訪れゆっくり芝居見物し按摩にかかる娘一家（夫婦と子供二人）の二泊三日を「いつくしみの笑い」に満ちた「偉大な作品」と見る倉田の感じ方はいささか度が過ぎている、と言いたくなる。

群馬県出身の倉田であるが、彼の作品を収める『群馬文学全集　一七』（群馬県立土屋文明記念文学館、平成一四）は藤森の「礫茂左衛門」をも収録している。

もうひとり武野藤助という藤森のシンパの藤森評をここに続けたい。彼は田舎から初めて上京して早稲田文科の予科生となったが、『新潮』の懸賞募集「藤森成吉氏に対する公開状」（『新潮』大正九・一〇）[25]に「有意識か無意識か」の一文を寄せ、これが没にもならず活字になった少年時代からずっと藤森に注目してきたそうで、いま「悩み笑ふ」の境地にまで達した彼にはひとつの感慨がある、と言う。この作品集の序から「棺を蔽うて真価が定まるは、まだ幸運児だ。古来芸術の創作は、自らたのしむほかに途はない」という作者の謙遜のことばを引いて言う、「私は藤森氏の棺を蔽ふに先だつて」自分の一生の仕事として『藤森成吉論』という著書をものし彼の人間と芸術を広く世に問うつもりである、と。しかし自分の方が十歳も若いのだからと言いながら、藤森より十年も早く鬼籍に入ってしまい彼の一生の仕事（一冊の本としての）は陽の目を見なかった。

彼は「地主」を「一等の傑作」と言いながら「私には不愉快な作品である。あの頃の私自身を思い出すからである」と言うのは、彼がこの作品のモデルであったからである（『たぎつ瀬』六六頁）。「地主」のなかの彼はネクラソフを愛読する早稲田露文科の学生であるが、この作品ののち大学を中退した。彼は「北見」のなかの「青ちゃん」、「公園の文人」、そして「親ごころ」を絶賛している。

武野は私生活でも藤森と近しく、「多分彼は私より早く死ぬる人だらう。さうしたら私は彼の逸話集が書きたい」と繰り返し書いているが、これは部分的には実現し、武野著『文士の側面裏面』（千倉書房、昭和五）には藤森の話題も数多く紹介されている。彼によると、藤森には文壇の交友がないというのではないが、むしろ文壇以外の交友が多く、「実際だれのめんだうでもよく見てやる人」で「日常生活の世辞などには如何にも疎い彼ではあるが、不幸なる人の世話でもすると云ふやうな場合には、実に細かなところまで気がつくのであつた。気がつき過ぎるのである」。武野の心配は藤森が人間に絶望するようなことはないだろうか、ということだそうである（武野「藤森成吉氏の『悩み笑ふ』を読みて」『解放』大正一五・四、同「藤森成吉論」『文章倶楽部』昭和二・四）。

先出の青木は、藤森が三つの時期を経てプロレタリア文学陣営の人となった、と言い、その第一期は抒情詩時代（作品は「雲雀」など）、第二期は思想的にはブルジョア・リベラリズム乃至人道主義から一歩も出ていないが視線は現実的に手法はリアルになった時期（「研究室で」「山」「故郷を去るまで」「鼠」「床甚」「娘」）、第三期は思想的転換期で、ようやく漠然とであるが社会主義的境地に辿りついたがまだ極めて不明確で空想的要素の混入が著しい、と見る。この時期の作品として「地主」「脱走者」「犠牲」などを挙げている。諸作品を通じてリアリズムの立場で、人道主義的な色彩が強く、ほとんど大部分の作品が「社会的弱者、病者、不具者、動物などに対する愛、同情感、仄かな哀傷、社会的義憤」などを基調とし、身辺小説、心境小説の形式のものが大部分であった、と見ている。

和田を筆頭に「共存意識」「相互扶助」などのキーワードで「藤森」を評価しようとする声をいくつか聞いたが、藤森にとってこの思想の発信元は大杉経由のクロポトキンである。

クロポトキンは、ダーウィンの進化論を「生存競争」「弱肉強食」を説く学説と受け取る考え方に反対して、進化の要因としては「相互扶助」のほうが重要だと主張した（*The Mutual Aid*,1902)。これが大杉訳『相互扶助論』（春陽堂）として世の関心を集めたのは大正六年十月以降である。[26]しかしそれ以前大杉は大正三年にはこの書を紹介、解説し、ダーウィンの生存競争の説が多くの学者によって狭義の生存競争、すなわち生物界は「全く血に渇いたもの共の寄り集まつてゐる恐ろしい修羅場」と考えられてきたところ、「モダン・アナアキズムの泰斗ピヨトル・クロポトキン」がいわゆるダーウィニズムの大きな欠陥を埋め相互扶助説を確立して「真に博大なる愛の其の美はしき理想の根柢を築き上げた」と述べ、大杉自身も「協同」の意義を説いている（『種の起源』に就いて」『新潮』大三・一二）。翌年には「*Mutual Aid*, by Peter Kropotokin の新版」が安い五十銭本で丸善に待機しているので切にわが読書界に推奨したい、と言う。進化は競争や闘争にあると考える時代思潮に対抗して「新しき意味の生存競争、即ち相互扶助の思想を普及する為に」現れた著書であるが、これは「ダーウイニズムの正解若しくは補充である」と解説している（「動物界の相互扶助生存競争に就いての一新説」『新小説』大正四・九）。

当の『相互扶助論』第八章「近代社会の相互扶助（続）」は「近世国家が有らゆる方法を講じて共産村落を破壊しようとしたのにも拘らず、ヨオロッパの農民の日常生活を見るに、其の生活には相互扶助的風習が充ち満ちてゐる」と始まる。工業労働者においても相互扶助を行うのは容易でない事情のもとに、労働組合、同盟罷工、社会主義運動、生産組合、消費組合が出現した。「共同利害の為めには其の組合員の時間や健康や、時としては生命すらの犠牲を要求するやうな、相互扶助の最も立派な様式の例」に話が進むと、イギリスの水難救助会の活躍が語られる。「船夫は皆な有志者である。此の有志者等は、自分の生命を投げ出して見ず知らずの他人を助けようとして、毎年ひどい目に会つてゐる。毎年其の大胆な人々の多くを失つてゐる」。危うく命を落とすところであった男になぜこんな向こう見ずなことをしたのか聞くと、彼は、「自分にもわからんのです。唯だ難破船があると云ふので……」と答えた。人間は救いを求める声を聞いてそれに応えないでいることにはとても耐えられない。この感情は数万年間、数十万年間にわたって養われてきた。人間が互いに手を握って団結するということはあらゆる方向に広がり、国際的になり、国際的協同一致の精神はすでに最近二十五年間ヨーロッパの戦争を防止することに寄与してきた。
また、身近な観察から相互扶助がとくに労働階級の生活や人間関係にとっていかに不可欠なものであるか、ある体験者のことばとして伝えている。

サミュエル・ブリムソル氏は（略）暫く貧乏人の間に生活して、貧乏人同士の間の関係がどれほど相互扶助の事実に充ちているかを知り、（略）最初この生活にはいる時に持つてゐた憐憫の感情が「心からの尊敬と感嘆とに変つて了つた」と云つてゐる。

この書の結論は、人類の道徳の進歩においては「相互闘争よりも此の相互扶助の方が主役を勤めてゐると断言することが出来る」である。
大杉は自ら邦訳したこの書からイギリスの水難船救助など二・三の例を挙げて言う、

身を挺して進んで行く其の瞬間の心持に共鳴して或る崇高な感じに打たれる。「激しい友情の盲動」などと云ふ特殊的なものよりも、もつと偉《おほ》きな何者かに触れさせられる。

そして繰り返し、これはダーウィン説の迷行の訂正であり、「又人類史の迷行を指摘して其の本来の伝統に復帰せしめんとする一大計画である」と言う（「人類史上の伝統主義」のち改題「クロポトキンの社会学（上）」『新小説』大正六・一〇[27]）。

脱線ついでに長谷川如是閑が言う「互助」について一言。「約言するならば」、生物の社会的本能である『互助』は、個体の生存のための『共働』であつて、それが集団の保全の為の闘争においては犠牲的行動となつて現われる。それは、その生物の個体の保存が、集団の保存によつてのみ可能である性質から派生した働きである、[28]という長谷川の発言がある。イギリスの向こう見ずな男や「無心」の次郎が「互助」の意味を「個体の保存は集団の保存によってのみ可能」と考えたとは思えない。彼らを動かしたものは単純に「本能」と言いたいところであるが、藤森はこれを「本能以上の事実」と受け止めた。

彼の「本能以上の事実」(『東京日日新聞』大正一五・二・五『叛逆芸術家』収録)は、動物学者のエッケルマンとゲーテの会話を語る。「みそさざいの逃げ出したひながこまどりの巣でそのひなといっしょに養われていた」話をエッケルマンから聞いたゲーテは、この事実に「無尽蔵の宝庫がある」と感激した。藤森は、この話は『相互扶助論』の序にも引かれており、クロポトキンの相互扶助の説に深い敬意を払うと言う。そしてクロポトキンが動物の社会現象や心理における「かくれたる進化の一大法則『相互扶助』」の事実を科学的・帰納的に明らかにしたことを「実に偉とするに足りる」と述べている。

これは「原始的な自己保存の本能」ではなく、「ヨリ高く、ヨリ広汎な友情乃至同情の世界、たしかに精神的陰影を持つた一世界」と藤森は考える。「単なる芸術的幻想か、または詩人的敏感か」と言いながら、彼は人間におけるこの精神現象の根源が動物にあることに関心をよせ、そのような事実を「本能以上(本能を超えた)」と表現したのであろう。

大正十五年の藤森は、いかにも多忙であった。この夏「社会思想家と文芸家の会談」に出席した彼の発言の数々に率直で真剣なその胸の裡が伺われる。

当時世間の関心を集めつつあった「プロレタリア文学」にたいする不満として、人間が動いていない、はじめから概念的な主張があってそれを言うために人間を犠牲にしてしまうような嫌いがある、宣伝か論文みたいで本当の人間の心境を書いていない、社会組織の欠陥や不都合のためのみによって人間生活が左右されているということに力点を置く考え方も偏している、などの意見や感想が、高畠素之、賀川豊彦、中村武羅夫らによって述べられた。孤軍応戦する藤森は、いまの社会は不都合で、プロレタリア文学は「ヨリ善く、ヨリ合理的な」社会生活や精神をもたらそうとする、そこにプロレタリア文学の理想と目的がある、「文学と云ふものは叛逆的精神を持つたもの」だからもちろん現代の不合理な社会に叛逆する、現代の文学のかたちはそうならなければならないがその形をプロレタリア文学と言うのであり、人間の経済や自由解放のためにはプロレタリア文学は叛逆的な態度をとらざるを得ない、それは文学の本質でもある、などと雄弁であった。佐藤春夫が、ほかの因襲や心理的に個人の心を圧迫するものがあれば、それにたいしても文学者は叛逆すると思う、と言うと、藤森の答えは、

叛逆します。しかし今の社会では、社会的不都合と云ふものが、人間性を圧する最も大きな力になつて居ますから、(略)先ず社会に叛逆しますよ。

この座談会で佐藤は長谷川如是閑の「詩人は叛く」という説を紹介し、「叛逆でないものは屈辱」「叛逆しなければ存在できない」などの発言を残している（『新潮』大正一五・七）。

しかし藤森は「社会」を攻撃や叛逆の対象としてのみ捕えていたわけではない。現にこの年末の「新潮合評会」では、日本の文芸運動は第一に「個人」の生命、個性、個人格を力説するところに向かって動いてきたが、それがさらに進むと、「個人の中に社会といふものが大きな力を及ぼしてゐる」「そのために社会と云ふものをもう一遍考へなければ」ならないことになる、と言い、「そのことを個人主義・超個人主義といふ名前で呼んでゐるのです」と発言している。

彼の揚げた「超個人主義文学」という狼煙によって大正末期から昭和初期にかけてプロレタリア文学仲間内で喧々諤々の議論がなされたが、題名も「超個人主義文学」というプロレタリア文学大宣伝の藤森の論文がある。「時代は動く。震災後、一時全く屏息したかの如く伝へられたプロレタリア文学運動は今や華々しい第二段の展開を示さうとしてゐる。近時の活気を帯びた創作や論争はその例証だ」と始まる。——まず自然主義（文学）についてであるが、「当時の資本主義的社会組織をそのまま人類恒久のすがたのやうに認めた点で、又資本主義組織を無意識の背景として発生した点で自然主義は立派に資本主義時代の文学と云へる。その組織に一指の反抗をも示さなかつた点では、尚更だ」。自然主義のみならず人道主義も人生派も同じで、それらは「社会機構」にたいする認識の不足や不確実の点で共通している。そのことは現実無視、社会共存生活否定のあくなき個人主義——個人競争——につながる。個人主義は資本主義の精神的別名であり、社会連帯の精神に立たない非社会協同主義である。

次の時代すなわち社会主義時代においては、その経済的機構に応ずる指標は社会主義すなわち「超個人主義」である。資本主義時代の文学、ブルジョア文学の作家らは芸術至上派、人生派、人道派の立場で、「外部からの組織変革は、人類の救済にとつて畢竟第二義の事で個人の自覚に俟たなければ迚も完全は望めない」とし、『人間性』は社会組織の変革に依つて決して変わらない」と考えている。これにたいして藤森は「組織」の意味、意義を説き、「人類の救済には、所謂外部の組織変〔革〕こそ〔如〕何に最初の、又正確緊〔急?〕な手段であるか?」と力説する（「超個人主義文学」『都新聞』大正一五・九・一―四）。「組織論」（『同』昭和二・一・一七）でも、「組織がなくなれば社会も亦なくなるのだ〔個人の集合がそのまま社会ではない〕」と「組織」について述べる。

将来の組織は、無論純粋な自発的な組織だ。従つて各個人は殆どその組織の存在すらも感じなくなるだらう。それほどに完成されるだらう。かかる「組織」こそコムミユニズムの眼目だ。

この一文は主として「アナアキストの新居君」にたいしての発言で、さらに「個人」と「個性」を混同している「諸君」にたいして、「超個人主義」は決して「超個性主義」ではないことを述べる、

組織は、いかにも個人を超克する。が、決して「個性」を敵視しない。どころか、大いにそれ

を必要とし、その発達を奨励し（個性が如何に善き組織のもとにこそ伸び得るか！）また個性が発達すればするだけ組織を必要とする……

などと発言し、このことに関連するさらなる論は、いまは「忙《せは》しい」からひとまずここまで、ということである。

「新文学理論の確立――共産主義的主張――」（『改造』大正一六・二）においては、プロレタリア文学陣内部における「コムミユニズムとアナアキズム」の論争に焦点を当て、「アナアキズムの本質が個人の自由」であるという点を衝き、言う、

そもそも個人とは何ぞ？又自由とは何ぞ？アナアキズムの文学論者は、果して此の事を徹底的に考へた事があるだらうか。ロビンソンクルーソーならば知らず、人間が所謂社会を形づくり、又その中に住む以上、「個人の自由」なぞと云つた事は「社会」の前提なしに考へられるだらうか。社会こそ第一前提だ。それによつて規定され制約された自由のみが……あり得る唯一の「個人の自由」だ。マルキシズムは実に此の明確な認識に立脚してゐる。従つて、その目ざすところは単なる「個人の自由」では決してない。〔以下削除〕

「アナアキストの諸君」が共産主義や共産主義的文芸を「強権と支配」のそれと考えることの誤りを指摘し、超個人主義文学が「コムミユニズムに於てのみ徹底され、又確立される」と述べている。

「『超個人主義』応酬」（『新潮』昭和二・二）は「——主として大槻君——に」と添え書きして大槻憲二の「文学における永遠性と階級制、附藤森成吉氏の超個人主義に就いて」（『早稲田文学』昭和二・一）に答えるものである。藤森は「昨年来私の論じて来た『超個人主義文学』が諸方から賛否両論を蒙つてゐる」と書き始めるが、大槻の疑問はまず藤森がなぜ「超個人主義」という「変つた名称」を使うのか不可解というところから始まる。「超個人主義文学」の内容は「全然マルクス派、共産派の所謂プロレタリア文学論に外ならぬのであつて、何故に一人だけ——甚だ個人主義的に——変つた名称を用ゐられるのか」とは多くの人が抱いた疑問、感想であった。

勝本清一郎も、藤森の「共産主義的主張と称するもの」と「新居格氏らのアナーキズム的主張」の間の論争に触れ、「超個人主義文芸即社会主義文芸とはならない」ことを述べ、「藤森氏が超個人主義と云ふ名称をその共産主義的の主張の旗印にされる事は、非常に誤解を伴ひ易いから止された方が好からうと思ふ」と言う（「社会主義文芸論の修正」『新潮』昭和二・二）。

「地主」のリメイクのような「田園騒動」（『改造』昭和二・四）——中国地方のある若い地主が直面する災難の話——を読んだ勝本の感想を見ると、「小ブルジョア的インテリゲンチヤの浪漫主義」「硬派センチメンタリズム」などの「藤森作品にたいする勝本の批判」の要点がよくわかる。

田舎の地主の息子のインテリゲンチヤが、善良なお坊ちやん流の同情的社会思想から、自分の母親と小作人達との間に挟まつて、気弱な煩悶をする——さう云ふ意気地のない一個の生活態度が、たゞその儘、肯定的に描写されてゐる。（略）社会主義的世界観の具象化のほんの一端がさへ出てゐない。単に目前の階級闘争の事実に処するだけの決然たる、具体的覚悟さへ出来てゐない。社会主義も、無論、共産主義もない。在るものは「人道的な」気持や、「お人好し」や、お坊ちやんの「誠意」や、——プロレタリヤにとつて三文の価値もないものばかりである。誰にしても、今日こんな、だらしのない覚悟で生きてゐてい丶ものかどうか？それはツルゲネーフの作品などによく出て来た、昔の弱いインテリゲンチヤの幽霊ではないか？（略）
私は藤森氏がいつまでも、弱い人情的な姿に興味を持つて居られるのを、はがゆく思ふ。

勝本は、超個人主義文学にたいする藤森のこだわりを分析しつつ、「個人主義文芸にアンチテーゼなるものは社会主義文芸である。そしてその社会主義文芸は共産主義に於いてのみ徹底する」と言えば藤森氏の論旨を「明確に」「普通に」表す、と述べている（「新文学理論の確立」で藤森はこのことをはっきり述べているのだが……）。

また、勝本は、藤森の個人的気稟が「感じ易い弱いセンチメンタルなものである」ことから「かへつて硬派センチメンタリズムに陥り」「たやすく左傾的熱病の虜となり」と観察し、実は藤森は「単に社会主義者でなく、その中でも階級闘争を主眼とする無産階級的戦闘哲学としての共産主義を奉じてゐる」ために、「社会主義と云ふかはりに、名称だけ超個人主義と云ふものを持つてきて、」と推測、説明する（「藤森氏に答ふ」『不同調』昭和二・七）（この部分の勝本の発言はいささか一方的と感じられる）。

勝本は同時期の『三田文学』誌上でもこの点について、「ゾムバルト」の「デア・プロレタリッシュ・ゾチアリズムス」第二巻を引いて述べている。著者が、大勢の芸術家たち（そのなかにはアプトン・シンクレアの名前もあり納得するところが多々あった）が、特に「感受性」に富んだ性質のために「訳もなく同情心に陥入」のあげく「実際的精神や政治的能力の欠如」もあって「ユートピア的観念の絶好の肥沃地となる」傾向を示す、と述べていること、そのことを「非プロレタリヤ的社会主義者の動機」のひとつと見ていること、を紹介して[29]、続ける、

伝へきく藤森成吉氏は非常に心持の優しい、善良な、むしろ甚だセンチメンタルな君子人ださうである。（略）さう云ふ「人情的な弱さ」から出発してくるセンチメンタルな、「詩的な」社会文芸と云ふものは決して真正の意味での社会主義文芸に達し得る道ではない。

勝本によると、わが国の社会主義思想は、「実際側の労働運動とは胚種を異にし、異系の伝統を歩んで来た」、それは「即ち一つの『詩的』な流れ」で「非プロレタリヤ的な社会思想」であった。藤森の社会思想は「さう云ふ過去の社会思想の片影を残したもの」と考える。「詩的」「ローマンティックな」ものではなく、あるべきものは、「本当のプロレタリヤ的な考へ方、見方、感じ方としての社会主義」「一層徹底したリアリズムの境地」であると言う。

何を置いても先づ根柢に社会主義的世界観が必要であり、それが純芸術上の問題としては新しきリアリズムの問題となつて来、それによつてのみ今後の芸術が革命されると説きたいのであ

る。(「藤森成吉、青野季吉両氏に答ふ」『三田文学』昭和二・七)

勝本の言いたいことは、人情的な弱さに由来するセンチメンタルで詩的な社会主義文芸は真性のそれに続くものではないということ、今後の芸術上の問題はプロレタリアから本当のプロレタリア的な考え方や見方や感じ方としての社会主義を学ばなければならない、ということである。「プロレタリアにとって三文の価値もない」という勝本の発言は、のちの中条百合子の「藁一本の役にも立たぬ」(後出)を想起させる。

「本当のプロレタリアの感じ方」について、「団体主義の文学者　藤森成吉論」(『新潮』昭和二・三)を書いた岡沢秀虎の意見を聞きたい。彼は個人意識に徹底して全調和を得ようとする、つまり全体の完成を個々人の完成によって求めようとする「個人主義」と、団体意識が個人意識を規約して全体調和を得ようとする、すなわち個人の完全を社会のそれによって求める「団体主義」を並べ、既成作家の大部分は前者であり、藤森はこのような文壇の主流と相反する後者の芸術家であるところから、誤解され十分に理解されていないと観察する。作家藤森の発展段階を追い、目覚めた少年の魂が創造力のままに自己を歌った第一期、暗い人生の実相が見えて来た第二期、自我が正しく対象に解放され始めた第三期に続く「第四期」は、「団体的精神は全社会全集団にまで」広がり、ここにあるものは「個と個との愛情」ではなく「社会意識、共存意識」である、と論じた。(やがて岡沢は「団体主義」に代えて「集団主義」ということばを用いるが、言わんとするところは同じである)。

さらに時を経て、昭和九年、『早稲田文学』第三次創刊号（昭和九・六）掲載の「日本のプロレタリヤ・リアリズム」において彼は、蔵原提唱の「プロレタリヤ・リアリズム」の理論の「プロレタリヤの観点のみが真のプロレタリヤ・リアリズムを作る」というところ、つまり「観点問題が世界感の問題にまで掘り下げられてゐない」点を彼の論文の弱点と指摘する。いかにプロレタリヤの理論（マルクス主義）を把握しても、「プロレタリヤの世界感を持たない限りプロレタリヤ・リアリズムの文学は決して生まれない」、「プロレタリヤの世界感とは、集団主義の精神（感じ方）に外ならない」と主張する（傍点筆者）。

集団主義的作家は、集団のための理想を掲げて、人をその理想に導いて行かうとする。従つて彼にとつて、出来る限り集団の中に自我を融合し、集団の代理人となり、集団の理想の中に最も広く自我を拡大して死ぬることが（集団を本体として自我と集団との調和を計ることが）常に生活の問題となるのである。かくの如きが集団的世界感である。

「日本に於ける真のプロレタリヤ・リアリズムは集団主義的世界感を体得してゐる作家が現実を描く所に先ずその萌芽を持つた」、「そこにはリアリズムの要素と並んで、当然反抗の要素が浸みこんでゐる」、「プロレタリア文学運動以前に生まれた日本の集団主義的作家の作品は「本能的に反抗している」、などの観察、発言ののち岡沢は続ける――この「集団主義的世界感にプロレタリア的認識（世界観）が加り、理論によつて武装されゝば、プロレタリア・リアリズムがその集団的（社会的）現実への浸透を一層拡大し、より個人的な〔原典に傍点〕反抗を表現しなくなるのは当然」となる。これが重要なところで、論者は、徳永の「太陽のない街」や黒島、葉山らの諸作品が挙げられると言い、「インテリ出身の集団主義的作家」藤森にも「犠牲」がある、と指摘する。(30)

岡沢はこの十年間に挫折したプロレタリア文学運動の階級社会理論に代わって国家主義的議論が台頭するなか、時代の状況に即応して社会主義を集団主義と読みかえて国家主義を取り込みながらその『集団主義の文芸』で藤森成吉、伊藤永之介、和田伝、徳永直らの文学を擁護した（新谷敬三郎「岡沢秀虎」『日本近代文学大辞典』）と言われる。

藤森の「先ず社会に叛逆しますよ」という一途な発言から「社会こそ第一前提だ」の自信満々の宣言までの思想上の変化・進展は当然時代の流れに沿うものである。「社会と個人とを相関的に見る」（中村武羅夫「個人と社会」『文芸春秋』大正一三・二）ということはすでに広く要求されていた。この両者の関係を「個人と社会を分離せしめず、又対立せしめず、個人を以て社会の要素なりと為し、部分が全体と調和すると見做す」とは十年も前の大杉の発言であった（「近代個人主義の諸相」『早稲田文学』大正四・一一）。長谷川如是閑は、個人と集団、社会の関係を「同一生活の両面」「同一物の両端」と説明した（「集合意識と協調主義」『我等』大正一〇・五）。「個性とは社会性の個人的表れ」であり「社会とは個人の生活組織である」とか「集団と云ふ別の実態が、個人のそとにあるのではなく、それは全く個人の存在の様態に外ならない」というような（長谷川的な）視点を持つと、かつて絶対的な構成物として叛逆すべきと考えられていた「社会」観は、「きわめて旧式な自然主義時代の考へに囚われたもの」（中村）ということになる。

この時期の藤森の「個人と社会」観は「自画像」（昭和二・一二）の結語にも伺われる。自己革命感、批判心が強い彼は、一度はなんにでも叛逆せずにはいられないが、それでも「彼にはなほ幾多の矛盾が残されてゐる。それは現代の社会がある限り必然の矛盾だ。多少の差はあれ、万人の矛盾だ」。この現実に直面して彼は悩み弱気にもなるが、結論は、「然し、彼はなほ戦つて社会の問題を自己の問題として考へ」、いたずらに苦しまず、勇敢に、情熱的に前進する、と覚悟を述べている。


藤森の「無産階級文芸論（総論）」は大正十五年大成功を収めたと言われる新潮社の社会問題講座に、その執筆者依頼リストは執筆を断った河上肇を除く「全左翼を網羅していた」と言われる[31]講座に収められている。社会主義に傾倒して来た知識人層出身の文学者藤森がプロレタリア文学についてマルクス主義の立場に立つ理論的概観をはじめて試みたもの、と祖父江昭二が解説する論文であり[32]、藤森自身「『超個人主義』応酬」などで、読んで欲しいと自薦しているものである。

ここで藤森が「プロレタリア文学」について具体的に説明し回答するところはあらまし以下の四点である。

①プロレタリア文学は、プロレタリアの生活や労働ばかりを書く文学ではない。題材においてそれは新天地を持つ。
②プロレタリア文学は、労働者あるいは労働者出身の作者によって書かれねばならない、とい

うのは偏見である。知識階級出身の作者でも、その精神がプロレタリア精神に充ちていれば十分にプロレタリア作家であるし、優れたプロレタリア文学を創ることができる。

③プロレタリア文学は宣伝もしくは手段の文学かと問われれば、効果と創作の意志は別個だ、と答える。ただし「芸術が純粋芸術的意志で創られた物であればあるほど扇動的だ。それは、何物よりも強く鑑賞者の全身に訴え、全人格を揺り動かすからだ。最大の純粋芸術は最大の扇動芸術だ」。

④プロレタリア文学の形式は自由に任せたいし、表現も様式も多種多様であってよい（「五プロレタリア文学とは？」）。

①②がとくに知識階級出身の藤森にとっては切実な問題であったであろうが、やがて蔵原は「問題は作者の観点にあるので必ずしもその題材にあるのではない。題材は現代生活のあらゆる方面を包容してこそ望ましいのだ。したがって『格闘に於けるプロレタリアのみが対象たりうる』という見解は清算されなければならない」と言う（「プロレタリア・レアリズムの道」『戦旗』昭和三・四）。②にあたる部分に関連して、この講座に「ロシア無産階級文学の発達」を寄せている片上伸はこれ以前に海外の批評家らの見解いくつかを紹介して、「無産階級の精神を表現するものが無産階級文学者である」ことを述べている（「無産階級文学の諸問題」『中央公論』大正一五・一）。つまり藤森の発言はこれら世上の見解と異なるものではない。

山田清三郎は藤森論文を「わが国左翼文学陣営の最大の理論的収穫に数ふべきもの」と評価し、

「(五) プロレタリア文学はどんなものか　(六) プロレタリア文学の可能性」について決定的な判断をした、と言う。とくに (六) でトロツキーのプロレタリア文化乃至プロレタリア芸術の否定論にたいして「断固たる反駁を展開してゐる」ことを「全体的にいつて、全く正当な抗議」であるとし、トロツキーの極左的観念的芸術論が肯定的に紹介されていた時代に「逸早くこれと戦つた藤森の理論的功績には決して忘れてはならないものがある」と結んでいる。[33]

藤森が引いているトロツキーの (問題の) 発言は以下の通りである。

プロレタリアートの (略) 新支配が、すでに十分に政治的軍事的の威嚇から安全になり、文化創造の条件が好都合になれば、プロレタリアートはその階級的色彩から自由になつて、即ちプロレタリアートたる事をやめて、社会的共存の裡に進展する。そのつくる文化は、もう階級的性質を持たず、従つてプロレタリア的文化ではない。この事実から、プロレタリア文化は現在も存在しないのみか、将来も存在しまい。これを嘆くのは無意味だ。なぜなら、プロレタリアートが権利を獲得するのは、永久に階級文化を廃棄し、人類文化の途をひらく為めではないか

——(茂森氏訳『文化と革命』に拠る。)

これにたいして藤森は「プロレタリア文学は、果たして社会的共存の文学と無関係であるか」「階級文学は階級闘争以外に理想を持たない種類のものか」などと反論する。

将来、プロレタリアがなくなればプロレタリア文学なる言葉もなくなるだろう。そして、文学の大道に直接連結するだろう。その時に至つても、前時代のプロレタリア文学が文学の大道であり、本質を握つたものであり、純粋な途を歩いたものであることには、何の支障も来さない。

プロレタリアの立場こそは、又芸術家の立場ではないか、プロレタリアの精神と生活こそは、芸術家の精神と世界ではないか。（略）プロレタリアの心的生活がきわめて芸術家の心と似たものである事は、決して徒らな哲学的思弁でもなく、空想でもない。

プロレタリア文学を「現代における文学の大道」と考え「真正の文学はこれのみ」と断言して意気盛んであるが、すでに（この論文の）「（三）文芸と唯物史観」の論述において藤森は述べている、重要なことは、「経済的基礎」「経済的唯物史観」のみでは「その美しき物」はうまれない、「それは飽くまでも手伝ふだけだ」ということである。すなわち、「種は手伝ふ者の如何ともしがたい所」であるが、その種となるのは「一口に云へば芸術的衝動だ。創造の本能だ。よろこびだ」と「所謂経済問題よりも先住する」ものが第一であることを強調している。

祖父江は、藤森が「純文学的立場から」発言しようとしている点にこの論文全体の基調があることを指摘し、そのことを評価している。「総論」のあとに予告されている「社会革命と文芸」「文学者と実際運動」などの章、とくに「文学者の素質や幻想の問題」を説きたい、と言う後者で藤森がどんな発言をするのか興味があったが、見ることができなかった。

『女工哀史』出版後まもなく病死した細井のために藤森は友人らと細井和喜蔵紡績労働応援委員会をつくり、やがてその活動の一環として青山墓地に解放運動無名戦士の墓建立という仕事がある(昭和九・六)。終戦後、これは超党派の解放運動犠牲者国民救援会となり、国際赤色救援会日本支部(モップル)に発展的に解消されるが、そのような精神につながる最初の活動の場が細井の名を冠した応援委員会で、この救援会にたいする藤森の愛着や誇らしい気持ちは終生変わらない。

第四章　戯曲家藤森成吉の登場　一九二六―

(1)「礫茂左衛門」ほか

藤森の演劇好きは学生時代からで、はっきりしているのは職業作家の道がなんとか拓かれたころの浅草常盤座通いである。

東京へ出て来てから、惑乱した無定見な文壇へ再び踏み出して行く事が出来ない為めに、又一方にはいろいろな自身の事情の為めに、絶えず煩々《いらいら》してゐた幾月かの間を、私は全く此の小屋のヒイキの一人として送って来たのだ。

脚本が新聞の連載物から材を取っていることが多く、時には不快な滑稽な場面だらけであったが、舞台の周りの群衆の心理や気分、劇場の空気などには興味を引かれた。欠陥があるにしろ、彼はこの役者らが好きで、彼らをよい指導者のもとでよい舞台に立たせたら、と思った。「それは私の心の中の一種の反抗心から来る、一場の空想だらうか」（「九月の日記」『新潮』大正七・一〇）。

芝居見物が娯楽の最たるものであった時代、彼の小説の中にも早くから芝居や芝居見物の場面が描かれている。子供のころ父親に連れられて見に行った芝居、長じて父親を連れて見に行った芝居などもある。震災前の話であるが、中村屋の土蔵の二階で出発した先駆座は、場所の（狭さの）関係で、観客は会員制とし申し込み順に名簿を作り番号を付けた。「一番島崎藤村、二番有島武郎、三番長谷川如是閑、四番水谷竹紫、五番水谷八重子、六番藤森成吉、七番吉江喬松、八番大山郁夫……」である。(1)

大正十三年六月に築地小劇場が新劇常設館として開場すると、ここにもよく通った。

そして自分にも戯曲を書けそうな気がして来た。（略）ああ、こういう戯曲ならおれにも書けると、ぼくはすっかり呪縛から解き放された気がした。

以前から書きたかったが、厳しい作劇の規則におそれをなし、形式に厳しいものは書けないと思っていた。しかし自由な翻訳劇を観るうちに自分にもできる、と感じたのである。(2)

直接のきっかけは、木村、新居、大宅らフェビアンの仲間と群馬県高崎へ講演に行き、ここで沼田藩騒動の顛末に接したことである。農村運動史研究者の田村栄太郎に話を聞き資料を送られ、領主伊賀守の酷税と弾圧にたいする農民のたたかいを描いたのが、プロレタリア演劇の農民騒乱劇の先駆とされる「磔茂左衛門」（『新潮』大正一五・五）である。[3]

雑誌掲載後早々に新派の井上正夫が上演を申し込んでくると藤森はすぐ承知した。彼の役者としての素質を、世間の評判でよく聞かされていたからである。「ジャンバルジャンで見事成功した彼が、どうして茂左衛門で成功しなからうか。虐げられた人間の悲痛な心理を表現するの点にかけては、彼は当代まれに見る一人と、かねてから聞いていた」（「自分の戯曲（中）」『読売新聞』大正一五・六・三〇）。

検閲で第五幕など大分カットされ改変されたが、井上一座によって六月に浅草の松竹座で上演された。これを観た木村毅は、これは作者が「初めて自分の思想的染色をうちだした」ものと評価し、「小山内薫や、中村吉蔵や秋田雨雀もここまでは踏みこんで来ていなかった時期だったのである」と言う。

> これが浅草で上演せられた初夜は、すこし誇張して言うと、「エルナニ」のような意味をもつ。ただユーゴーを取り巻くロマンチックの諸文人は、キャベツを打っつけあってさわいだのだが、「磔茂左衛門」では、満場シーンとして鋼鉄板をはりつめたような森厳さにうたれたのを、いまだにおぼえている。[4]

また木村は「ここでは人道主義的残渣物は可なり大胆に清算されている。この作あたりから以後を、彼のプロレタリア文学的作品と目してよいであらう」（「藤森君に就いて」昭七）と書いているし、（前出の）松本克平同様、戯曲が書かれるようになってから藤森の「作風がすっかり変った」と感じた人は多かった。

本間久雄は『早稲田文学』に二か月続けてこの作品について書いている。まず不満のひとつは、事件の推移が小説のように物語式にそのまま書かれているということで、「脚本はイプセン式に、過去の事件を現在の事件の中にたたみ込んで、作の〔焦〕点を単純にするところに、構造上の面白味がある」と言う。この欠点を補って余りある長所は、主人公を英雄視しなかったこと、彼が理屈を言わぬこと、彼を反逆児として描かず「平凡なしかし情にもろい、もののわかった人物」「飽くまでも次の時代を信じ、人間の進化を信ずる生活肯定者」として描いていることである。悲惨な題材にもかかわらず「巻を掩うて一脉の明るさ」を感じさせることを評価する（「『礫茂左衛門』を読む」『早稲田文学』大正一五・六）。次いで観劇後の「観劇偶評」（大正一五・七）では、主人公役の井上を「原作を読んで想像した人物そのままの面影を舞台に見せて呉れた」とほめている。第二幕大峰山権現社前の会合の場がもっともよかった、「自分までが甲論乙駁の彼らの仲間の一人であるやうな気持ちさへ起こしたほど」と言う。

最後の幕が閉じられたとき、かういふ作こそ、真に将来の民衆劇だと心の中で叫んだ。そして、もしロマン・ロオランが、かりに、わが国で「民衆劇場」を設立したとしたら、差あたり、この作などを第一にその上演台本に選ぶだらうと想像した。

舞台技巧のうえではより優れた人はいくらもいるであろうが、「この作者のやうな民衆的精神の熱意に燃えてゐる戯曲家」はほかに何人いるか、と書いている。

これはかつて「所謂文壇に就て」で、民衆の精神の中に飛び込みその精神を受け入れた新しい文芸をつくることを語った藤森の夢の実現と見てよいのだろうか。たしかに藤森は「大衆」という存在の不思議な魔力を考えていた。メーデーの行列を見ると胸がいっぱいになって涙ぐんでしまう自分としては、この大衆劇ではそこをねらった(「大衆─芸術」『新潮』大正一五・六)のであり、舞台の下にもひしめく大衆に直接呼びかけるには戯曲が最適の形式だ(「大衆へ呼びかける」『同』大正一五・七)と自信のほどを示している。そして、この芝居は「全く大衆を目指した戯曲のつもり」で、その点で成功という批評を聞いて何よりうれしいと述べている(「大劇場物と小劇場物」『演劇新潮』大正一五・七)。

佐藤春夫も民衆芸術としては演劇は小説よりずっと民衆に訴えるという意見で、「小説なんか非常に廻りくどいものだと思ふ、其意味ならばプロレタリア文学者は戯曲を書けばいい」。藤森が演劇を書くのは「賛成」と言う(前出「新潮合評会」大正一五・七)。「反逆は美しい。(略) 涙を誘ふ。『磔茂左衛門』は美しい。よき反逆心の結晶であるが故に!」と感激するのは林房雄である(「我等の書架」『文芸市場』大正一五・一二)。和田伝がここに見るのは、「近代的同胞意識の朗かなる発揚」と「共存集団意識の爽やかなる表出」である。そこに「破壊と建設、今日に叛逆する精神と明日を創造する精神」を察知してこれを高く評価する。

経済史の面から小野武夫は発言する（「農民一揆と其史劇」『経済往来』昭和二・一二）。冒頭大峰山神境で沼田の百姓らが直訴についてそれぞれ苦衷と赤心を吐露して談合する場面に作品の思想的深みを見た。しかし最終場面で主人公らの処刑のあと彼らが心を合わせて事に当たろうと決心するところは、作者の啓蒙的意図はここにあったとしても、当時の農民の意志としては「其れ程に強く彼等の心がうごいてゐたかどうか」という疑問を呈している。戯曲作家の芸術的作意は自由で、読者や観客としては「充分に面白く刺激力あるもの」を望むが、どこまでが事実でどこからが作意であるか知りたい、という声は、後年の藤森の歴史ものにたいする受け手側の意見などを考えても、無視はできない。

大江良太郎は「脚本の内在的価値が新時代に対し、アンビシアスだつた」と言いながら、「茂左衛門一人の芝居でない『磔茂左衛門』を井上の芝居にしてしまった」点を批判する。これまでの義民伝戯曲の「封建的義理人情の葛藤に絡る義別、拷問、苦節物語、奮闘哀話」を去って、「群衆の団結によつて高潮され行く新興勢力表現」を目指しながら、それが成就できなかったのは、この芝居の作意と軌を一にしない「スター、システムの悲哀」と言う。大江は、作者藤森をはじめ多くの人々の井上にたいする高い評価や彼の「一人光り勝ち」が却って本来意図された「大衆劇」の目的を損じてしまった、という皮肉な現象を衝いている（「築地小劇場の『磔茂左衛門』『悲劇喜劇』昭和四・七）（この一文はタイトルが示すように昭和四年六月の築地小劇場における上演について書かれたもので、それはのちに触れる）。

マルクス主義文学論の一方の旗手、勝本清一郎はこれからも藤森の周辺で何度もその名を聞く人物であるが、「礫茂左衛門」にたいする彼の批判はあらまし以下の通りである。題材を「封建主義経済から初期資本主義経済への時代の農民問題に取つてゐながら、町人、武士、農民の三階級の経済史的関係を根柢に正しく認識してゐない為に、単に武士の農民に対する武力的搾取の現象ただそれだけが、余りに外面的に見られてゐるにすぎない」。ここでは農民の利益や解放を「幕府の善政と云ふ仮定的理想主義」に頼っているだけで、当時の農民がどれほどの地位と実力をもって幕府の重農主義政策の背景になっていたかを認識していない、とも言う（「社会主義文芸論の修正」）。これがはじまりで勝本の辛口の「礫茂左衛門」評はこれ以後二年前後続く。

前章で「プロレタリア作家」としての藤森論の一部を見せた青木壮一郎は、「礫茂左衛門」を「比較的小ブルジョア的夾雑物の少ない作品」と評価する。しかし最後になって特赦の急使を出したことにたいしては「支配階級の温情主義を出すならばもつと突込んで、その温情主義の裏にひそむ邪悪な意図を引きずり出して見せなければ、意識の後れた大衆に、或る危険な錯覚を起させるおそれがありはしないだらうか」と重要な点に注意を喚起している。青木は「「プロレタリア作家に」転換後」の藤森を論じるに当たり、彼の劇作品産出以降に焦点を合わせ、こののちの藤森における「思想的進歩と芸術的後退と」「小ブルジョア性の潜入とその危険性」などの括りで核心を衝いた意見を見せる。

こののち有島武郎の苦悩とその解決を描いた「犠牲」、当時流行語にもなった「何が彼女をさうさせたか」などによって、藤森は小説家としてよりも戯曲家としての知名度が高くなった。彼自身は初めて書いた戯曲が成功し歓迎された、と正直に喜びを語っている、「この時代に、この新しい世界へ飛び込み得た自分を幸ひに思ふ」と（「自分の戯曲（下）」『読売新聞』大正一五・七・一）。[5]

「犠牲」（『改造』大正一五・六―七）はおおかたの関心を集め文芸家らの合評会でも話題になった。作者としては「プロレタリア的批判」「社会思想的な興味」で書いて世に問うたのであるが、反応はさまざまであった。「プロレタリア的と言っても知識階級だ」（広津和郎）とか、この作品で一番いいと思ったところは「プロレタリア云々とは関係のない部分だ」（近松秋江）とか、「有島氏については知らないが、この作品の主人公には同情も同感も覚えた、それは芸術の力だ」（宇野浩二）とか、又「作者の主義にたいしての賛否とは別に、藤森君がこの次ぎどうなるかに興味がある」（正宗白鳥）と云う声もあった（前出『新潮』大正一五・一二）。

横道にそれるが、ここでの正宗の発言は彼の藤森観がはっきり出ていて面白い。彼は前田河作品や「犠牲」を褒め、「プロレタリア文学」と言う名前を殊更に付けることを「おかしいと思ふことが多い」「小説としては殊更さういふ名前の区別はなくつてもいいんだ」という意見である。ただし彼は藤森の「ずつと以前の小説、故郷を出る時とか、霞ヶ浦で笛を聞いたもの（「水郷雨語」）とか、ああいふものの方が面白い」、階級的意識にたいする考えを表そうとするこの頃の「見えすいた小説」は渾然としていないし身に染みないので反感を覚えるが、「犠牲」にはそれが露骨に出ていない、と言う。「盗人」「脱走者」などを意識しての発言であろうか。一般の読者でも「正宗的」傾向の感じ方をする人は案外多いのではないだろうか。

大隅俊雄は、武者小路や正宗の作品の「個人主義的」思想を批判し、これらを過去に葬りこれらから去る時、「われわれは果たして自分らの手に何を残すであらうか」と考え、「犠牲」を発見する。

この作品に意図されている主人公は「個人としてのみ」ではなく「彼の生きている社会階級の集団生活―ブルジョア、インテリゲンチヤの生活を構成してゐる一要素としての彼」として描かれ、この点に「われわれの求めてゐるもの」がある、という見解である。

如何に巧みに、如何に深刻に表現されてゐてもそこに表現されたものが単なる個的なものとして表現されたものでなく、そこに表現された個的なものによつて、その個性の生きる社会階級（どの階級であるにしろ）の集団生活意識感情を読み、言葉を聞き得るものでなくてはならない。（「戯曲に於ける個人主義的思想の否定」『演劇改造』大正一五・一〇）

小山内薫はこの作品を高く評価した。

「犠牲」は自然主義的な手法から作られてゐる――しかも、最も堅実な自然主義的作劇法から作られてゐる、併し、内に盛られた精神内容は決して自然主義的ではない。作者の驚くべき聡明な主観と春の日のやうに暖かな人間愛とは、この悲劇を決して冷やかな人間解剖にはしなかつた。

この評言は印象的である。宮川雅青や山本二郎がそれぞれこれを引用して「犠牲」を高く評価している。(6)

小山内は築地小劇場第二回創作劇としてこの上演を企画したが、姦通を題材にしたモデルものであるなどの理由で上演禁止となった。『改造』六月号に一―二幕、七月号に三―五幕掲載のところ、問題になったのは三―四幕で、どちらも主人公石川（有島）の心中相手の女性の夫片山が登場し、とくに四幕では石川はある意味片山に追い詰められる。七月号は発売後回収されたので、現に無傷のものが存在する。同時期出版の単行本『礫茂左衛門（附）犠牲』（新潮社、大正一五・七）では「犠牲」三―四幕のせりふ部分は全部削除され、「以下其の筋より掲載を禁止さる」とある。藤森はそのときのことを書いている――越後の農民学校開校記念の講演会から帰って知らせを聞き、急いで保安課へ行って「出来るだけ手を入れて又見て貰ふ事になっていた」。「『時代の犠牲』のつもりの題名であるが、脚本それ自体が又時代の犠牲にならなければならないのか」。（前掲「自分の戯曲（中）」）藤森にとってはかねてより念願の築地での上演であったが、小山内はこの上演中止のことを「命の縮まるやうな目に会つた」と書いている。(7)

正宗白鳥は「犠牲」を面白く読んだと褒めているが、上演禁止について「警視庁などが世俗的見解を持つて」禁止したのもやむを得ない、という意見であった。主な理由は「片山」の扱いで、この人物が衆人環視のうちに侮辱を受け「さらし物」にされることで、「世の弱者や貧者などのためにはヒステリックに近いと思はれるほど同感した小説や論文を書いてゐる人類愛に富んでゐる藤森氏」が片山という人物に人間愛の破片をも見せないのは解せない、ということである（「文芸時評」『中央公論』大正一五・八）。これにたいする藤森の反論の要点は、「氏は誤つて、人道主義派作家に求むべきものを私に求められたのではあるまいか」、氏の言説があくまで個人主義の立場であるのにたいして「私の立場は、超個人主義のつもりである」などである（「正宗氏の言葉」『文芸春秋』大一五・九）[8]。（筆者は個人的には、藤森の「超個人主義」なることばには抵抗感をもっていたが、この場のこの使い方には『まったく都合のいい（？）』ものを感じた。）

「上演禁止と反駁」（『文芸市場』大一五・一一）の藤森は、高畠素之、宮嶋資夫、宮原晃一郎らの「犠牲」にたいする評言に反駁する。たとえば宮原が「今日モデルの事件がまだ印象新たであればこそ相当、人を惹付けはするが、今後二十年も経つてみるがいい。これでは今の半分も感激を起すことも難しからう」と述べた（「供養塚漫言」『文芸市場』大正一五・一〇）のに応えて言う、

「二十年後」に、あの作品が所謂モデルを離れてどんな価値を持つか、それこそ作者の待ち望むところだ。

作者は自信があったのである。

宮原は、『小樽新聞』の記者時代に有島を知り、影響を受けた。ロンドンの『野生より愛へ』（『白い牙』）の翻訳者でもある。彼は「犠牲」の物足りなさを「これは、単に、亡友Aの忠実な写生にすぎない」「一つでも二つでも我々を、首肯せしめる解説がなければならない」と述べ、このような悲劇に至る「心理的必然性」や「運命的帰趨」が伺われないことを指摘する。宮原は「犠牲」を「ただ一個の美はしい孤形の蟠るを見るが、その契点はいずれにあるかを知る由もない」と表現している。

戦後『日本名作戯曲全集　一五』（北条書店、昭和二五）で「犠牲」は完全な形で復活した。同じく完全なテキストを載せている『新選現代戯曲　二』（河出書房、昭和二七）に藤森は「演出覚え書」の一文を寄せている。久しぶりで自作を読み返し、昔の恋人に出会ったよう、と言う。あのとき築地小劇場ではすでに伊藤熹朔の舞台模型まで完成していたところの中止であり、以来この作は「終戦時まで二十年間近くカタハの形式で単行本にされるほかなかった」。戦後も上演は実現されていないが、現在上演するとすればおそらく方法は二つある。①当時の社会的風景を忠実に再現するか、②現在の観点からこの時代的悲劇を批判し分析するか、である。前者は風俗的なにおいが濃く、後者はイデオロギー劇的気分が強い。藤森は、この両方を合体させて、①の主人公の無政府共産主義を②が批判するという構図を提案している（宮川は、終戦後前進座が上演を計画したが、興行会社の反対で実現できなかったのが残念、と書いている[9]）。

話を大正十五年に戻して、山本有三ら文芸家協会などの検閲制度廃止の抗議運動（検閲改正既成同盟）が起こるなか、藤森自身は外国を舞台にした戯曲「夫婦」（『新潮』大正一五・九）によって反撃した。

時は一九一〇年、ところはロシア近辺の小国首都である。「主人公三十四歳ぐらいの作家メリコフと二十八歳ぐらいの妻ソニア」は藤森夫妻、「新芸術座」は築地小劇場、作品「先駆」は「犠牲」、雑誌『ナロオド』は『改造』である。「舞台監督ブランスキイ」は小山内であろうか。メリコフが苦心の末ようやく「先駆」後編を完成したところから芝居は始まる。検閲によってこれは上演禁止に、掲載誌は発売禁止となる。理由は、共産主義宣伝、姦通賛美、上流社会にたいする名誉棄損である。メリコフが係るこの国最初の無産農民学校も禁止命令を受ける。いつか「先駆」を上演できる日が来ると言いながら、夫婦は無念さを隠せない。最終場面でソニアは郵便局の談話室からナロオド社へ電話する。発禁理由は安寧秩序紊乱、風俗壊乱、とあらためて聞かされ、「もうこんな国にゐたくないわ」「外国へいきませう、外国へ！」と言うと、夫は答える、「苦しめられてゐるのはおれ達ばかりぢやない」「だが、これの時代になッたら」と腕に抱いた彼らの幼な子を見る。

「無産運動に対する官憲の圧迫を描いたもの、蓋し氏自身がその作品に対して蒙った圧迫からの実感が迸ったものであらう。（略）此作品は作者の実感が熾烈に燃え、迫真力強く、非常に人を撃つ作品である」（『日本戯曲全集　四九』「解説」）と見るか、作者の個人的憤激や趣味性向が「プロレタリア文学としては稀有な程度にまで」舞台表面に飛び出して作品の効果をかなり傷つけている（青木壮一郎）と見るか、である。前二作にたいしてこれが三匹目のどじょうでなかったことは今読んでも確かである。

「夫婦」で言及された無産農民学校とは、現実に藤森が関係した木崎村の小作人らの子供のための農民学校建設を指す。大正十二年以来の新潟県木崎村の小作争議は、十五年一月に地主側の勝訴となるや、争議は拡大し世間の注目するところとなった。フェビアン協会では先ず新人会有志が集まり、建設者同盟の三宅正一が大地主の横暴と小作人の窮状を訴えるのを聴いた。小作争議の結果、小作人子弟の小学校総退学という事態となり、藤森らはこれら子供らのための学校建設のため、資金集めをすることになり、『農民小説集』が計画された。藤森、加藤武雄、木村毅の編集で、菊池寛や芥川龍之介ら全二十人の二十作品を収めて出版された（新潮社、大正一五・六）。藤森作品は

「北見」である。編集者の序によると、日本農民組合新潟連合会は学校建設を計画し、その資金援助を文学者仲間に求めてきた。そこで「本書を刊行してその印税の全部を我国最初の企てでありまた労働運動史上最も意味深き企てであるところの無産農民学校の建設資金として贈る」ことにした[10]。印税は不十分であったが、出版社社長の応援で、学校は賀川豊彦校長の「農民学校」として許可された。

「何が彼女をさうさせたか」（『改造』昭二・一）二―六幕に一幕に当たる「楽屋」（『文芸春秋』昭二・三）をあわせて、晴れて築地小劇場で初公演されたのは昭和二年四月であった。題名は『彼女』と変更されたが、土方与志演出である。十三歳で登場する少女すみ子が自分自身以外の原因でどんどん不幸になり追い詰められ、十六歳で放火という大きな犯罪を犯すという結末である。これまで難解だった新劇であったが、これは「プロレタリア演劇の啓蒙的使命に拍車をかけた」作品[11]とされ、舞台や映画で大評判になった[12]。

しかしたとえばいちはやくの昭和二年二月の新潮合評会などで見る限り、文学者の間では評判は良くなかった。広津和郎は「これは面白くない」と言いながら、言葉数多く感想を述べている。

有り触れたこと、といふ以上で、最後まで読むと、とてもばかばかしい。僕は寧ろ、あれだけ書き続けられたことが不思議だと思ふくらいだ。しかし又、一方から考へると、これだけ書き続けられた根気が、やつぱり時々いいものが書ける人である理由ぢやないかと思つた。この作を書きつづけるのは、坂に車を押すやうな困り方をしなければならない筈なのに、それを感じないで、暢気に（作の進みとして）どんどん書いて行つたといふところに、盲滅法な好さがあるのかも知れない。

それは作者には「恐れを知らない単純な強み」があるからではないか、と言う。

文芸の分野のみならず、「この戯曲に就て社会事業に関係する私たちとして考えねばならない節がある」という立場の人々の意見もあった（「戯曲『何が彼女をさうさせたか』座談会」『社会事業』昭和二・六）。

この戯曲に取扱はれた題材は、不良な養親が少女を利用しての憐憫の強制である――養育院の内情である――ブルジョア階級の弱者に対し或は社会事業に対する無理解の暴露である――そして感化院への反逆である。

ここには「既成社会事業はけっしてこれらをよく保護するものでないといふやうに書かれてゐるのであるが、これはどうも余りにひどいやうに思ふ」という発言も見られる。社会事業家の備えねばならない資質は「科学的知識と精神的方面」であるが、作品は「多くの社会事業家が、助けるものの優越感から抜けきらないでいることを指摘」したり、ドグマによって感化しようとするものを描く場面もある。「私たちは、作者が芸術的立場に於てある点を余りに誇張しすぎてゐる、そのために、現在の社会事業を誤り伝へるおそれはあると思ふ。だが、彼女を不貞腐れ少女として見る前に、何が彼女をさうさせたか、を考へ、自ら反省もし、作者と共に世間に訴へたい気もする」という結語である。

ねず・まさしは、宮嶋資夫の「坑夫」、山本有三の「嬰児殺し」、賀川豊彦の「死線を越えて」とともにこの作品を取り上げ、「社会問題、文学に登場する」と語っている。そして「作者は主人公が救われる道を示していない」「救いはどこからくるか、作者はそれについては一言も答えていない」と言い、現実は冷たくきびしいこと、「この厳しさを痛感させるのが作者の目的であったろう」と結論している。⒀

青木はこの作品を前にして、藤森が「思想的に前進して芸術的に後退している」という奇妙な現象を指摘する。以前の諸作では「凡ての人物が遥かに生き生きと、遥かにリアルに」描かれていたが、ここでは人物が類型的⒁であり、ことにヒロインが作者の傀儡になりきっているのは、藤森の思想的飛躍にともなって取材範囲が急激に拡大し、彼の生活体験がもはや生き生きした素材を提供できなくなったからである、と説明する。

では小ブルジョア・インテリゲンチヤ出身の作家には生き生きした具象的なプロレタリア文学は生み出し得ないであらうか。そんなことはない。現実に対する精密なる観察を深めることにより、及び思想的情熱によつて、ある程度までこの欠陥を補ひ得ることは、シンクレーアの諸作品がそのことの可能性をすでに雄弁に証明してゐる。

当時日本人が接し得たシンクレア作品（堺利彦訳『石炭王』、前田河訳『ジャングル』『義人ジミー』、佐野碩訳『戯曲プリンス・ハアゲン』）にも青木が考えるような「問題」がないわけではなく、「精密なる観察」と「思想的情熱」で藤森はこのさき問題を解決できるのだろうか、という不安はある。

だが平野謙は「大正十五年の目的意識論の提唱前後から昭和三年三月のナップ結成あたりまでの目ぼしい文学作品」のなかに、（「夫婦」以外の）藤森の戯曲三作すべてを挙げている。(15)

ここで「何が藤森成吉をそうさせたか」（麻生義）の一文を載せ、「藤森成吉抹殺号」と銘打った『文芸解放』第三号（昭和二・三）を一瞥したい。(16)『文芸解放』（岡本潤、飯田徳太郎、飯田豊二、麻生義ら）がアナキズム文学論を掲げて『文芸戦線』に肉薄し、「藤森成吉抹殺号」などは「すばらしい元気」という報告がある（大木雄三「プロレタリア文壇の現状」『文章倶楽部』昭和二・五）。『文芸解放』は一九二〇年代後半の文芸におけるアナ・ボル論争のアナキズム派の一大拠点で、『文芸戦線』を筆頭とする『文芸市場』『解放』などと対立したが、この両派の論争における新居格の「猛烈な痛撃」と藤森の「反撃」はとくに言及されている（渡辺清「プロレタリア文学の二派―コミュニズムとアナーキズム―」『文章倶楽部』昭和二・四）。先述の「超個人主義文学」論争も背景は同じである。

「藤森成吉抹殺号」では、麻生は「なにが藤森成吉をそうさせたか？」と問いかけ、「答えは明白だ。彼の利己主義が、彼の英雄主義が、彼の独善主義が、彼のブルジョア意識が彼に於て見事に綜合された在来一切の人間悪が、藤森成吉をそうさせた！」と勇ましい。麻生のほか、飯田豊二

（『故郷』に帰れ！」）と工藤信（「劇作家藤森成吉埋葬序記」）が「すばらしい元気」を見せている。飯田は「迎へ俥」を含む作品集『故郷』を俎上に、工藤は藤森の戯曲作品を槍玉に挙げ、「ボルシェヴィキ派藤森」を攻撃している。

アナキズムの精神が「自由を求め反権力を掲げた自立する精神」であり、実社会では「自治にもとづく協同組織」「相互扶助」などの姿で現れるとすると、またそのユートピア思想なるものは「絶対的自由という理念を追求するもっともラディカルなもの(17)」と聞くと、早い時期の藤森の考えのなかに同じ空気を感じる。『たぎつ瀬』（五七―五八頁）は、彼の「生涯最大の驚き」（『日本とソビエト』昭和四九・一〇）から彼自身の言葉を引いている。

ロシア革命は、八十年のぼくの生涯中最大の驚きだった。（略）この驚愕の原因のひとつは、ぼくが可成り永くアナーキズムの囚《とりこ》になっていたことである。作家にとってアナーキズムは最も同感しやすい。「帝力われにおいて何かあらんや」という中国思想の一面は、政治を否定する精神に最も受け入れられやすい。（略）その空想的魅力がぼくを捕えた。

また、「はじめはアナーキズムに引かれていたが、大学を出るころの世界の動きによってボルシェヴィズムに転じた」と回想しているように（前出、堀利貞に語った言葉）、彼はアナキズムから出発したのだが、それではこの思想のなにに満足できなかったのか。

▽たびたび繰り返さず、芸術家の本質はアナキストだ、アナアキズムの気持ちが強いからこそ、芸術に執着するのだ、現実のこの世界に満足してゐられずに、自己心内に沈潜し、あらゆる人生をその根源の相においで見ようとするのだ。
▽が、この方向は一面だ、芸術家には、もう一つの面がある、彼は現実を直視する、——でなくて、どうして「現実に満足してゐられない」気もちが起らう、——批判し、剔抉する、何人にも増して鋭く、真個の芸術家がいつも革命家の……然かもその先駆の相を帯びてゐるのは、まッたく此の理由による。（略）
▽繰り返して云ふ、真の芸術家は、何人にもまして深刻に現実を認識する、するだけ、その峻厳な存在が単なるユウトピア的空想を以てしては一分も動かないことを知る、そこに、彼の新しい革命的精神が湧く、彼が社会思想的にアナアキズムを排し、断固たるコムミュニズムの立場を取るのはこの理由にもとづく、それは彼の不純を意味するものでなく、より純粋であり、明晰であることを意味する。
▽僕が、芸術の末席に列りつつコミュニズムに同意する端的な理由は、ここにある。（「裂片」『種蒔く人』大正一一・六）

国岡彬一は、藤森のアナキズム心酔は大正末期まで続き、それはコミュニズムと同居していた、という点を見逃していない。また、「アナーキズムの政治思想の論理にしたがって自分の思想を広げて行く事はせず、自分の方にそれを引き寄せてしまっている」という国岡の観察（「藤森成吉—労働体験の意味―」『日本文学』昭和四四・一）は、ほかの場面での藤森の「やり方」においても言えそうである、と感じる。

「藤森成吉抹殺号」のあと、藤森は改めて自分がなにものであるか書いている。「私の立場は、御承知のプロレ文学のそれだ。（略）その立脚点へ立つてから、すでに七八年になる。そのあひだ終始一貫してゐる」、より具体的には「アナーキズムにたいするコミュニズムのそれである」ことを（世間にむかって）表明している（「今日の文壇に対する私の立場」『文章倶楽部』昭和二・五）。

（2）「相恋記」ほか

昭和二年『新潮』六―八月号の「文芸時評」は藤森の担当で、いろいろな関心の話題について書いている。たとえば、ドイツへ行く千田是也を送る会が四月二十五日に築地小劇場で催され、ここで上演された前衛座第二回公演の「手」（前田河作）について（特に舞台装置と照明についてであるが）絶賛している。前田河の描く奴隷船は「完全に近い成功」で「舞台面がそのまま凄惨な絵であり詩だった」と言う。

振り返れば、日本社会主義同盟、フェビアン協会以降、文学者の組織としては藤森は『種蒔く人』を経てこの年二月に『文芸戦線』の同人となり、四月に労農芸術家連盟（労芸）が創立されるとこれに参加した。彼は、「その思想見解に於いて、意識とイデオロギイに於いて、意志と感情に於いて、要するにあらゆる兄弟的な意味に於いて」自分と同じ人々の団体に加入したことを「組織を信ずる者は、まず組織に加わらなければならない」（「僕と文芸戦線」『文芸戦線』昭和二・三）と熱く書いている。そして内外に高く評価された作品「拍手しない男」はこの雑誌（昭和二・七）に掲載された。

「メーデーに官憲の取った行動の糾弾演説会」で、「おれ」は一人だけ拍手しない男に気づき、うまく化けたつもりのスパイの新米か、と思ったり、彼の眼に光るものを見て「この犬はなにか感じて泣いているのか」と訝る。


その時、おれは偉大な発見をして了つた。（略）彼の膝に載つてかすかにふるえていたものは、掌のない手――いや、摺古木だつた。

写真のフラッシュよりまだ早く、強く、おれは眼の前に一つの幻を見た、何十条の滝のやうに光つて流れはためいてゐるベルト、底唸りしてゐるモオタア、猫のやうに柔軟にすばやく回転してゐる機械、――と、いきなりその磨ぎすました爪へ引つかかつて、一瞬間に薄紅い煙と霧にひろがる五本の指と掌……。

何もかもわかった。おれは、急に眼の中が洪水のやうになつた。

「君！……」

白い霧の中にむせびながら、おれは山の芋のやうな、黙つてふるえている生物《いきもの》を両手に握り取つた。

江口はこの作品の登場時に「記念的作品」「まことに優秀なプロレタリア文学」とほめたことを、「相当にほめすぎ」だったと思いながら、現在（昭和三十年）海外での好評にかつての自分の評価が正しかったことを改めて思う、と書いている(18)（たまたま気が付けば、藤森も前田河も「手」を描いているが、背後の「語られていない」物語も含めて、藤森が言うその「凄惨さ」の度合いにおいて前田河作品のほうが圧倒的に凄い、と思う。知名度は江口が言うように藤森作品の方が高い）。

やがて藤森は前田河らとは袂を分かつことになるが、前田河はこの年、自由に日本語にしたジャック・ロンドンの「メキシコ人」、翌年にはシンクレアの『百パーセント愛国者』をこれまた自由に「拵へられた男」としてこの雑誌を飾っている。いずれも戯曲作品で、特に後者は主人公を日本人にしたトム・ムーニー事件もので、上演されると高い評価を得た。藤森の「相恋記」とともに昭和三年二月に築地小劇場第七十二回公演で上演された。

問題は「相恋記」であるが、その前にイデオロギーと材料の組み合わせについて苦労したという「仇討物語」（『婦女界』昭和二・一）を一瞥したい。

これは文化元年、諏訪、高島城下町で実際に起こった「竹屋事件」を友人らの助けを得て書き上げたもので、過去のたった一日の出来事を扱う。「プロレタリア作家藤森」としては、金のあるなしが人の運命を左右するという社会の仕組みや身分制度に守られた非人道的な考え方や感じ方などの醜さ、これらにはむかう弱い立場の人々の心情を描くにあたって、「材料を如何にイデオロギイ的に組み改めるかの点でこれほど苦しまされた例は、私の戯曲の中にない」（「自作の憶ひ出と記録」）と告白している。これが苦労の最たるものと言うわりには、あまり抵抗感もなく読み進めることができるのは、筋の運びが単純明快であるからであろうか。武士は仇討できるのに商人はできないというのが現実で、最後に商人階級の幼い子供に「わからねえ、わからねえ」と言わせ、彼が周囲の皆に抑えられてどうすることもできず「泣き出す」からであろうか。つまりイデオロギー的には納得できない現実を、読者、観客も「わからねえ、わからねえ」と泣き出すことに導かれるからであろうか。

さて、中国の「牡丹燈記」の戯曲化は多くの作家が試みたが、藤森作品はプロレタリア思想と結びつけたところに特色がある（し、問題もある）。主人公が階級観念を無視してブルジョア娘と恋をした為に罰せられるという場面が味噌であるが、この脚色には無理で不自然な感じがある、と『日本戯曲全集　四九』「解説」は言う。当時の殆どの批評も、作者が新しい解釈に囚われ過ぎて芸術的完成度をいちじるしく損っている、作者が過度の目的意識やプロレタリア意識を盛り込んだことで低俗な宣伝文学が出来てしまった、という点に集中した。「材料」と「イデオロギー」の組み合わせと言うなら「相恋記」には「仇討物語」をはるかに超える問題があった。作者はこの「材料」を前にして手持ちの「イデオロギー」を使うことに躊躇《ためら》うところはなかったのか。あるいはこの「イデオロギー」を駆使できるもっと適切な「材料」はなかったのか。

たとえば船橋聖一は「此れが氏の言ふプロレタリア芸術であるとするならば僕はプロレタリア芸術と云ふものに、恐ろしく絶望を感じなくてはならない」と酷評の火ぶたを切る。主人公の喬生青年は「意欲のない、神経衰弱的憂鬱青年」で「わずかに数冊の書を読んだだけのヒョロヒョロの概念的社会主義者」で、その彼が幽鬼に恋をして滅亡するというだけの「怖はくも何ともない怪談劇」である。この「退屈」と並べると、「拵へられた男」の緊張感や説得力は迫力があり、この作の近代的風景に接して愁眉を開いた、そうである（「『相恋記』と『拵へられた男』」『演劇画報』昭和三・三）。

「拵へられた男」の作者も「今度は本名で自分のものを誉めることにする」「畏友藤森成吉君の『相恋記』はくだらない物だ」と書き始める。テーマとなっている自由恋愛の思想のためにこの作品は「徹頭徹尾小ブルジョア・インテリゲンチアの玩弄物」に終わってしまった、作者はまだ有島武郎自殺事件当時の甘夢から覚めていないのではないか、プロレタリア階級は単に自由恋愛を放縦にやりたいという動機で世の中を開放してくださいと言う書生のためにその組織運動を放り出してまで彼の演説に万歳のコーラスを送るだろうか。「藤森成吉君には」「遊離した一定の共産主義（的）原理から無理に捏造したテーマ以外には、現実の諸問題に対する把握力がないのであるか？」（前田河廣一郎「築地小劇場を見て—『相恋記』と『拵へられた男』」『文芸戦線』昭和三・三）

青木もこの点について、プロレタリア文学に転じてからの藤森は「一変して」現実の中からプロレタリア的題材を発見するというよりは「現実の断片を任意に綜合して」それによってプロレタリア的作品を作り上げ、「ある場合には現実性を犠牲にしてまでも、主観の表白」を急いでいる、と言う。そして怪談の形式にマルクス主義的目的意識を鏤めようとする「相恋記」の最大の危険性は、「そこに盛られた感覚や感情の完全な小ブル性」にある、と核心に迫る。

蔵原は「レアリズムの問題」について述べるなかで、「プロレタリア文学におけるレアリズムの問題は、（略）観念的傾向とも言うべきものに対する批判として現れてきたのである。観念的傾向とはなんであるか？それは現実に対するに主観的な構成をもって臨もうとする態度である。言いかえれば、現実を現実として描く代わりに、頭の中で作りあげた構成を現実に当てはめて、それによってややもすれば現実を歪曲せんとする傾向である」と述べている（「最近のプロレタリア文学界」『東京朝日新聞』昭三・五）[19]。そして問題の「相恋記」について言う。

作者は馬鹿げた階級の区別や因習が如何に自由なる恋愛を妨げるかを描こうとした。然しそれがためには何故こういう材料を選ばなければならなかったのであらうか？（略）プロレタリアは現実の世界を獲得するためにのみ闘争する。プロレタリアは、一切の神秘主義から自由である。プロレタリア作家は、この見地からのみあらゆる現実を見てこそ、初めて真実のプロレタリア作家たりうるのである。

これは、世の小ブルジョア作家ならぬ信頼する同志藤森成吉であるから許せない、という蔵原の発言（「一九二八年一月のプロレタリア文学」『前衛』昭和三・二）[20]を当の本人はどう聞いたのであろう。

これにたいして「相恋記」の場合「『許し得』る見解を持つてゐる」という岡一太の論（「『相恋記』の一解釈——蔵原氏の批評へ——」『前衛』昭和三・三）もあったが、一般的評価は、依然として、（とくに第五幕に至っては）「ガサツ極まる目的意識」むき出しで「十年も前の喜劇だ、茶番だ」「ああまでプロレタリア意識の安売をされたのでは、却つてプロレタリアの方から苦情が出るべきである」（野島辰次「『相恋記』を観て」『不同調』昭和三・四）というところである。

次に、主要登場人物としてマルクスとエンゲルスが登場する「親友」（『女性』昭和三・一）のなかに、「労働者よ、智識階級出の指導者を、その外見のみを見て毛嫌いしてはならぬ。本質を見て判断せよ！」というせりふがある。これを引いて青木は言う、

藤森教授よ。老婆心は有難くお受け致しますが、分裂の原因はそんなところにはなかつたのです。労働階級と知識階級との反目といふやうな所にあつたのではなく、それは政治的意見の対立にあつたのです。マルクスの威を借りて、憐れなプロレタリアに抽象的な公式を説教されることだけはどうか願い下げにして載きたい。


青木が「この作品は昨冬前芸派逃亡事件の直後に発表された」と書いているように、山川均の社会民主主義政党寄りの論文掲載をめぐる意見の対立で藤森ら多数が労芸を脱退して前衛芸術家同盟（前芸）を結成したことにからめて藤森が書き青木が反撃した、という背景がある。この出来事は、「当時ようやく大衆の前にその姿をあらわしてきた日本共産党を支持するかしないか、支持するにしてもその具体的な方法を芸術戦線はいかにえらぶべきか、という『政治と文学』の相関をめぐる対立抗争にほかならなかった」と平野は述べている。(21)

昭和三年の産物であるが、「偽造証券」（『前衛』昭和三・一、創刊号）、「拾万円事件」（『改造』

昭和三・九）は、ブルジョア経済の暴露といわれるものである。藤森がこのような（株取引などの）テーマに関心を持つ具体的なきっかけが何かあったのか、短編小説「鈴の感謝」（『新潮』昭和三・一）も兜町の相場師が客や警察を相手にぼろ儲けする話である。
「偽造証券」は前芸演劇部の前衛劇場第二回公演として一月に朝日講堂で上演され、演出の佐々木孝丸は、なかなかの好評であったと伝えている。[22]兜町を中心にペテン師や悪党がムジナとタヌキの化かし合いを演じ、これを大道具の職人らが舞台のそでで批判する、という構成である。作者は「一幕六場、喜劇」とことわり、注意として「道具方は非常に重要だ。いや、彼等こそこの芝居の主役だ」と特記し、その服装は「プロレタリア的でありさへすれば『自由』」と指示している。各場が終わると大道具などを入れ替えながら彼らは口々に「何て欲の深え野郎だ！」などと芝居の進行に呆れたり怒ったりする。最後は「兄弟、こんな物は壊してもっと愉快な、いい芝居の準備をしよう」と舞台装置を分解し始める。幕。「拾万円事件」も同趣である。[23]
蔵原は「偽造証券」「鈴の感謝」について、その範囲では成功、と言う。

元来この種の創作は、直接に大衆を、アジテートし、それを組織するということは少ないが、暴露文学或いは生活認識の文学として現代のプロレタリア文学の中に、かなり重要な地位を占むべきものである。

ただし一つの大きなシリーズとして効果は大であるから、作者がこの方面にさらに筆を進めんことを、と言う（前出「一九二八年一月のプロレタリア文学」）。一般的にはあまり関心の濃くない分野であり、この分野に筆を進める藤森にはあまり魅力を覚えないが、こういう評価もあるのか、と思った。

ところで、「藤森成吉氏をプロレタリア作家とすることには文壇でだいぶ反対があるやうである」と青野季吉が書いているのは、「プロレタリア作家総評」（『新潮』昭和二・一〇）である。しかし青野自身は、いまのプロレタリア作家の中で芸術的精進と思想的情熱の点で彼が一番優れている、とも言う。確かに藤森を「プロレタリア作家」という視点から見るとさまざまな問題が出てきそうで、かつての正宗白鳥の発言「プロレタリア文学」という名前で殊更に区別するのは「おかしい」という考え方に与したくもなるが、そのような見方には（少なくともこの時点では）藤森本人が真っ先に異を唱えるであろう。

この時期藤森は、マイスキーの「文化と文学と共産党に就て」（岡沢秀虎訳）（『新潮』昭和三・五）を読み、「〔殊に日本の現文壇に照合して〕いろいろな示唆がある」と言い、自ら「生活と芸術」の一文を書いている。マイスキーは「プロレタリヤ文化は可能であらうか？」「プロレタリヤ文学の道」「同伴者」「党と文学」の項目について書いているが、藤森はマイスキーに触発されながら、「文学とインテリゲンチヤ」という自身に関心の大きい問題について、マイスキー論文から「プロレタリア運動からインテリゲンチヤを排斥しようとする傾向は、マルキシズムには初めからない」というレーニンのことばを改めて引いたり、マイスキーの「文学に於ける反動の叙述」に興味を示し、いつかまた「反動時代は襲来するであらう。此の事を私達は覚悟し、同時に、そのたびに弁証法的に時代の進展する事を確信する必要がある」と述べたりしている（『コンサイス外国人名辞典』によると、イワン・マイスキーはロシア革命、流刑、亡命を経て、帰国後はソ連の外交官として一九二七―二九年は駐日大使館員であった）。

マイスキーの「同伴者」「党と文学」はさらに興味あるものであるが、藤森はこれらにはとくに触れず、「時代」、時代と自分の関係、について熱心に訴えている。それは彼の（避け難い）不利益点を明らかにするもので、要注目であろう。

もし私が二十年を晩く生れたら、あるいは二十年早く今の時代が来てゐたら、――私の全生涯乃至仕事は変つてゐたかも知れない。尠くとも、それは私に取つて遥かに無駄なく、遥かに怜悧に、遥かに有意義に遥かに早く又多く仕事をさせてゐたらう。それは、幾ら疑はうとしても疑ふ事の出来ない経験的事実だ。それを思ふと、私は今の青少年の時代を限りなく羨む。

時代の恐るべき力よ。今の日本の作家又批評家にして、コムミユニズムの立場に立つ、私より年長の幾人がゐるであらう。これは人々の無気力の為めと云ふより、時代の力の為めだ。私の若さにして多くの先輩を持ち得ないことは、大きな不幸、又淋しさである。（「生活と芸術」『新潮』昭和三・六）

これは国岡彬一の言う「その青春時代が社会主義運動の激動期と重なっていたので、その中で生きているという自覚を持ち得た」林房雄、中野重治、小林多喜二ら藤森より若い世代の人々と藤森の「置かれた場所」の違いから起こることであろう。しかしこの藤森の繰り言を聞いて思うのは、もし藤森の「置かれた場所」が小林らと同じであったとして彼の抱える問題は解消されたであろうか、ということでもある。

経済学者の本位田祥男《ほんいでんよしお》は、日本のインテリゲンチアの不安を、社会発展の法則として階級闘争を認めながら、合理的社会を理想としこれを実現しようとしている社会運動に参加せざるを得ない、という点にあると考える。

インテリゲンチアはそれが階級闘争なるが為めに社会運動に参加するものではない。(略)彼れの自由なる判断の結果である。彼等は其内なるものにをされて、より自由な、より良き社会を求めてゐる。其理想に合致するが故に無産階級と手を携へて進むものである、其理想は、其良心は彼の行為の基準である。

そして「此現実の把握と理想の確立は、インテリゲンチアを社会的に生かす唯一の道である」という発言で一文は終わる(「インテリゲンチアと社会運動」『文芸春秋』昭和三・六)。

本位田の言う「良心」と「理想」を持って、プロレタリアが目指す文化を実現しようとして「社会運動」に参加するインテリゲンチアの目的は、手段たる階級闘争ではなく、「攻掠なき、相互扶助的な、自由なる社会の実現」である、という視点で、藤森の抱えるギャップは埋められないか。

一方この時期藤森は「全日本の知識階級に与ふ」(『改造』昭和三・二) というかなり整った一文を書いていた。ここでは個人的な問題はさておき、「マルキシズムに到達した新知識階級の任務」について、ブハーリン、バルビュス、ウイットフォーゲルなどを引きながら、資本主義組織の展開の中でみずからを「中産階級」「小ブルジョア階級の一部分」と考えていた「知識階級」がいかにプロレタリア意識を獲得し(獲得せざるを得ず)、マルキシズムを獲得して「新知識階級」として存在し始めているか、を熱心に述べる。学生の間には「社会科学研究」の機運が漲り、芸術家—文芸家は「マルキシズムに依つて文芸理論を革め、作品を変へ」「その科学性、その行動性、その団体性に於いて、嘗てこれに類似する如何なる文学運動が日本に在り得たか?」と続ける。新知識階級は「新頭脳労働者として〔プロレタリアと〕結びつき、プロレタリアを支持して共同の解放の大目的へ邁進しようではないか」という彼の結語には躊躇いは読み取れない。[24]

(3)『同志』版「(改作) 磔茂左衛門」をめぐって

昭和三年の春、(プロ芸の) プロレタリア劇場と (前芸演劇部の) 前衛劇場は合体して、第一回公演を目指して稽古が始まった。佐々木孝丸を主役に押し立て出し物は「磔茂左衛門」、演出装置担当は村山知義である。合体後の劇団名がなかなか決まらなかったが、蔵原の提案で「左翼劇場」で何とかまとまり、稽古を追いかけた。ところが開幕直前に芝居は全編めちゃめちゃにカットされ、ことに主人公のせりふはほとんど跡形なく削除され、上演は断念された。前年の井上一座の時に比べてあまりの厳しさで、佐々木らは警視庁検閲主任と渡り合ったが、権力の鋏には勝てず、茂左衛門役で力いっぱいの大芝居をするはずだった佐々木は殊にがっかりした。村山によると、この禁止は日本プロレタリア演劇の二代表劇団が合同して非常に強力なものになった出端を叩こうという計画である。(25)

尾崎宏次は、この作品は「左翼劇場で上演される段になって、その台本改訂に作者はやや公式的な努力をした。『藤森成吉全集』（改造社）にその改作が載っている」と言う。(26)

築地小劇場は小山内の死後、（残留の）劇団築地小劇場と（土方与志率いる）新築地劇場に分裂したが、土方が意見を求めた人々の中に中村吉蔵、秋田雨雀らとともに藤森の名前がある。

昭和四年、築地小劇場六月公演は「磔茂左衛門」である。「築地小劇場第八七回公演プログラム」によると「六月八日より二六日迄」「演出…青山杉作　北村喜八」で、かなり詳細な「梗概」では、滝沢修が演じる総代の一人「加右衛門」の存在感が強い。内容は（神永光規によれば）今度は「検閲にそなえて改定して(27)」である。

この芝居を批評する前出の大江は、「とかく主義上の亀裂を懸念されてゐる残留組に対して、結束から来る劇団意志の確立を望みたい今日」、この芝居の上演は、「何かしら暗示的な意味まで含めて考へて見たくなる」と言う。

築地小劇場が新時代の智的観客層に向つて呼びかけて行く新興芸術の為の劇団である以上、こうした傾向的な力の戯曲から、創作物の開拓の歩を進めて行く事は、至当な進路として今後の進行を見てやらなければならない。

だが、小杉義男扮する茂左衛門の第二幕「大峰山会合の場」については、前回の井上主役の場合同様、群衆、大衆、集団を個々人より重視すべきという強い意見の持ち主としては、苦情を述べている。

この場では誰がどう言ひ、何が誰の意見であるかを明示する必要がない。只、各人の個性を借りて其処に虐げられて来た農民の意志が力強く戦闘的に確立されさへすれば良い訳である。プロンプタア、ボックスを囲んで自説を述べ合ふだけでは、余りに累進的な舞台のヒツチ《ママ》が無さ過ぎる。大きく凝結されて行く魂の聳立が足りなかつた。

大江は、演出の青山に期待するところもあり、舞台装置の伊藤熹朔には大いに賛辞を呈しているが、この上演に対する批判や抗議つまり残念な気持ちが強かったのは、彼が藤森の脚本のなかの「何処までも結び合つた農民の力」や「正しき無産者の未来を契る勝利の声」を見逃したり聞き逃したりしなかったからであろう。

勝本の「戯曲の社会的改作――最近上演の劇を中心とした考察」が書かれたのは昭和四年六月十二日で、「藤森成吉氏の戯曲『磔茂左衛門』が今、築地小劇場で上演されてゐる」と書き始め、改めて、重ねて、この戯曲の欠点を指摘する。一つは、これは「商人階級―商業資本主義―の勃興」

および「武士階級と農民階級との経済的関係」を全然視野に入れていないが、それは「あらゆる社会事象の根柢に経済関係を把握して行かうとするマルクス主義文芸家として」問題だ、ということである。もう一つは、「絶対主義の権力政治を無批判に是認」している形になっていることである。この権力政治に「正義」と「善」を信じさせる形に陥っていることを、「恐るべき反動主義的効果の危険」と危ぶんでいる。

ところがこの上演には別の問題があるようで、と勝本はその間の事情を書いている。

……きくところによると、作者の藤森氏にもまた、この作の上演に際して、改作したものを以てしたかつた意図があつたのださうである、否、すでに改作した台本をさへ、築地小劇場の当事者に渡したのださうであつた。

尤も私は其の改作が、いかなる点を改作したものであつたのかは知らない。しかしとにかく、其の改作を、青山杉作、北村喜八両演出者は、受け入れないで、元のままの台本なりに上演してしまつたのである。

なぜ彼等は改作の上演を避けたのか。この作品は「作者の意図として、わが国の現在における無産階級運動に資せんとした作品であることだけは確かである」し、改作も「作者の闘争的な根本の意図を強調しようとしたものであつたことも確」かであろう。だが両演出者が改作上演を回避したのは「作者の意図をおのれの意図とするのに臆病」であったからである、と勝本の攻撃の矛先は変わる（ここで勝本が言う「改作」とは「左翼劇場台本」であったのだろうか？）。

この作品のような「現在の社会情勢に適応していくのに欠陥の見出せる戯曲」を上演する場合、①非リアリズムの様式のもとに被圧迫階級の革命的情熱だけを色濃く出していく方法をとるか、②あらゆる欠点を必要なだけ一々改作して上演するか、であるが、築地小劇場はいずれの方法も取らず「単に平板な写実劇」にしてしまった。②の方法で成功した例としてシンクレアの「プリンス・ハアゲン」を紹介する。

［この方法は］左翼劇場の前身の前衛劇場などでも、例えばアプトン・シンクレアの「プリンス・ハアゲン」を上演した場合に、すでに実行してゐる事なのである。すなはち当時の前衛座の演出会議は二十年前のアメリカの「プリンス・ハアゲン」を二十年後の日本に必要な「プリンス・ハアゲン」に焼直すために、全く新しい一幕を書き加へたり、或いはまた終りの幕に大きな補修を為したり、……あらゆる努力を払つた。そして作者のシンクレアもまた、さうした演出法について快諾の意を示したのであつた。[28]

かねて勝本は、「過去の事情を扱ってそこに現代のイデオロギーを盛ることができるかどうか」という問題について「材料にどうしても引張られて僕達の現在の唯物主義思想に勝利を与へることが不自然になる」と考えていた。

……唯物史観の解釈といふものは、徳川時代の或る農民一揆を解釈しても、それを現在までずつと持つて来た所に始めてプロレタリアのための唯物史観の意義があるので、徳川時代の農民一揆だけを描くと、材料の性質上僕達の要求する結論に達してこない。達しさせようとすると不自然な飛躍をしなければならぬ点が生ずるのです。(「無産派芸術家討論会」『新潮』昭和三・二)

「現代」の立場で「過去」を扱う場合の諸問題は勝本の言う通り理解できる。また「プリンス・ハアゲン」については、なぜさまざまな厄介を承知のうえで当時の日本の演劇はこれに拘ったのか、よきにつけ悪しきにつけ引き合いに出されることが少なからずあったシンクレアの存在感が思われるし、彼が当時の日本人の中のある人々にとって演劇に限らず広い分野で、ときには「突破口」でもあったらしいことも感じられる。(29)

話を戻して、藤森自身この築地小劇場における「磔茂左衛門」上演について、「演出的演技的不足と相俟つていかにあの作が今の情勢に対して不備な点を持つかをハッキリ感じさせられた」と言い、「(左翼劇場台本などを参考に)もう一度完全に改めた物を諸君の前へ提出しよう」と書いている(「『波』から」『新潮』昭和四・九)。

昭和四年六月の「磔茂左衛門」公演はこのような不満足な結果に終わったが、当時の演劇界を概観して藤森は「日本の新しい演劇運動は、最近殆んど全部プロレタリア演劇の方向を取り出した。全く『時勢は移る』だ」と明るい見透しを述べている。今後のプロレタリア演劇運動における「現実のプロレタリアート」の存在に大きな期待を寄せ、彼らは「最近一二年間に、我々の芸術運動にどれ位理解と親密を示して来てゐるかわからない」と受け手のがわにたいする期待を述べている。発信するがわの日本プロレタリア演劇の方も、これまでの、プロレタリア前衛にとってはわかり過ぎたイロハで面白くなく、プロレタリア大衆にとってはよくわからないので面白くない、という脚本や演劇をあとに「進歩と成長」を見せている、と評価する。「真のプロレタリア演劇は、今後すばらしい結実を示すだらう」という見通しである（『左翼劇場パンフレット』昭和四・七）。

この年末出版の作品集『同志』（南蛮書房）に「改作　磔茂左衛門」が収録されている。その「序」は「嘗て、〔ブハーリンの〕『共産主義のＡＢＣ』の序文を読んだ時、私は赤面した」と始まる。

「鋼のように堅く、プロレタリア階級のあらゆる偉大さと力を……」の句で始まり、あらゆる戦線に於いて闘ひ死んだ×の戦士の為めに、×獄で苦しみ死んだり、×問で死んだり、×殺や×殺の極刑を受けた沢山の戦士や殉教者の為めに、我々は此の本を捧げる……と云つた句で、その献本の辞は結んでいる。

当時、私は芸術に心身を傾けてから十何年、出版した本も二十冊を超えてゐた。だが敢てかう云ふ献本の言葉を書ける本があつたか、と自問した。

不遜を許して貰へば、幾つかの作品を挙げたくもあつた。だが問題は、そんな事より、その序文のやうな精神で私が生活と仕事を初めてゐなかつた事にあつた。これから後、あらゆる仕事をその気もちでやらうと私は決心した。

そして新作集『同志』を出すに当たって各作品に手を加え、「磔茂左衛門」は「初めからしまひまで書きなほして了つた」「作中の事件も変へた」「今後、私は、此の新「茂左衛門」〔等〕に依つて評価される事を欲する」と宣言している。藤森が「これを献じる」と書いている相手は、「共に闘つて来又闘ひつつあるナップ同志諸君」である。[30]

さらに『同志』版「付記」では「此の全部書き改めに就いて、左翼劇場台本が大きなヒントとなり、参考となつた事を記す。その改定本から取れる限りの意見を取り、更に私の見解を加へた」と書いている。

この後テキストとしての「改作」は『土堤の大会と改作磔茂左衛門』（中外書房、昭和六）に現れ、次いで尾崎の言う通り『藤森成吉全集』（改造社、昭和七）に見られる。[31]

ともあれ、これは初作に比べて部分的にはずっと「前進」しているが、作者がくり返し力説している「全部書き改め」ではない。改められた箇所は、主なところ次のとおりである。

「第二幕　大峰山会合の場」で（『同志』版で二頁足らずであるが）重要な追加がある。「領主の殿様ではなく江戸の将軍家か老中に直訴する」と言う茂左衛門にたいして加右衛門が「将軍や老中がおれ達の味方だなんて思つたら、飛んでもねえ間違ひだ。奴等はみんな、おれ達に対する敵の仲間よ。そうでなかつたら今迄どうして長えあいだおれ達を地獄の苦しみの中へ倣つて置いたんだ？」と言いだす。茂左衛門も「公儀がおれ達の為めのものでねえ事は、おれも百も承知だ」と言い、相手に少しでも弱みがあったらそれを利用する、という作戦を明かし、その捨て矢の役を自分がやる、と決意を述べる。

「第三幕二場　文箱開きの場」では、朝廷側人質の立場にある輪王寺法親王が、（茂左衛門の訴えを将軍（幕府）に伝える、から踏み出して）茂左衛門の訴状を利用して幕府を懲らしめようとする。

「第五幕　月夜野刑場の場」はあしかけ七年の事件の最終場面で、結局「越訴の大罪」によって茂左衛門と妻が処刑されるところである。彼は、とにかくひとまず目的は遂げた、と満足の意を群衆に伝える。一同に「おれ達の力は、まだ充分敵に勝つだけにやァ強くねえんだ。残つた仕事はお前達の手で、またお前達の子供や孫の手で、ほんとに成就するんだ」「お前達ァ、これからどうか益々強く戦つてくれ！」と言って死ぬ。このあと江戸へ命乞いに行っていた総代らと赦免を伝える幕府の急使がどっと登場する。（改作では）幕府が赦免状を出すと同時に彼を故郷へ送り返し急使の到着前に処刑させたことが明らかになる。幕府の計画的な騙しであったと知った群衆は役人らに襲いかかる。「今こそすべての権力階級を向ふに回して戦ふ自覚と決心」が叫ばれ、「支配階級を××する迄は」おれ達の世界は実現しないことが確認される。

初作は夜のとばりが降りた河原に一同が跪くと、山の端から満月が昇り川瀬の音がひときわ高くなり、二本の磔柱に向かって一同が頭を下げる、で「静かに幕」となるが、改作は、「戦はう」「茂左衛門さん万歳」「万歳」などの「絶叫のうちに幕」である。芸術的に見てこの終幕のどちらが感動的であったか、初演初夜の観客であった木村毅の感想（前出）を見れば見当がつく。一方、イデオロギー劇としては当然改作が支持されよう。

勝本の言う「幕府の善政と云ふ仮定的理想主義」を廃して、改作では公儀が敵であることが明らかにされ、そのうえ幕府と朝廷の力関係における幕府の弱みや、民衆の力を恐れる幕府が早急に茂左衛門を処刑せねばならなかったことなどが確認されているのを見れば、この改作は「権力政治を無批判に是認」してはいない、とは言える。

かつて藤森が読んだ『共産主義のＡＢＣ』「第一篇　資本主義の発達と其の没落」に見られる「労働者階級の最重要なる目的は共産主義社会主義の実現である。而して此の目的は労働者の恒久の目的である」（大正十四年六月の司法大臣官房秘書課長がかかわった邦訳）という端的な記述もさることながら、同書「序」で藤森が感じ取った情熱的な心情の迸りに彼が啓発されたことは確かで、次の同系統の作品「蜂起」で作者はどのようなかたちで答えを出すか期待はされる。

彼は「磔茂左衛門」初登場の大正十五年にすでに「社会劇前波、後波」（『劇と評論』大正一五・九）という短文で、イプセンに代表される前波の社会劇にたいして、後波の「新しき、第二の社会劇」についてはっきり書いている。

〔これは〕決して社会自体を漠然たる怪物にとどめない。又第二義的に扱はない。その目的は、すでに個人の解放と救済ではやまない。一挙にして団体を、大衆を、否社会全部を開放しやうとする。そこにこそ、真に徹底した個人解放が来る事の信念に立つ。

「社会劇後波」の威力（？）は本章末で紹介する。

（4）第一回普選に労農党から立つ

時代が昭和に入ったこの時期、藤森の中で政治や政党の問題が現実味を帯びてきた。

一旦政治に絶望して、今また全くちがつた見地から実際問題に接近して来てゐる。経済革命及び社会運動の方向、——何といふ不思議な循環の跡だらう。然し冷静に見る時、不思議どころか、社会と文芸の各々の動向と特質とから、それは当然すぎるほど当然なことだ。（「思ひ出づるまゝ」）

この一文を収録する『叛逆芸術家』は労働体験のさなかに出版された。数年後、社会と文芸、政治と文学のあいだで「ゆれた」自分の気持ちを藤森は説明して言う、自分は大学で文科に行く前は、（「憲政会の前身時代に関係して」いた父親の影響で）政治希望であった。

所が、政治と云ふものは非常に空漠たるものであつて、文学と云ふものはそれよりもつと人生に直接的なものだと云ふ気持ちになつたのです。所が大学の文科に入つて見ると、もつと直接の行動をしたくなる。それにはもう政治家なぞは駄目で、社会運動と云ふものがもつと人生に直接したものだと云ふ考へを持つやうになつた。（前出「文芸座談会」昭和四・一）

長谷川万次郎の「政治行動と政治意識」(『社会問題講座』)は、歴史的に表題の解説をするもので、冒頭、「政治」は社会が二元組織の構造(その一が他の一に対して優越的地位を占める)を持つに至ってはじめて発達した制度である、と述べ、さらに「政治意識」は「獲得」の意識であって「協働行動を刺激する意識ではない」というくだりがある。藤森が「政治」と言うとき、「優越的地位を占める相手」の存在はもちろん否定できないが、それは「協働行動を刺激する意識ではない」ということはない。「協働」はむしろ彼が政治を目指す第一の意識であったであろう。彼の「政治」とのかかわり方(発想や実際)はおそらく彼の父親がかつて目指したものともかけ離れていたであろう。それは直前引用の彼の発言が「政治家」なぞは駄目で「社会運動」というものがもっと人生に直接したものだ、いまでも「運動家」になれたらなった方がよかった、と続くことでも推察される。

自分が選挙に立つとは考えないまでも、その関心は「迎へ俥」(『反響』大正一五・四)という短編に明らかである。神楽坂からの迎え俥で郷里の二人の友人に会う松山(「近代文学当然の帰趨のソシアリスト」で、明らかに藤森)は、来る参院選に立つ友人中島の応援演説を引き受ける。何の権力も背景もない中島が頼るのは、「正義と言論と青年の力のみ」であった。現内閣の倒壊、普選即時断行、職業政治家の排斥などを掲げて、たとえ落選しても、理想候補として選挙運動廓清や選挙民の自覚の為に戦う、という中島の姿勢は、やがて作者の身に起こる未来の予告のようである。しかし作品後半にはいわゆる待合政治の話題もあり、また俥で送り返される松山の感想は「政治も選挙も空の空」というところでもあった。
同時期の作品「新機運」（『文芸春秋』大正一五・二）は作者が信州の田舎、アイ町（伊那か）の青年会の講演に赴いた時の話である。アイ町からさらに交通も不便な奥地へ足を延ばしての講演旅行であったが、それぞれの町の青年らの「新機運」が語られる。

このゆつたりした気分のなかに、不思議にも、近年おそろしく新しい青年運動が勃興した。初め文学を耽読した青年達は、転じて近代の社会思想や経済思想へ行つた。それは燎原の火のやうだつた。たちまち六百人もの志を同じくした聯盟が出来あがつた。ほとんど矢継早に、中央の新思想家を招いて講演会や講習会をひらいて、直接知識を吸収すると一緒に、又研究会を設け、雑誌をつくり、延いて、政府が議会へ過激法案を提出すれば、町始まつて以来の賑やかさを呈した大反対示威運動を行つたりした。

各青年団の組織も会員年齢を下げて十五歳から二十五歳までと改め、会長もたいてい村長であつたのを彼ら自身の手に移した。連合青年会長も郡長をやめて共同選挙による一年交替制にした。ここには国の選挙の話題は出てこないが、最後の数行に以下の記述がある。

その後一年も経たず、群ぢうの青年に対して大検挙が行はれた。東京の共産党事件に聯絡が有る、とやら、秘密結社をつくつてゐる、とやら、官憲の口実はいろいろだつたが、えうするに新しい青年運動に恐怖して遮二無二撲滅しやうとかかつたのだ。

この作品が発表された前の年、大正十四年三月に治安維持法が成立した。それ以前、大正十二年二月に過激運動取締法案が提出されてから、翌十三年にかけて、警保局が「共産党の細胞」と見なして検挙した事件の中に「長野県共産党事件」と言われたものがあった。標的は大正十一年に羽生三七を中心に「新興階級の歴史的使命の遂行を期す」という綱領を掲げて始まった下伊那自由青年連盟で、会員は二百人、翌十二年一月には連盟の中核組織として「ＬＹＬ（Liberal Youth League）結社」が発足した。大正十三年三月にこの連盟の十九名が起訴され、同年十月組織は解散を命じられた。[32]そのような関連の風景を「新機運」は語っているのであろう。

過激運動取締法案が治安維持法につながる。もうすぐ藤森の人間関係の中に現れる大山郁夫は、この法案は、普選案とその実施を視野に「新たに」「念入りに」制定されようとしている、それは政治的新勢力として台頭しようとしている無産階級政党を今から徹底的に挫折させようとするもので、「強度の神経衰弱症」にかかっている支配階級が見るのは「過激思想の横行、赤化宣伝の跳梁」などさまざまな幻である、と言う（大山郁夫「呪はれたる治安維持法案」『改造』大正一四・三）。

浅沼稲次郎を書記長とする無産階級政党、農民労働党がまず誕生したが、即日結社禁止となった。合法政党として労働農民党が大正十五年三月に結成されたが、七月に分裂し、社会民衆党（安部磯雄党首）、日本労農党（麻生久書記長）、そして最左翼の大山の労働農民党が並んだ。

この頃藤森は富士紡績争議について書いている。職工側の二日に一度は魚・肉の菜をつけてくれ、労組加入の自由を認めてくれ、寄宿女工の扱いを改善してくれなど、こんな要求を提出せねばならない事実が現存していることを、「形式は労働争議だが、内容に至つては、到底近代ないし現代社会の物とは思へない」と言い、これにたいする会社のやり口は「威圧的」「強権的」「非懇談的」で、滑稽矛盾を通り越してむしろ悲惨を感じる、と述べている（「封建制度」『文芸市場』大正一五・二）。

同様の状況は彼の足もとでも見られた。

藤森は、岡谷で労働組合運動をしている佐倉啄二から、職工らの無知、官憲や工場主の圧迫、地方人の無理解、そして「組合が出来た為めに、今まで全く黙殺されてゐた、聞くだに戦慄する恐ろしい事件が幾つとなく出て来ます」という見解などを聞いていた（「文芸時評」『新潮』昭和二・六）。佐倉の『製糸女工虐待史』（解放社、昭和二）の「序」は同郷の藤森が書いている。細井の『女工哀史』とこの書によって「日本の女工の最大多数を占め、然も最も残酷な待遇を受けている」紡績女工と製糸女工の「記録と研究と統計」がはじめて完備されたことを喜び、同時に、読者はこの『虐待史』の各章を読んで「日本資本主義の奇怪なる野蛮さ」を痛感するであろうと述べている。これ以前大正十三年四月に書かれた佐倉の「農村の繭は斯して搾取される」はのちに『戦旗』（昭和四・六）に掲載された。これは岡谷随一の株式会社××組製糸工場を舞台にいかに表題の事実がなされたかを語るものである。

昭和二年八月三十日、岡谷の山一・林組製糸工場で同盟罷業が始まると、労農党諏訪支部がこれを応援し、九月藤森も岡谷へ赴いた。具体的にどのような経路での労農党との接触および罷業応援の実行であったのか未確認であるが、藤森の本格的な政治活動はこの岡谷入りがその第一歩であろう。

罷業の顚末は福田徳三の「惨敗せる製糸工女争議」（『改造』大一六・一一）に見られる。これによると、片倉組一二の山十組山一林組工場で大規模な労働争議が始まったが、直接の発端は①労働者一般の覚醒、②大日本労働総同盟と諏訪地方の組合幹部の当を得た態度、③諏訪地方製糸工場および寄宿舎の悪状況などである。労働者側の嘆願事項は「一、労働組合ノ加入ヲ認メテ下サイ」に始まる七項目であったが、雇い主側の回答は「組合なるものを相手にせず」であった。そこで八月三十日午前十時を期して罷業断行となった。結果は労働者側の惨敗で、新聞報道によれば、食と住の供給を断たれた組合関係者一同にたいして岡谷各家庭は連合して居住拒絶の申し合わせをするなど、迫害ははなはだしく、ここでの組合運動は「一敗再び起つ能はざるが如き」であった。福田は敗因を①県吏、警察吏などの無理解、無能、②争議基金の皆無、③世論の冷淡、無頓着、と分析している。さらに罷業は雇用契約の破棄であるという曲解を一掃し、募集により遠方から寄宿舎に収容されている被雇用者にたいしてこのような暴挙が再演されぬよう規定を急設すること、などを進言している。彼女らにとってそれは「血と涙」の惨敗であった、と福田は言う、

彼等は郷里に帰つて、父兄に責められ、郷党に嘲られたやも知れない。否、彼らは得らる可くして得ざりし工賃の為めに、其父兄にも甚しい苦痛を醸出したかも知れぬ。而も、彼等は最後

まで戦つた。寄宿舎を追出され指導者を奪はれ、官憲に厄介視せられ、身を措くに処なきドン底に陥るまで戦ひ続けた。

このあと、昭和三年、第一回普通選挙に当たり、三十六歳の藤森は労農党候補として立候補した。その経緯は後述の菊池寛同様、当初は「一貫あくまでも辞退」（主として時期尚早と考えて）であったが、諸般ののっぴきならぬ成り行きで「遂に承諾」となり、「起つ以上は徹底的にやるの決心」となった（「南信血戦記」『改造』昭和三・四）。党の長野支部連合会は全勢力を長野県第三区（諏訪、上下伊那）の藤森に集中した。日本共産党は、結成（大正一一・七）第一次共産党事件（大正一二・六）、再建（大正一五・一二）という歴史を経て、このときはじめて労農党を通して公然と大衆の前に姿を現した、と言われる。

藤森の「帝国主義戦争防止のために」（『改造』昭和三・三）は選挙直前の決意表明で、治安維持法、治安警察法、暴力行為取締法、警察犯処罰令、出版法などを武器に、民衆の言論・出版・集会・結社の自由を弾圧する支配階級の秘密や欺瞞を「労農党の代議士として」「議会内に於て」公衆の面前に暴露する、と訴えている。彼はこの選挙の勝利を確信していたのである。

ところが結果は落選であった。言論戦の優勢、青壮年団の応援、新聞の支持、前衛芸術家連盟（昭和二・一一創立）員らの活躍などにたいして、敗因は、選挙民の年齢制限、信州の特殊な状況（自作農が多く、つまり小ブル的である）[33]、買収にたいする民衆の無自覚などである。

シンクレアがカリフォルニア州知事選で八十九万にせまる得票で「勝利のはずが敗退」したのは

この数年後で、彼の行動（時の政権政党への転身）のニュースは日本でも人々を当惑させた。藤森のほうは、「取り得たる七千票よ！」と爽やかで、徹底的に応援してくれた岩波茂雄ら多数の友人知人に感謝している。党の根を下ろすことが困難な信州の土地に「確実な根が張られた」ことを確信し、これこそが「本質的勝利」であると言う。この選挙では文芸のブの字も口にせずもっぱら政治行動を行い、既成政党の一貫した欺瞞的行動と政策を暴露し、自らの労農党の政策（選挙法の改正、税制の改革、言論・出版・結社の自由など）を説明し主張した。『前衛』（昭和三・三）は「夜はまだ暗いのだ。が、決して夜明けは遠くない」「今に見ろ。かかる意味の苦戦は今度だけだ」という藤森自身の「総選挙戦を戦つて」と林房雄の応援の報告「同志藤森の政戦に従つて」などを掲載した。

この選挙の始末記「南信血戦記」を解説する今崎暁巳は、藤森が人々の希望に応え民衆と共に戦った姿を「侵略戦争と専制政治に対して起ちむかう作家の生命をかけた選択」と見ている。(34)

江口は、既成政党の小川平吉側が「磔茂左衛門」「何が彼女をさうさせたか」の芝居を利用して「放火を教唆し百姓一揆をせんどうする国賊藤森成吉をたたきおとせ」というビラ何万枚か何十万枚かをばらまいて農村の選挙を脅かした、というエピソードを紹介している。当時吉祥寺に住んでいた江口のところへ藤森の応援帰りの青年らがつぎつぎに立ち寄り、日本最初の普通選挙の激しさを報告し、来るべき日本革命のありかたを熱心に語ったという。(35)

ところで山田国広が代用教員として勤務していた諏訪郡永明小学校では大正十五年新学期すぎから「藤田福二先生」を中心に先生の下宿で秘密の「社会科学研究会」（最初はブハーリンの「史的

唯物論」を取り上げた）が行われていた。ところが昭和二年の十二月ごろには先生はこの会を中止し、上諏訪の労農党の事務所へ行ったきり学校に出てこなくなった。翌年二月の選挙で藤森を応援するためである（先生はその後、直後の三・一五事件のあと新潟で逮捕された）[36]。

この選挙で無産政党から当選した八人の中に日本労農党の河上丈太郎がいる。かつての一高の上級生で弁論部員、蘆花に講演を頼みに行った人物である。藤森と同じ労農党から当選したのは水谷長三郎と山本宣治である。山本は国会で治安維持法改正案が可決された後、暴徒に刺殺された。小林多喜二の「東倶知安行」はこの選挙（北海道一区）を扱い、労農党候補「鳥正」（山本懸蔵）応援の熱気を描いている。

このとき、一高の同級生であった菊池寛は社会民衆党の勧めを断りきれず東京一区から立ち落選した。民衆党党首の安部がフェビアン協会を組織していたときに「たとい名義だけでも参加していた」ことなどに遡るらしい。それに「なんと云っても無産政党は現代の大義名分である。云わば、錦の御旗である」という菊池自身の発言も無視はできない。彼の「立候補について」「敗戦記」などを読むと、「自他ともにブルジョア作家を以て許した男、無産階級の代表として乗り出す（東京朝日）」と揶揄されたり、各紙の無産政党の当選予想において「戦蹟の上では自分と互角である藤森君、片山〔哲〕君、赤松〔克磨〕君などの名前は挙げても」自分の名は終始黙殺されたり、不愉快なこともあったが、選挙運動、演説会には思いがけない多くの人々の応援を得たことに感激している。応援弁士として「新渡戸博士が四日間出て下さった如きは、夢想もしなかった幸福であった」[37]。

藤森の「応援」「病床から」はともにこの選挙後に書かれ、作品集『同志』に収められている。「病床から」の応援者は、帰郷後岡山から藤森落選の結果に落胆の手紙を送って来た。官憲の圧迫横暴、既成政党側の悪辣な買収運動にも増して、この人物が悔しがるのは「貧乏な選挙民さへ、モウ少し自覚があつたなら」ということであった。しかし彼はこの敗北のあとにこそ勝利はある、このなかに立派に勝利は萌え出している、と結語している。

この二作品には藤森の選挙を応援する人々と藤森本人との交流が描かれているが、「伊勢の星」（「応援」）にしても「岡山の竹田」（「病床から」）にしても、それぞれ苦しい生活を背景に彼等らの「一生懸命さ」は最大級である。同時に、応援されている藤森が却って彼らを（経済的にも）たすけているのが印象的である。

選挙後三・一五事件が起こり、四月十日には共産党系の三団体（労農党、日本労働組合評議会、青年同盟）は解散となった。後年の藤森の戯曲の主人公河上肇らは大学を追われる。

このような動きの中で藤森に関連して触れねばならないのは、大山が率いる合法的新労農党のことで、これは十一月に共産主義者らの反対を押し切って誕生したが、その創立大会に藤森は出席している。河上も行動を共にしている、というよりは大きな役割を果たしている。(38)

大会に出席した藤森によると、ここでは「報告すべきすべてが報告された。重要な議案の大部分が上程可決修正――戦闘的に――された」。それは「最も厳しく対立するところの二つの陣営の正面衝突の」戦場だった。二つの陣営とは「支配階級の××ども」と「全国の闘士達」である。

「合法的手段により……」と云ふ綱領の中の社会民主々義的文句が除かれれば、拍手だ。「××干渉絶対××」「帝国主義××××」（略）等々の条項が、代議員達によってつづけさまに提出されれば、割れるやうな拍手だ。すべての議事はマルデ弾丸だ。それはもう一つ一つの人間の声ではなくて不可分に溶解した鉄の塊りだ。

合法性を利用して×合法性を貫徹し、×合法性の貫徹によつて合法性を獲得するその弁証法的闘争の生きた実例だ。

まだ午後の早い時間に二日間の大会は解散し、「決意」させられた人々は大デモとなって日比谷まで強行した。××隊によって検束された彼らは留置所のなかで互いに大会の成功を語り合い同志の歌を歌った（「新党創立大会記」『戦旗』昭和四・一）。

この記事に見る限り藤森は無条件で新しい党の誕生にエールを送っている、と見える。敵はあくまでも「支配階級」である。この記事は後述する「土堤の大会」と同じ号の『戦旗』に登場した。新党結成大会が成功の興奮とともに解散したあとも冷めやらぬ高揚の気分が、高評を得ている「土堤の大会」のそれと相通じているのは、新労農党にかんして、この二編執筆当時の藤森にとっては、なんの問題、違和感のたぐいはなかった、と受け取らざるを得ない。

短編作品「潮の音」（『労農新聞』昭和三・一一・三）（『戦旗』昭和三・一二）は「新党創立大会記」の小説版ということになるが、「十月二十四日、牛込の城西仏教会館」での新労農党結成の場面を、「澎湃と押し寄せるところの時代の波の音」「何物も遮る事が出来ず、何物をも打ち砕かずには置かないところの潮の音」と感動的に描く。地方の無産大衆党の現状、兵庫県の一老代表の身につまされる報告などにたいする鳴り止まぬ拍手は「しばらく大濤のやうに堂を揺がした。すべての人間達が、此の時会場のそとに寄せる潮の音をハッキリと聞いた。恐らく何百人の警戒の官憲たちも」と描かれる（後述する一年後の猪野省三の書評『光と闇』を読む」にはこの作品について「大山一派の裏切りに憎悪の感をより深めさせてくれる」という否定的評言が見られる）。

やがて風向きが変わり、「ツバサ」「選挙」にははっきり新労農党にたいする批判が見られる。「ツバサ」（『改造』昭和四・四）は党を資金的に応援しなければならないと思い詰めている小学五年生の太郎の一生懸命な言動を描く。作者は作品の最後で、作中「党」とあるのは「過去の労農党だ」と断り、「新労農党の提唱者達は此の子供の前に恥じていい」と言う。藤森の気持ちの変化がわかる。「選挙」は「一九二九年現代の世相劇」と銘打ち、打ち続く嵐を潜り抜けての労農同盟の勝利を描く（『中央公論』昭和四・八）。新労農党が結成されると、これに対立して始まった労農同盟（政党ではないが中核は地下の共産党員）であるが、藤森がこれに傾いているのが明らかである。

小林多喜二の「暴風警戒報」（昭和四・一一）や鈴木清の「監房細胞」（昭和六・一一）に新労農党非難の立場が見られる。小林は河上も新党に賛成していることを「無産運動における名士を清算せよ」「最後まで戦うのは工場労働者だけだ」と言う。鈴木は、大山の結党大会が迫るなか、かつての輝ける委員長の「反動化」「裏切り」を批判し、「共産党以外にプロレタリアートの政党はあり得ない」と言う同志らの戦いぶりを描いている。

藤森は時事的な情報を伝えながら、正直なところ、労農党、新労農党、労働同盟、といささかの混乱が感じられる。大筋は共産党の立場であるが、それを明らかに表明するのはずっとのちのことである。

（5）日本プロレタリア作家同盟委員長になる

平野謙の「プロレタリア文学序説」（昭和二五・一〇）がナップ結成までの歴史を述べているところによると、大正十四年十二月に結成された日本プロレタリア文芸連盟（のちのプロ芸）は『文芸戦線』の人々を中心に当時の「反資本主義的作家」が集まった団体で「わが国最初のマルクス主義的芸術団体」であるが、昭和二年六月青野季吉や前田河廣一郎ら『文芸戦線』の作家らは東大の「学生インテリゲンツィア」の「異質な文学理論」福本イズムを去って労農芸術家連盟（労芸）を組織した。この時点で藤森は労芸に与した。同年十月これも分裂して蔵原らを中心に前衛芸術家連盟（前芸）が創立され、藤森らは『文芸戦線』を去り、彼の戯曲「親友」に分裂の経緯を見ることになる[39]。

第一回普通選挙においてプロ芸と前芸はともに労農党を支持したが、三・一五事件直前の三月十三日に両者は合体して二十五日に総合的な文化文学集団ナップ（全日本無産者芸術連盟、Nipponia Artista Proletaria Federation, NAPF）が、やがて全日本無産者芸術団体協議会が成立し、昭和四年が明けると部門別各同盟のひとつとして文学の分野で「日本プロレタリア作家同盟」が発足した。

共産党員弾圧の嵐のさなか昭和四年二月十日作家同盟（ナップ、のち昭和七年二月に国際革命作家同盟日本支部として「ナルプ」となる）は創立大会を開き（浅草、信愛会館）、議長は藤森であった（副議長は山田清三郎）。この大会で採択された綱領は、「一、我等はプロレタリアートの解放のための階級文学の確立を期す。一、我等は我等の運動に加わる一切の政治的弾圧廃止のために戦う」である。選出された役員は、中央委員長藤森、書記長猪野省三、以下十人の中央委員のなかには来る藤森の「外遊」で代わって委員長になる江口がおり、この時点での同盟員は八十人であった。これは社会民主主義的路線の『文芸戦線』と別れ、共産主義を理論的基礎とし地下の日本共産党を支持する組織団体である。そしてなすべき文学活動は「党のための文学」であるということが確認される。

プロ芸の『プロレタリア芸術』と前芸の『前衛』は合流してナップ機関誌『戦旗』（誌名は藤森の発案）が誕生し、創刊号の「放す」（昭和三・五）に始まり藤森の創作作品の掲載は主なところ「草間中尉」（昭和三・一〇）「土堤の大会」（昭和四・一）「光と闇」（昭和四・三）「急行列車」（昭和五・一）などである。「蟹工船」「暴力団記」「太陽のない街」など有名作品が並んでいるのは昭和四年前半である。

「放す」は「党のための」と言うよりは「人間個人のための文学」と言いたい作品である。冒頭、「俺達はストライキに失敗した」という語り手らは、失職し、やっとありついた場末のボロ工場生活であったが、唯一の楽しみは昼休みに原っぱへ行ってひと時を過ごすことだった。ある日、籠の雲雀を「揚げ雲雀」として空へ「放し」、囀りながら舞い上がっては空中で輪を描き降りてくる、などの芸を仕込み、練習させ、競技会へ出す男らを見かける。雲雀の動きに時を忘れた工場の男らは、麦畑から雛を捕まえて来て育て上げて慣らし、競争させてチャンピオンの中には一羽何百円というのもいる、というような自慢話を聞いているうちに、「なんだか胸くそが悪くなって」その場を離れ、「だまって飯を食って、すぐ工場へ戻った」。「昨日も今日も天気は好かったが、俺達は〔雲雀の囀りが聞こえる原っぱへ行かず〕工場の前の沼の匂いを嗅ぎながら昼食を食った」。

「草間中尉」はもう六年も前になる大震災のときに彼の身の上に起こった出来事を語る。中尉は「不逞朝鮮人問題」を「日本人の鮮人迫害・虐待」と理解し、「日本人が大国民なら」落ちついて冷静な判断をと説き、日本人民衆に危害を与えられそうな危険を体験する。彼を救ったのは将校という自分の地位であったが、やがて彼は大杉事件や亀戸事件やこの朝鮮人問題は「所謂高等機関の高等政策」だったという新しい知識によって啓発される。そして軍隊勤務の意志を失い、「新しい反抗者」になる、というこの話も「彼個人の心の動き」に焦点が合っている。

これらにたいして「土堤の大会」は弾圧後のG労働組合の意気（ばかりは）揚々たる集会の顚末を描く。昭和三年一月、即位の大典の祝砲や丘の兵舎からの万歳の声を聞きながら、（かねて予定の集合地、亀戸事件の記念の場所ではなく）E川の土堤に集まった労働者らは、ピクニック変じての臨時大会で、日本の労働右翼結成のために来日する（第二インターナショナルの裏切者らの頭目）アルベール・トーマ排撃、市ヶ谷と豊多摩の獄中の同志の救援を決議し、即席の芝居で労使の階級対立を演じた。高揚した気分は散会後も続いた。

誰も空腹を訴える者はいなかつた。それどころか、T停留所から電車に乗りさえせず、彼等の大部分はO駅やT町まで歩きつづけた。金がない為めばかりではなく。

登場する多数の労働者大衆の個人名は「ない」。

この作品の日本プロレタリア文学作品としての評価は非常に高かった。猪野はこれを「形式の単純化よりくる大衆性」を現実化し、「それに成功した最初の作品」「忘れられない、また忘れてならないすぐれた作品」と言う（後出の書評）。蔵原は「内容形式ともにプロレタリア文学の一新境地を開いた」「小さいながらも重要な意義をもっている」と評価している（「一九二九年の日本文学」『都新聞』昭和四・一二）[40]。

プロレタリア歌人同盟が結成されナップに加入したころのある場面を歌人同盟の渡辺順三が書いている。「そのころナップと言えば、若い労働者や学生のあいだにずい分魅力のある名だったらしい。」池袋のちょっと暗い横町で三、四人の青年が何か言い争っていたが、だれかが「あんまりナップ風をふかすな」と言うのを聞いた。

長髪にハンチングを横ちょにかぶり、『戦旗』などを小わきにかかえて歩いている青年を、そのころよく見かけたが、そんなのによく「ナップ風をふかす」のがあったのだと思う。（略）その頃また『戦旗』の人気はすばらしかった。（略）その月の『戦旗』を手に入れたということが、そのころの誇りであった[41]。

当時の『戦旗』の勢いは「一般の商業雑誌からみると、うらやましいかぎりだったにちがいない」と鹿地亘は書いている。

発禁の通告が来ても、押収がはじまる前に、早くも雑誌は直接読者網を通じ、人々の手にわたってしまっていた。市販の店頭には、はじめから押収を覚悟の余分の部数がならんであるにすぎなかった。それは荒波をかぶって進みながら、びくともしない不沈戦艦であって、つきない生命のいずみである大衆の中から、たえまなく新しい力と問題をすいあげながら成長した。ちょうど、それが「多くの進歩的組織が破壊された中」(略) 文学・芸術だけが全体運動の追い込まれてゆくのと対照的に、文字通りの「逆襲」を展開している観を呈していた。

一九三〇年前半までがその絶頂であった。[42]

『現代日本文学全集　四七』(改造社、昭和四) に掲げられた墨の跡も力強い藤森の手書きのメッセージは言う、

プロレタリア文学に転じる前からも、私は文壇で叛逆的だった。私の現在の叛逆性はより社会的、よりプロレタリア的になっただけだ。これからも嬉々と戦はう！　一九二九年春

この発言を「教授的教養、福本イズム、作家的情熱」の総和と評した人がいるが（後出勝本英治）、いわば時代の先端を行く大きな集団の先頭に立つことになった藤森の正直な興奮が感じられる。「中央委員長」については彼自身のさしたる発言が見当たらないが、彼の作品のアジプロ的傾向ははっきりしてくる。

たとえば「光と闇」の題名の意味は「闇は搾取から！光は闘争から！」に由来し、時は現代、場所は東京市外のある淫売屋と争議団本部、と聞けば話の展開の見当はつく。「お膳立のととのったストライキ劇で、筋のはこびも人物も、お膳立のための道具にされているきらいがある」と言うのは山田清三郎である。(43)

労働者（タクシー運転手）青井と夏子は恋人同志である。青井の友人岡が自分の勤める会社でのストライキ（給料減額が理由）のニュースをもたらす。スパイやスト破りを使って会社側は応戦するが、労働者らは「おれ達プロレタリア階級は、いざとなりやァ自分でもおどろくばかり力が出せるんだ。おれ達ァ今までただ知らずにいただけさ」と意気盛んである。

青井は夏子に、おまえのなかに眠っている奴が目を覚ます番だ、と言う。「階級意識つてやつよ。一言呼びさへすりやァ、そいつァ俺達のなかでちゃんと眼を明けるんだ」。おまえがこんな商売をせねばならないのはなぜだ、おまえたちは蜘蛛みたいに網を張ってお客を待っているがもっと大きな網を張っているおかみさんがいておまえたちのもうけを吸い取っているんだ。

　生きて行きたいと思つたら、戦ふよりほかァないんだ。（略）仲間がみんな手をにぎり合つて気もちを一つにして、鉄砲玉のやうに固くかたまッてぶつかッて行かなけりや駄目の皮よ。

岡は、今度のストライキが勝利したとしても、本当の仕事はこれからで、おれたちに必要な条件をまだひとつも戦い取っていない、という点を強調する。しかし夏子も同志として青井らとともに闘う決心をし、子供らが歌うストライキの歌で幕が下りる。

この作について作者は、いろんな批評を受けたが、「左翼の組合員或は運動者諸君からしたたかな支持を得た」と言う（「自作の憶ひ出と記録」）。

猪野省三の書評「『光と闇』を読む」（『戦旗』昭和四・一一）は日本プロレタリア作家同盟編集の作品集『光と闇』（戦旗社、昭和四）（「土堤の大会」「ツバサ」「放す」「貧乏な兵士」「草間中尉」「潮の声」「選挙」）を総評して、これは藤森の「一九二九年前半期に於けるすぐれた仕事の総計」で、彼が労働者、農民と共に前進しつつある足跡を感じる、と言う。彼の作品には「プロレタリア的純朴さ」のなかに「明るさ」、それも照明弾の明るさ、プロレタリアの血の通っている明るさがあり、それ故に作品は労働者、農民に広く読まれ「精神的血肉となって蔓延」している、と評価する。ある組合のエピソードにこんな大きな感銘を与えられたのは例がないと言う「土堤の大会」、魔窟の陰鬱で退廃した場面が闘争の明るい行動の現場に展開する様子を「闇から光へのこの快適なテンポこそ誰しもの心をゆする」と読む「光と闇」、と評価する。

「照明弾の明るさ」とは言い得て妙ではある。彼の初期の作品では「ほの暗い光」のなかの生身の人間の苦悩が語られる、というようなものが多かったが、いまや光は人工的に、人間も物語の中に

「配置されたコマ」のようで、宣伝、扇動の意図が明らかである。

この頃『女人芸術』を編集する八木秋子はある会合で会った藤森に「マルクス主義とアナキズムの理想とする社会は窮極において少しも違いませんよ。全く同じですよ」、違いは「それへ達するまでの過程の相違と科学的必然性を有つか否かにあるのです」と言われたことを書いている。マルキシズムの社会ではなく「自由聯合の社会」を理想とする彼女の立場であるが、近年に至る藤森の作家活動について批判的であるのは、「マルクス主義の作家達が彼等の文芸批評の標準を社会的価値〔実はイズムの政治的目的への効果〕に置いてゐる上は、作家の自由性は抹殺されて作品はいきほい画一的とならざるを得ない」と考えるからである。「土堤の集会《ママ》」「拾万円事件」「光と闇」「ツバサ」などの作品名を挙げ、「あまりにも必然性のない観念の飛躍で安っぽい明るさを生み、戯画化されたプロレタリアの姿を曝け出すに至ったのはどうしたものか」「良心的な藤森氏は、ほんたうにだんだん書けなくなるのぢやないのかしら」と心配する（「公開状　藤森成吉氏へ」『女人芸術』昭和四・七）。

作品集『同志』のタイトル作品「同志」（『新潮』昭四・一一）は「無言の」感動的なエピソードを語ろうとしている。

小村小三郎は争議が始まろうとしているドックで働いている。船底塗料を塗るために忙しい日程で入渠するとあるイギリスの汽船会社の定期船はどれも外見からレッドファンネル（赤い煙突）と呼ばれていた。レッドファンネルの仕事はきつかったが、貨物船の下級船員は全員中国人で、彼等から安い支那タバコなどが買えるので労働者らには人気があった。ある春の朝、小村が出くわした相手は大男の中国人乗組員であった。彼の持ち物のレーニンの石膏像やチョークで床に書く漢字をよすがに、二人はなんとか相手を「同志」と確認する。「その日の夕方、もうレッドファンネルは出渠して、小三郎はそれきり同志と会う機会がなかつた」。予定通りストライキが始まったが、中国の、いや、世界の同志と手を握りあっているのだという感覚が小三郎の心を奮い立たせた。

この作品完成のころには藤森の渡独のはなしが進んでいたと思われるが、勝本英治の「藤森成吉氏の存在権」（『新潮』昭和五・三）は、作家生活十三年にして、「これまで二流作家の地位にあったが、やっと社会的存在を主張できる時が来た藤森」についてである。書き手の視点は、「氏の存在権は氏が自身の中から、新たに政治的才能を発掘」したというところにある。「それは左翼運動の時代的進行にたいする忠実性であり、団体内に於けるあらゆる動議の摂取に現れている」。例えば、左翼劇場台本からできるだけ摂取して改作された「磔茂左衛門」、ブルジョア経済を暴露する「偽造証券」「拾万円事件」、大衆の運動に寄与する「ツバサ」などの作品名を挙げて、左翼運動の観点からの藤森評価である。そして彼の作家活動の主体は日本の無産者運動にあるのだから、彼の渡欧は存在権の一部放棄と理解する、と言う。彼の日本プロレタリア文学運動に於ける存在は必然的であり、渡欧は選択的だと結論するのである。書き手は勝本清一郎の弟である。

蔵原惟人の「『ナップ』芸術家の新しい任務――共産主義芸術の確立へ――」（『戦旗』昭五・四）は、藤森の「土堤の大会」「蜂起」、ほか小林多喜二の「蟹工船」、徳永直の「太陽のない街」などを挙げ、いずれも労働者や農民の生活から題材を取り、プロレタリアートの大衆的闘争を描いている、と評価し、芸術の大衆化というスローガンが具体化されてきた、とまず述べる。しかしこれは当初の目標の第一歩に過ぎない、と言い、「社会民主主義的観点からハッキリ区別されるべき共産主義的観点の欠如」を指摘する。——すなわち、両者の観点の差別を明らかにするような「質的な相違」が見えていない。漠然とした「プロレタリア芸術家」ではなく「真実のボリシェイキ的共産主義的芸術家」になるには、われらの芸術家が「わが国のプロレタリアートとその党とが現在に於いて当面している課題を自らの芸術的活動の課題とすること」によって可能になる。芸術家は「わが国の前衛が、いかに戦いつつあるかを現実的に描き出すことが必要である」。それによって効果的に党の政策を宣伝し民衆の信頼を確保できる。(44)

つまり「党のための文学」という考え方が明確になってきたのである。このことについてのちに蔵原は「小林、中野、徳永、村山、藤森などの作品がすでに志向しつつあった方向をさらに意識的に発展させることを期待したものであって、それはそれで当時としては積極的な意義と歴史的な必然性をもっていた」と回想している。(45)一方、『ナップ』結成以後の作品傾向を見れば鎧われたプロレタリアートへの関心は随所にみいだされるとしても、プロレタリア文学の根柢にあるべき素朴な人民生活に対する原初的な愛情はもはや失われてしまっていた、といえなくもない(46)」と言う平野の視点には同感である。この時期の藤森作品は魅力的であるとは言えない。

「一個の死をもって万人の平和を獲得する」という「磔茂左衛門」の構図、つまり「権力政治の是認」を批判した勝本らの論に応えるようなかたちで発表した、と神永光規が言う(47)「蜂起」(『改造』昭和五・一）は二月に新築地、本郷座によって上演された。あらすじを追うと、（第一幕）天保十三年、近江の野田村で開幕。幕府勘定方市野茂三郎と野田村庄屋木村定八のあいだで検地を巡って攻防がある。農民は新規の検地で一層厳しい租税上納を強いられる。

（第二幕）関係三郡の庄屋会議は、もはや哀訴嘆願でなく幕府を倒してこそ自分らの解放がある、というところまで追いつめられる。「……すべき時……しねえとつひには人間は自分の力まで信じられなくなつて、これ位堕落しちまふんだ」と過去の反省もあり、このままでは心身の破滅あるのみで、「おれ達を救ふ物は、もう反抗のほか何もねえ」、繰り返しの反抗の力によってのみ百姓全体の解放がある、と意見がまとまる。庄屋全部の大会議で、直訴はもう手遅れだ、市野を殺して検地をやめさせる、力ずく以外に解決は得られない、と話は進む。しかし市野ひとりが問題なのではないということを一同は理解し、まず願書を出す、その日「みんな仕事を棄てて、雲のように寄つて大示威運動をやッつけるんだ。それでも万一市野が聴かなんだら、その時こそァ百年目だ、三郡全体の百姓勢で市野の宿屋へ押しかけて、おれ達の好き勝手に処分しちまふんだ」となる。

（第三幕）一揆の鳴り物や鬨の声があがる。一揆勢は竹槍、蓆旗をかざし雲のように押し出す。

（三上村庄屋の）平兵衛が、検地取りやめの証書を出せば一揆は収まる、と代官に伝える。百姓一同は「検地全部十万日日延べ」を勝ち取る。

（第四幕）指導者らの逮捕が始まる。幕府がいよいよ正体を現し、百姓らは自分らの本当の解放はこの化け物を倒さねば駄目だ、と悟る。指導者らの処遇は拷問、発狂、獄死で、衰弱した平兵衛は筵にのせられて代官所の裁きの場に引き出されるが、江戸表で将軍家の前で言うべき事を言う、と譲らない。ほかの庄屋らも同様に江戸へ送られることを望む。一揆指導者ら十一人の江戸護送の日が来る。群衆が集まり、「総代衆万歳」の声に送られて籠が出発する。

最終場面は、江戸北番所の大白洲である。生きてここまで来た八人を代表して平兵衛は「今度の検地の一件はお上の大失敗」と断じ、「これで百姓らはお上のやりくちがどういうものかよく理解した」と述べ、幕になる。

読者、観客は、第三幕で一揆の実力行使の大スペクタクルを見、終幕では将来において民衆の意志によって歴史がどう変わるかを暗示する発言を聞くのである。

二月十五日からの本郷座の上演は、演出土方の巧妙なアレンジで検閲の三分の一カットも乗り越え、作者の意図を生かした力強い舞台ができた、と佐々木孝丸は満足している。そして夫人同伴でドイツへ発った藤森にこの芝居を観てもらえなかったのは残念だった、と書いている。佐々木は平兵衛役で、最後に唐丸籠に入れられて江戸送りになるところで花道から舞台の群衆にむかって絶叫すると、すぐ横に陣取った観客から「佐々木たのむぞ」とやじが飛んだ。芝居か現実かしばしわからなくなった、と言う(48)。佐々木はかつての労農党員で、極寒の諏訪の選挙で藤森の応援に参じた一人である。

しかし菅井幸雄はこの芝居の観客が「おどろくほどの小数」だったことについて、書いている。検察当局の大幅な削除を伝え聞いた新聞社が、初日を前にして「筋の通らぬ大カットに、新築地の蜂起、突如上演中止」という記事を掲載したからである。新聞社としては意識的ではなかったかもしれないが、検察当局が新聞を利用して、プロレタリア戯曲を弾圧するやり方が、象徴的に示されている例として、忘れがたい事件である(49)。

「磔茂左衛門」と「蜂起」を比較する松本克平によると、茂左衛門は爆発寸前の農民の怒りを抑えて、直訴という方法で、つまり「自分一人の」犠牲で問題を解決した。作者は「多分にヒューマニズム」の立場である。一方「蜂起」は同じ農民の騒乱において、ついに農民は「集団で」一揆を実行するところまで突っ走る。(50)

しかし「権力政治の是認」は否定されたところで、「集団で一揆」が行われたところで、指導者らの犠牲という結末は言うまでもなく、問題の解決は一時的である。「磔茂左衛門」における作者の個人的人道主義的気分は払拭され、「蜂起」では集団・組織の力の評価に向かって作者が意図的に傾いて行ったことは理解されるし、「社会全部を解放」(本書一六七頁)するという熱い願いも感じられはする。が、幕が下りた後のずっと先の成り行きに希望をつなぐという現実は、(一九三〇年代のアメリカのストライキ小説いくつかを見ても(51))洋の東西を問わず、反体制がわの一揆、ストライキ文芸の宿命であろうか。

第五章　「外遊」と帰国後　一九三〇—

(1) ハリコフの国際革命作家会議に出席する

広津和郎の「昭和初年のインテリ作家」(『改造』昭和五・四)は、須永夫妻(尾崎士郎、宇野千代がモデル)はじめインテリ作家の群像の消息などを描くものであるが、なかに「マルキストの急先鋒として、最近活躍してゐるS・F」も登場する。彼が出てくるのは芸術協会の委員会の席で、話題は出版社と執筆者らの利害関連であるが、あまり発言していない。正直なところこの短編は、当時の「S・F」のものに比べてずっと面白い。

「蜂起」上演の直前、かねて申請していたドイツ行きが妻同伴の条件で許可され、昭和五年一月三十日に「S・F」藤森は「外遊」に出発した。費用はいわゆる円本の全集ものの印税からで、ベルリンの労働者街のアパートに予定の一年滞在をさらに延長できたのも大ヒットした「何が彼女をさうさせたか」のおかげであった。[1]

旅の始めは上海で、なぜこの国で人々はこんなに貧しいのかと考え、国内外の搾取と絶え間ない動乱に加えて「銀の大暴落」を挙げる。このような状況においても「支那のプロレタリアート及び農民は猛然と眼ざめつつある」と報告している。

『戦旗』正月号掲載の自分の戯曲「急行列車」が同志陳端先によって翻訳されこちらの雑誌の正月号に載る早さに「まるで打てば響くやうだ」と感心する。この作品の登場人物は大工場主や大銀行家の妻子ら典型的なブルジョア人種である。人を轢いた急行列車が急停止すると、乗客らは興味半分に現場を見に行く。轢死人を見てみたいとか、死人やけが人なら「お父さんの工場へ行きや、毎日でも観られるわ」と若い娘らは騒ぎ、覚悟の自殺は小作争議の相手の地主への面当ての示威行為だ、など、乗客らは傍観的である。

また、ここの新劇運動の人々によってシンクレアの「二階の男」ほかが租界のクラブで最近上演されたと言えば、日本の諸君は「今頃そんな物を」と思うだろうが、これだけのものでもここでは珍しく、最初の試みは成功だった、と伝えている。ただし残念ながら労働者の観客はまだすくなかった由[2]（「旅先から—第一信」『戦旗』昭和五・三）。

イタリア、オーストリア経由でドイツ入りしたが、途中ナポリ上陸の次の日、ソレントへゴーリキーに会いに行った。彼の作品「母」が日本の新興劇団の手で盛んに脚色され上演されていることを話したり、新築地劇団の舞台の写真一枚を進呈したり、持参の『戦旗』に日本の労働者や農民のために寄稿を頼んだりした（「ゴルキイを訪う」）。

「毒ガス芸術を！」（『戦旗』昭和五・八）は、ベルリンへ来てはじめて気が付いた、という書きだしで、来るべき化学戦争で毒ガスほど恐ろしいものは人類始まって以来この世界に出現したことはない、と述べ、これは「資本主義の凶暴と残忍の最高表現で、象徴だ」という視点から、われわれは今までかなりこの問題に不注意だったと反省する。われわれの芸術運動の領域の許すかぎりこの問題を文学・演劇・美術などの分野に「取り入れてゐなければならなかつた。（略）眼前の深刻なリアルな事実として」。『戦旗』三月号の（野川君の）「飛行機の話」や外国の文学者らの仕事に言及し、故国の同志よ、おくれを取るな、と呼びかける。自らもワイネルトの詩「ベルリンの戦争突発」を翻訳し、この詩に足りないのは、ブルジョアどもの「ガス防御用タンク」など持ち合わせぬプロレタリアは全員死なねばならないのに、その重大な事実が歌われていないことだ、と付け足している。エーリッヒ・ワイネルトは藤森のほかの記事でも再々登場する「革命的詩人、詩的扇動者」である。

ベルリンには先着の千田是也や勝本清一郎がいた。またここでは国崎定洞という医学者が「在独日本人左翼グループ」の「ベルリン・クラブ」の中心になっていた。彼は大正十五年に政府の命令で社会衛生学研究のために渡独したが、やがてドイツ共産党に入って実践活動を行い、帰国することはなかった。

藤森渡独の年の十一月にソ連ウクライナ共和国の首都ハリコフで第二回国際革命作家会議が開催された。彼と勝本が日本代表として初めて出席し、藤森が「日本プロレタリア文学運動についての報告」を行い、各国代表の高い評価を得た。その原稿は二人で協議したうえで勝本が執筆し、ベルリンで野坂参三に検閲してもらったという（『たぎつ瀬』九六頁）。このとき藤森は「永田」、勝本は「松山」の変名を用いた。

藤森（「ハリコフ会議の思い出」）によると、[3] 会議出席要請の通知は当時モスクワにあった片山潜から「ドイツ共産党と関係をもっていたベルリン在住の日本人グループ」経由でもたらされた。「ベルリンにはそのころ、勝本清一郎が住んでいた。私も加わって、変則的ではあったが少数の日本人グループでナップの支部をつくっていた」。渡独に当たって、ソ連へ行かないという日本政府の渡航許可の条件があり、「私は顎ひげをのばしてすっかり人相を変えた。そして汽車で出発する勝本とは同行せずに、一人ステッチンからひそかに汽船に乗って、レニングラードにはいった。ドイツの共産党員が途中なにかと親切に世話をしてくれた」。

この「ハリコフ会議の思い出」の一文は藤森による当該事項にかんするもっともきちんとした報告文と考えられるが、ほかにもいくつかの文章でこのときのことを回想している。たとえば、一高時代の同級生で当時警視庁の官房主事かなにかになっていた「小林光政君」の保証で「ソビエトへ行かないこと」の条件付きで実現した外遊であったが、「わからずに」行けるならということで、ドイツ共産党とソビエト共産党の間を片山が奔走して、ビザなしでは陸路は行けないので、「シュテッチンの港から小さなドイツ汽船でレニングラードまで」行き、向こうから出迎えがあってモスクワへ行った（「劇作家の椅子　九」『悲劇喜劇』昭和四五・三）。またある文章には洋上からはじめてソ連を見た時の印象が語られている。

小さな汽船のなかで一夜をあかしたが、翌朝甲板へ出て見ると、船は海岸に沿つて進行している。岸には樹が繋つていたり、工場や石油タンク風の建造物が並んでいたりするが、それらの建物のあちこちの頂に、ヘンポンとしてフィンランド湾の朝かぜにひるがへる赤旗、赤旗！
（「ハリコフの革命記念日」『人民文庫』昭和二六・一二）

「ハリコフ会議の思い出」に沿って話を進めると、藤森はモスクワに数日滞在し、百数十人の同勢のひとりとして専用列車でハリコフへ向かった。ハリコフ会議の三年前、一九二七年十一月に第一回の国際プロレタリア作家会議がモスクワで開かれたが、この時は十一ヶ国から約三十名の参加者があり、中心議題は「革命前のプロレタリア文学の存在の可否」についてであった。今回ハリコフでのプログラムは十一月六―十五日の日程で、七日は革命十三回記念日で会議は休会し、実質的な会議は八日から始まり、二十二ヶ国からの約五十名の作家・評論家が「創作方法の討議に集中」した。

この会議では、当時の国際的文学運動の当面する主要な問題について全般的な討議が行われたが、その討議決議が各国の具体的な事情にそくして適用され、発展させられるために、各国別にそれぞれ小委員会を組織してその小委員会でさらに具体的に討議し、それをまた全体会議にかけて議決する方法で運営されたのであった。

この総会で、「日本プロレタリア文学運動」についての報告は、私がドイツ語に訳して報告した。それまで欧米諸国には日本の文学運動の実情が具体的にはほとんど知られていなかったから、大きな反響と注目をもって迎えられた。

藤森はハンガリーの亡命作家ベラ・イレッシが「書記局の報告」のなかで日本について発言したことを特記している。会議当局の援助なしで参加出席した日本の代表を「最も重要な最も階級意識ある団体」と呼び、「われわれに援助を求めるためではなく、われわれに援助と支持を提供するために」やって来た、という発言である。

そして十四日の日本委員会について報告し（後出）、「こうして日本のプロレタリア作家同盟には、国際組織と結びつき、全体的には世界の、特殊的には東洋のプロレタリア文学運動の連帯と発展のための責任のある任務が課せられたのである」と結んでいる。

会議が終わると勝本とはハリコフで別れ、藤森は代表団の人々とドニエプル河に建設中の発電所を見学し、モスクワの各所を見た。モスクワで会うことができた片山潜の印象は「今もなお深いものがある」と回想する。帰りはレニングラードからキールに上陸したが、バルチック海はすでに凍りはじめていて、濃霧の中を汽船は警笛を鳴らしながら徐行した。

ナップ機関誌『ナップ』（昭和五・九創刊）が登場すると、翌年にかけてハリコフ会議関係の重要な記事がいくつも掲載された。藤森のドイツ滞在期間に発行が重なるこの雑誌には当然彼が発信したいくつかの記事も見られる。祖父江はこの雑誌が「国際的な文学・芸術運動との意識的な連携

を反映する文献を多く掲載した」ことを述べている。(4)

まず六年二月号に「日本に於けるプロレタリア文学運動についての同志松山の報告に対する決議」の記事が見られる。「一九三〇年十一月十四日ハリコフ市に於て　国際（革命）文学局第二回拡大総会　日本委員会」が発信したものである。委員会の構成は（ソ連の）委員長、委員七名（このなかに松山と永田がいる）、書記一名で、それぞれの氏名と国籍が記されている。これは大会における前日の松山らの報告の確認である。骨子は、①その芸術大衆化の方策に賛意を表する、②芸術創作の方針として「前衛の眼を持って世界を見、且つ描く」というスローガンを採用し、「我々の文学に（党）の影響を強めよう」という意識運動を起こしたことに賛成する、③同伴者に対する方策も正しかった、④一九二九年一月のナップ再組織に賛意を表する、というものである。

さらに八項目にわたる提案が続き（藤森の「ハリコフ会議の思い出」はこれを「日本の文学運動にたいしての提案」と報告している）、その⑥には日本の植民地・移住地（中国・朝鮮・北米……）に於けるプロレタリア文学運動にたいする注意、⑦にはとくに日中間のその領域における組織的連結の関係の確立が述べられ、⑧には左翼社会民主主義政党の影響下にある『文芸戦線』一派と徹底的に闘争する、というのがある（これは藤森が強く提案した、と言われる）。(5)

『ナップ』三月号には（坂井徳三訳）「アメリカ・プロレタリア文学運動の新方針」がハリコフでの会議の内容を、アメリカ関連の情報を中心に伝えている。これは“The Charkov Conference of Revolutionary Writers”（*New Masses*,Feb. 1931）を邦訳したもので、ゴールドら六名のアメリカの会議出席者らの名前で発信している。この世界大会にはドイツ、ハンガリー、オーストリア、フランス、ポーランド各国の作家同盟が代表を送っていること、日本の作家同盟の歴史が古いこと、アメリカではジョン・リード・クラブが設立され『ニュー・マッセズ』は一層プロレタリア的立場の上に再組織されたこと、会議へのアメリカ代表はエリス、ゴールド、グロッパ、マギル、ポタムキン、(同伴者として)ヘルマン、ハーブストらであること、招かれていたドスパソスは残念なことに参会できなかったこと、などが報告された。そして最後に「反動アメリカに対する我々の戦闘に参加しようとしている多くの知識階級」への呼びかけがなされる――

死滅しつつある階級の死滅しつつある文化を粉砕せよ、新しき世界のための我々の戦ひに参加せよ、我々の社会主義への、未来への、手と頭脳を以て苦役する者すべての共同的創造的努力への行進に参加せよ。

『ナップ』七月号にいよいよ松山敏(勝本)署名の「プロレタリア(革命)作家、第二回国際会議における日本のプロレタリア文学運動についての報告―その沿革、現勢、および将来―」が掲載され、報告の全貌を明らかにした。

「序」では、一九二八年三月に始まった全日本無産者芸術連盟(ナップ)組織をもって日本におけるプロレタリアートの組織的文学運動の基礎が確立したことがまず明記され、「本論」は、第一部「日本プロレタリア文学運動の前史時代」、第二部「日本××主義文学の展開」、第三部「日本××主義文学運動の第二期へ!」より成る。第一部では、一八八三年以降の長い歴史が、ナップ成立まで、理解しやすく語られる。当然第二部が、プロレタリア・リアリズムの確立、プロレタリア芸術大衆化論、××主義文学確立の問題など重要かつ本質的な論題を扱い、現実問題としてはナップの組織や機関誌『戦旗』『ナップ』について述べ、さらに「五月二十日の日本の作家同盟にたいする政府の弾圧」、いわゆるナップ・シンパ事件にも触れている。共産党に活動資金を提供した小林多喜二、中野重治ら数名が検挙され刑務所へ送られたことにたいして、アメリカのジョン・リード・クラブ（マイケル・ゴールドら）やドイツ革命作家同盟（書記長ルドルフ・レン）が抗議と激励の手紙を送って来たことを述べる。第三部はこれからの課題として、労農通信文学や国際的組織への加入の問題を扱う。(6)

ここでゴールドの「ハリコフからの覚書」（"Notes from Kharkov", *New Masses*, Mar.1931）に見られる情報によって、別の大会参加者の見た「ハリコフ」の様子を覗き見したい。

一九三〇年十一月四日、資本主義の国を後に、赤旗を掲げる薄暗い税関へ入ると、眠たげな赤軍兵士二、三人がぶらぶらしている。「これが革命だ、さえないし、普通だ、夢ではない、一億五千万人のいつものパンとキャベツのスープだ」。
五日、私はまだモスクワにいる。会議が始まったというのに例の如く遅参である。やっとのことで今夜のハリコフ行の切符を得て、駅で大会に出席する二人のロシア人を見つけ、同じコンパートメントになった。運よく彼等は英語を話した。ひとりはモスクワ大学の英米文学教授で指導的マルキシズム評論家、もうひとりはドイツ文学の教授である。彼らの大量の食糧と私の上等のアメリカ葉巻とハーモニカで一晩中盛り上がった。話題はドライサー、シンクレア、ドスパソス、ヘミングウェイ、ニュー・マッセズ、ハーバート・フーバー、アルカポネである。

七日、ハリコフに着くと、今日はロシア革命十三年目の記念日で、大会もこの行事に参加した。われわれは観覧席で群衆のパレードを見物した。ハリコフは美しい清潔な百万都市でウクライナの首府である。大会に最大の代表団を送っているドイツは観覧席でも人目を引いた。詩人のベッヒャーとレンはドイツ赤色戦線のメンバーで、ユニフォーム姿で拳骨を振り上げてパレードに「ロート・フロント!」と叫んでいた。

九日、これは二十の異なる言語を話す二十の国々の男女の集まりであるが、「中国、アメリカ、ドイツ、ソ連、日本、英国でも問題は同じで、たがいに理解することができた。われわれは共通の世界の個々の単位としてここを訪れたが、歴史や体験の共通認識を持っている」。「新しい文学の形式は(だれか批評家の理論からではなく)新たな世界的な(普遍的な)心情の産物として現れる」という実感をここに集まった者みなが分ち合い、これをすべての芸術における新たな偉大なプロレタリア形式の出現と見ている。

十一日、中国、日本、スイス、チェコスロヴァキア、ハンガリー、リトアニア、フランス、ドイツ、エジプト、英国、アメリカ合衆国、ポーランド、ルーマニア、ソビエト・グルジア、同ウクライナ、同ロシアの代表の報告があった。我々が『ニュー・マッセズ』でやっているのと同じように、ブルガリアの詩人が自国のニュー・ヒューマニスト(New Humanists)に抗議し、中国の小説家が自国の時代遅れのブルジョア・インテリゲンチアのばかばかしさを非難し、エジプト、ハンガリー、日本、ウクライナの代表が文学におけるプロレタリアの主題や形式や目的を追求するのを聞くのは、「不思議で、胸が躍る」ことであった。

十二日、ドイツ代表が興味ある議論を行ない、みなそれに参加した。それはわれわれ『ニュー・マッセズ』馴染の、「革命運動における小ブルジョア知識階級の立場について」ドスパソスが始めた議論であった。

ここで驚いたのは、大会は同伴者らにも門戸を開き、すべて友好的な知識人らを革命の陣営に入れることは至って重要、という大筋を宣言したことである。

同伴者ら（fellow-travellers）にたいしてすべてのドアは開かれねばならない。彼らが必要なのだ。彼らがブルジョア的思想でわれわれを腐敗させるなどと恐れてはならない。そのような恐怖は（われわれの）未成熟のひとつのあらわれであり虚弱のサインだ。本道を進み続けるわれわれ自身の能力を自分で疑うようなものだ。(7)

しかし同時に大会は、プロレタリア作家らを刺激する可能なすべての努力が必要だと宣言した。鉱山、工場、農場の広い基盤に立つ労働者の通信に始まる労働者自身によって書かれた新しい文学が育てられねばならない。これは、これまで何世紀にもわたって口もきけず耳も聞こえなかったプロレタリアの巨人が自分の声を挙げるという偉大な新しい歴史的な出来事である。蓄えられていた精力と情熱が革命によって目覚めるのだ。この二つの任務はどちらも重要である、というのが会議の主張であった。

十三日、ドイツからの参加者二十八歳のグレイザー（Ernst Glaeser）をドイツのヘミングウエイ、ドイツのヴァレンチーノと紹介し、自分や彼を含む数人の仲間らの愉快な交流を語る。

十五日、I like……で始まるいくつかのパラグラフで、ここでのさまざまな好ましい体験を書き、こういうことを書くのは「ロシアは陰気なところで労働者は暗い奴隷だ」ということを聞いていたからだ、と言う。「奴隷労働者」と言うなら、それはガストニアの職工やニグロやピッツバーグの週七日働く鋼鉄工だ、あるいはこの冬パン行列に並ぶ八百万の自由で平等なアメリカ人らだ。ロシアには失業はない、あるのは労働力不足である。

十七日、何人かのロシア人作家の名を挙げ、ヘミングウェイのような作家が環境や気質や仕事の面で彼らに近いと思うが、ヘミングウェイが戦った戦争で資本家らに裏切られ理想を汚されたのにたいして、彼らは戦争を勝ち取った、彼らは失われた燃え尽きた世代ではない。ここではすべてが始まりである。アメリカではどうか、知識人らがこうも悲しいのはすべてが終わろうとしているからか。

大会は終わり、明日は一同特別列車で世界最大のダムを見にドニエプロストロイへ向う。

ゴールドの報告から長々と引いたが、それは藤森が書いていないことの面白さに触れないのは残念という気持ちからである。藤森がハリコフの日々をもっと個人的な感想も含めて直近の情報として書き残さなかったのは、「ハリコフ会議の思い出」を書いたのがずっと後であったからであろう

（掲載書の出版は昭和四十二年）。外遊中あるいは帰国直後こういうものを発表できなかった事情もあったのであろうと推測するのみである。

（2）弁証法的創作方法による「転換時代」「争ふ二つのもの」

松山の報告の中でも言及された「プロレタリア・リアリズム」についてであるが、のちに山田清三郎は作家同盟の功績の第一として「プロレタリア・リアリズムの主張」を挙げ、作品としては「蟹工船」「不在地主」「太陽のない街」に次いで藤森の「光と闇」（以下略）がこの線上に位置するとすることは一般に承認されている、と述べている（「プロレタリア文学とナルプの功罪」）[8]。

プロレタリア・リアリズムの論議は『戦旗』創刊号で蔵原が先頭に立って主張した「プロレタリア・レアリズムへの道」で始まった[9]。これは「あらゆる個人的問題をも社会的観点から見てゆくという方法」を強調し、「我々の主観―プロレタリアートの階級的主観―に相応するものを現実の中に発見する」ことが重要、と言う。プロレタリア・リアリズムへの道は「プロレタリア前衛の『眼をもって』世界を見ること」、「厳正なるプロレタリア・レアリストの態度をもってそれを描くこと」と示している。

ちなみにゴールドは「プロレタリア・リアリズム」（Aug. 1930）という一文で、プロレタリア文学理論にかんする書物や記事が、世界的現象としてソ連、ドイツ、日本、中国、フランス、イギリスその他で出版されており、「プロレタリア・リアリズム」と呼ばれてしかるべき新しい形が進展しつつある、と述べ、彼が感知したその「基本」いくつかを列挙する。①労働者（機械工、水夫、農夫、織工ら）の作業を正確に描くこと、②生きるために労働する男女の「本当の葛藤」を扱うべきであること、③「文学のための文学」ではなく「有用で社会的機能を持っている文学」でなければならぬこと、④「可能な限り」言葉を少なく、⑤「われ〳〵自身の泥まみれ」を書かねばならないこと、⑥「敏速な行動、明快なかたち、直線、言葉によるシネマ」が原則であること、⑦「労働者の生活・人生のなかの恐怖や単調さを描く」ことを積み重ねてそれが未来の希望になるということ。つまりプロレタリア・リアリズムは正直に率直であらねばならないことを述べている。[10]

蔵原の「再びプロレタリア・レアリズムについて」（『東京朝日新聞』昭和四・八・一一―一四）では、プロレタリア・リアリズムとは「プロレタリアの世界観である弁証法的唯物論に完全に依拠し、それと運命をともにする」ものであり、「人間をそのすべての複雑性とともに全体的に把握すること」が要求されている、と述べている。

ところが山田が挙げた「光と闇」の作者である藤森の「ベルリン通信」（『ナップ』昭和六・八）は、冒頭で、「我々は、プロレタリア・リアリズムのスローガンを揚棄して、現在唯物弁証法のスローガンを取り挙げなければならない時期に到達していなくはないかと思ふ」と言い、ロシアでもドイツでも今はプロレタリア・リアリズムではなく唯物弁証法という言葉を使っている、と日本の同志に報告する。

「プロレタリア・リアリズム」は「弁証法的唯物論」と運命をともにするという蔵原の言葉からすれば、前者は後者に席をあけるべき、と聞こえる藤森の発言は正確ではないと思われるが、この点についての蔵原（谷本清）の説明は、以下の通りである。

それは決してプロレタリア・レアリズムという名称で呼ばれた方向が誤っていたから、そうしたのではなく、この名称そのものが、それ自身の中にはっきりした規定を含んでおらず、従ってラップ〔ロシア・プロレタリア作家同盟〕の内部に於いてさえ、様々な、時には互いに対立するような解釈が行なわれたからである。（「芸術的方法についての感想」（前篇）（『ナップ』昭和六・八）

「弁証法的創作方法」の議論は、一九二九年十月モスクワで開催されたロシア・プロレタリア作家同盟（ラップ）第二回総会の決議から始まる。ラップ書記長にして最高の理論的指導者と言われたアウエルバッハの言葉が発端であった。さらに一九三〇年、三一年のファジェーエフの発言（『ナップ』昭和六・六に彼の「唯物弁証法に立脚する芸術のために」というレニングラード・プロレタリア作家総会での演説が十頁にわたって訳出されている）でプロレタリア文学における弁証法的創作方法の必要は断定され、藤森の先の「ベルリン通信」となったと考えられる。

このことを論ずる藤森の「創作方法に於ける唯物弁証法的方法に就いての覚書」（一九三一・八・二一）は『ナップ』（昭和六・一〇）に掲載された。

作家が唯物弁証法の世界観に立つべき事は、苟くも彼がマルキシストである限り、既定の事実だ。その点に於いて、彼は些かも他の運動者と異なる筈はない。問題となるのは、此れが特に芸術の方法論として採り挙げられてゐる事であり、同時に、その方法が如何に実際の創作過程に使用されるか――乃至、此の方法を創作の分野に用いた場合そこに如何なる創作材料の必然的処理が生じて来るか、だ。

そこで彼は、自分の実践と考察に基づく具体的方法を記す。すなわち、プロレタリア作家（真のマルキシスト作家）は、①「事物（乃至材料）を唯物的基礎に於いて見る。」②「事物を全体的に把握する」。③「事物を関連に於いて見、乃至把握する。」④「事物を発展に於いて見、乃至把握する」。プロレタリア文学芸術における内容と形式の問題はこれによって解決される、と図形や註を使って説明した。ロシア、ドイツ、アメリカでも「プロレタリア・リアリズム」という用語は用いられていないことを繰り返し、古いスローガンの下に日本の全プロレタリア文化運動が立っているという「遅れ」を重ねて警告し、弁証法的方法が全世界で唯一最高の創作方法となっていることを述べる。

これについて江口は言う、

まことに藤森成吉のいうとおり、ドイツ・プロレタリア作家同盟も書記長ルドルフ・レンを先頭に唯物弁証法的創作方法の旗の下に大きく方向転換をおこなつたし、アメリカのジョン・リードクラブもマイケル・ゴールドその他の指導の下に同じ創作方法の旗を高くかかげる。さらにこれらの諸団体の国際組織である国際革命作家同盟でもこのスローガンをとりあげそれを機関の決議として全世界にある各支部へと流したのである。ここにおいてかその支部のなかでも有力な支部のひとつである日本プロレタリア作家同盟でも、この大きな国際潮流の流れにのりスピードを上げて進む船のようにまさに当然のこととしてこの新しい国際的なコースをただひたすらにつき進んだ。

当時の作家同盟員総数はおよそ四百人であったが、（さらに江口によれば、）

およそ作家同盟員の顔を合わせるところなら、どこにいっても「弁証法また弁証法」の討議である。そして、「いかにして弁証法的創作方法を自分の書くべき作品のなかにただしく生かすべきか」という課題についての話しあいや、討論が夜を日についでおこなわれないところはないという状況である。

それなら弁証法的創作方法とはどのような創作方法であるのか、（略）弁証法的にいえば部分は全体の一部でありつねに全体との連関において存在する、したがってひとつの素材をとり上げる場合、その素材をとりまく社会状況全体との連関においてそれをとらえなければいけないことになる。

江口は、「戦争反対をテーマとしてある工場のストライキを書こうとする」例を挙げ、全社会的、全世界的な関連に於いて「完全に」描かねばならないことの大変さを語る。[11]

藤森は、自らこの理論によって「転換時代　第一部」(『改造』昭和六・一〇)という小説を書いた。「前がき」で「ヤング案のドイツと五か年計画のロシアと恐慌日本とソヴィエット支那と……」を背景に、観点や構成は全部唯物弁証法的に意図して書いた、と述べている。

作品の舞台はドイツである。中心人物「岸」は十分に藤森を連想させる。彼は「政治運動や組合運動からは完全に手を引く、芸術評論の仕事だけにこっちへ来る」という条件で、おまけに「女房携帯」でかろうじて渡独した。ドイツの総選挙にたいしてうんざりと言うのは、一昨年の自分の落選に終わった選挙の記憶からか。日本でのナップの検挙のことや、二月の総選挙、鐘紡争議、市電ストライキのことなどをベルリンへ新着の仲間から聞く。作品は(小見出しによれば)「ベルリンへ着いた同志」、日本人在住者らの「集会」、「南京虫はどこにでもいる」、五年も帰国せずドイツ女性と家庭を持ち日本人の集会の纏め役をしている酒井一家の「引っ越し」(酒井のモデルは国崎)と話は興味ある展開を示す。折しもベルリンでは第二回世界ピオニール《ピオニール》大会が開かれ、岸は熱心にこれを見聞する。(『ロート・フロント』収録の「労働児童世界大会」はこの詳しい報告である。藤森の童話「ピオの話」(『子供の広場』昭和二一・五)では、ほおじろのピオの名前の由来を語り、「ピオニイルというのは、西洋各国で組織されている共産少年団の子供です」と説明している。)

『国崎定洞—抵抗の医学者』という書物によると、藤森はベルリンで国崎(一八九四—?)と知り合い、「ドイツでの革命運動の高揚を背景に、このグループ[ベルリン在住の日本人左翼グループ]の生活を描いた」のが「転換時代」である。一年がかりで書き上げられたこの小説は発表に当たって一時ストップさせられたが、その理由は（当時在独の島崎蓊助によれば）「左翼グループに属するメンバーは何によらず、ジャーナリズム関係の機関に文章を発表する際は、関係者の同意を求めねばならないことになっていた。藤森のものも、小説構成であっても、不利な材料を提起するものとして、ナップ関係者とその周辺の五、六人の間の会合で否決されたが、その際に国崎は出席していなかったという(12)」。

「転換時代」「前がき」では、第二部、第三部を予告し、「全面的且つ全体的関連と発展のもとに書かれた相当複雑な統一体」として「読者が全三十四章を読みとほされることを切望する」とある。なかでも「ドイツ総選挙、ベルリン金属労働者大ストライキ、ハンブルグ宣伝、ロシア社会主義大建設」などが描かれる「第二章、第三章〔二部、三部か〕に至ってプロレタリア的興味が増すと思ふ」とあるのを見れば、全体として完成していたと考えられるが、これらは（出版されなかったのであろうか）未確認、未見である。ただし予告されている内容は次に控えている長編小説「争ふ二つのもの」のそれと重なるものであるので、あるいは行方不明の部分はこの長編に組み込まれるかたちで現在に伝わっているのか。

宮本百合子はこの作品について書いている。

確然とした世界観をもつプロレタリア作家が、遠く島国日本の客観的情勢を展望し、中国の新興力を鳥瞰図的に把握し、しかもソヴェト同盟に於ける大建設の地響きを足に感じながら目前に大危機を経験しつつあるドイツを見ているとしたら大小説を書きたくならない方が不思議なくらいだ。
熱情は藤森成吉を捕えた。
一種の熱情は前書にあふれている。

こう書き始めながら、読んでいくうちに感じた「相対的な不満」を訴える。前がきには「その観点や構成は全部唯物弁証法的に意図した」と書いているのに、と宮本の不満はこの点に集中する。「ドイツの状勢はその情勢だけ切りはなして説明的に」書かれているだけである。一方にベルリン在住の日本人群の日常生活が描かれているが、「革命力の高揚している」ドイツの『熱』や『匂い』のようなものは「不分離な力としては書かれていない」。

十月号の『ナップ』に「創作方法に於ける唯物弁証法的方法に就いての覚書」を書いた人にとってこんなABCは理屈としては問題外だろう。だが、実際の結果はそういう機械的な印象を与える失敗に陥っている。証拠には、あの一団の日本人の実際生活が、ベルリン大衆の革命的高揚とどういう血の通った関係にあるかという基礎的な階級的地位が、弁証法的具体的に描き出されていない。

だが宮本はこの「転換時代」や自分の「ずらかった信吉」に類する作品が、さらに数段成功的に現れる可能性に期待はしている（「プロレタリア文学における国際的主題について」『読売新聞』昭和六・一〇)[13]。

蔵原（谷本清）は、この「極めて興味ある野心的な」作品について宮本が感じたのと同様の感想を記している（「芸術的方法についての感想」（後編）『ナップ』昭和六・一〇）が、ベルリンの労働者の生活と闘争と日本人の生活を「有機的に結びつけることに成功したならば、此の作品は今まで我々のもっていなかった大きな作品となるであろう」と希望を述べ、第一部の終りに登場するドイツ共産党の労働者シュルツの存在に期待はしている。

藤森が描く酒井一家の引っ越し先の（同居の）ハインリッヒ・シュルツという「日に焼けた真っ赤な顔の、中年のドイツ男」は子供が五人に犬と猫それぞれに太った素朴なワイフという人物で、岸（藤森）はこの人物に「同志的な雰囲気！」を直観する（が、その先は（前にのべたように）皆目わからない)。

「転換時代」に続く藤森の創作作品を見ると、「支那の兄弟を救へ」（『ナップ』昭和六・一一）のあとは、帰国後発表の「争ふ二つのもの」（『改造』昭和七・六)、「亀のチャーリー」（『改造』昭和七・九)、「移民」（『改造』昭和八・一)、以下「江南燕」「老人」などである。

千田是也の依頼による「支那の兄弟を救へ」は四幕四場のアジプロ戯曲で、この年十月の揚子江大洪水による難民救済のために書かれた。中国のもっとも人口密度の高い十六の省での洪水による溺死、飢餓、伝染病の罹災民千万人という未曽有の惨禍を伝え、最終場面は東京の労働者地区の無料宿泊所での貧しい労働者らの救援募金活動を描く。

支那の兄弟達を救ふ事は、決して支那の兄弟達の為めだけぢァねえぜ。そいつァ、つまり、同時におれ達自身を救ふ事だ、なぜッて、支那の兄弟達と手を組んで戦はなけりやァいつまで経つたッておれ達ァ今のミジメな身の上から浮かびあがるメドはねえんだからな。

フランスの労働者もイギリスの労働者も支那の兄弟たちを救うために金を出し合っている。諸君も負けずに一銭でも二銭でも出してくれ、それは諸君自身を救う道だ、と言う「口上云い」とともに出演の労働者役全部が観客席へ降りて金を集める。これはベルリンで国際労働者救援会大会が開催された際（十月九―十五日）に、同展覧会場で上演された。青年親衛隊というベルリンのアジプロ隊や中国の留学生を集めて千田が稽古をつけて上演し、救援金の募集をした。千田は「僕は若い連中を集めてアジプロ隊みたいなのをつくりまして、例の揚子江の水害みたいなときにお金を集める芝居を藤森さんに書かせて、私だの、佐野碩だの、廖承志など皆んなでやったりしたことがありましたけど」と語っている。(14)

この作品は『年刊日本プロレタリア創作集　一九三二年版』（日本プロレタリア作家同盟、昭和七・二）に「支那の兄弟を助けろ！（改作）」としてほかの作家の四十余編とともに収録されている。その「序」は、一九三一年のプロレタリア文学は、「画期的な歴史的経験」にみちている、すなわち「ハリコフ会議の成果の摂取」による攻撃をもって現今の反動的文学の諸勢力にたいして答えている、と言う。ここでの藤森作品は全体にわかりやすく整えられているが、雑誌掲載のときより伏字が増加している。

長編小説「争ふ二つのもの」の『改造』（昭和七・六）掲載は帰国直後であるから、多分現地であるいは帰路書かれたものであろう。ブルジョアとプロレタリア、社会民主主義と共産主義の二つのものが争う舞台はドイツである。大戦賠償のヤング案でプロレタリア大衆が国内資本家と列国資本家の双方から二重に搾取されているドイツである。

黒子一夫の「解説」[15]によれば、中心的な登場人物は藤森と勝本を合体してモデルにしたような「赤木義雄」というインテリと彼の妻「松子」である。藤森の妻を思わせる松子に見られる作者の先進的な女性観についての言及が同解説にあるが、（戦後の『悲しき愛』などに見られる病いと老齢の夫婦の姿を思えば、）赤木と松子はそれぞれ心身ともに健康で生命力・知識欲壮んな好ましい姿である。又実際にソ連へ行ってつぶさに五か年計画真っ最中のこの国を見て、「赤色救援国際会議」（藤森が体験した第二回国際革命作家会議を念頭にしての設定である）に日本代表として出席し、小村（片山潜）に会って日本の革命成就の夢を聞くのは「秦」という日本人労働者である。藤森が自分自身を「赤木」「秦」に分けて話を進めた意図はさておき、「秦」は藤森の分身である。読者は、秦を通して藤森が体験した「ハリコフ」を見ることになる。

作中ドイツ社会民主党（ＳＰＤ）がいかに反革命的、反労働者的であるか繰り返し批判されているのを見れば、また、在独の朝鮮人らアジア人同志の役割などの描き方を見れば、（黒子が指摘する[16]ように、）藤森が日本プロレタリア作家同盟の方針とハリコフ会議の決議（先出の「日本に於けるプロレタリア文学運動についての同志松山の報告に対する決議」の最後に付けくわえられた八項目のうちとくに「六、七、八」）に忠実であったことが明らかである。

そしてなによりも（黒子の言う）「社会主義＝共産主義社会が近々実現するであろうことを信じていた、と思われる」（当時の）藤森の楽観主義、楽天主義が全編を覆っていることをあらかじめ念頭に読者はこの作品に接しなければならない、と思う。勝本によると「昭和三、四年には、日本では『日本革命近し』という考えを、非常に多くの人がまじめに考えていた」そうである。[17] しかし藤森がどの程度そのような考えに傾いていたのか、実際に「革命」の成果を見たり感じたりした「外遊」においてその確信（？）の度合いは高まったのか、などは不明である。

あらましの話の流れは――ベルリンとハンブルグを舞台に展開されるサスペンスもの風の冒頭部分では船員の労働状況に関する議論も聞かれるが、ハンブルグ港で「大正丸」を脱船した秦が、赤木や朝鮮人同志らの助けを得てソ連へ潜入するところがひとつの主筋であろう。ベルリンの金属大ストライキに遭遇しその空気をむさぼるように吸収しようとする赤木であったが、不慮の盲腸炎で秦とのソ連行きが不可能になる。そんな失意の赤木に松子は言う、「同じ日本人でも労働者はモットじッくり構えている。一生懸命で骨を惜しまないのはいいけれど、短気で、じき興奮したり悲観したりイライラしたりするのは、インテリ的特質よ」。

全百四十頁中七十頁を占めるここまでの後、秦は四日間の航海後クローンスタットの軍港を見る。

……四日目の朝秦が食堂へ行くと、思ひがけなく、正面の幾つかの硝子窓へ壮大な眺めが展開してゐた。灰色の煙つた遠くの海上へ、大きな緑色の大頂を中に包んで一杯にひろがつた戦艦のマストのやうな物。つづいて左手の海中へ、赤い煉瓦で積み上げた、潮風にくろづんだ、四角な巌丈な、廃墟のやうな大要塞が現はれた。
「いよいよロシアか？」

革命の発源地レニングラードが予想外に暗く乱雑であることを観察し、夜汽車で着いたモスコオも火事場か大震災後の東京の街のようで、ここから新モスコオも新ロシアも建設されるのだと知る。これより舞台はソ連とベルリンが交互に描かれる。

ベルリンでは、松子は労働者のケーテとハンス（KPDドイツ共産党の同志で同棲している）と友達になる（この二人とその親たちは、「転換時代」のドイツ共産党の労働者シュルツに蔵原が期待したような希望的な存在と見てよいのだろうか）。

秦は各国からの百人近くの代表らとともに専用列車で×××市の赤色救済会の国際会議へ赴く。看板などに使われている文字はもう「大ロシア語」ではない。「茫漠と拡がつた大平野」のこの地では、「モスコオの寒さをウソのやうに感じさせる暖かい空気と、燦々とした金色の日光と、健康な土の匂ひと香ばしい材木の香ほりの中に社会主義建設五年計画の大工事の一つが進行してゐた。」革命十三周年記念日には市の人口の半分以上の三十万人がデモ行進に参加した（もちろん××市はハリコフで、藤森は禁止されていた自分のソ連行きをあえて明かすことを憚ったのであろうか、それとも伏字は編集者または検閲によるものか。ともあれこの地の空気や日光や土や材木の匂いは読者にとっては待望の「藤森がたしかに見聞した」かの地の描写である）。また、会議に出席した秦が見た各国の代表の様子は、（後述の三木清のことばを借りれば、いかにも「抽象的、類型的」ではあるが〕これも藤森の観察そのものからの描写である。

ロシアの同志は、みんな落着いて元気だつた。ドイツの同志達は、まけじ魂の鼻ッ柱の強さに特徴を示してゐた。アメリカの同志は、どこか寛潤でユツタリしてゐた。イギリスの同志は茶目でいつも戯談を云つてはみんなを笑はせた。支那の同志は、東洋人的な隠忍と熱情を抱いてゐた。フランスの代表は、皆どこかエレガ〔ン〕トだつた。秦はそれらの仲間に比べて遠慮深く、勤勉にコツコツ働いた。

一方ベルリンは雨の革命記念日であったが、赤木夫妻とハンス、ケーテとその家族との交流が描かれる。

秦は大会出席者らと訪れたドニエプロストロイで、ここに発電所や大工場や航路を擁する大社会主義都市が七―八年のうちに建設されると知る。ベルリンから直接鉄道が連絡し、大中央ステーションが出来、ウクライナの首府になるという「詩のような雄大な案」を聞かされる。

最終場面はバレー「赤い罌粟」を上演するモスコオの大劇場のロビーである。小村の言う「文化ボルシェヴィズムのいい実例」を秦も体験する。彼がドイツ入りしたときに好意的に協力してくれたドイツ人レーマン医師夫妻との再会もあり、ドイツのソビエト化にたいする期待が話題になる。レーマンは、ドイツのファッショ化について、「強い反革命的な力のないところに鍛えられた革命はありえない」というマルクスの言葉を引いてむしろ希望的である。小村は、ドイツのプロレタリアートの弱みのひとつに女性の「比較的眼をさましてゐない点」を挙げ、かつて日本の富山での米騒動では「漁師の女房連」が最初「×××を挙げた」ことを語る。小村が、ロシアの社会主義建設は見た、ついでにぜひ日本の成功を（生きて）見たい、と言うと、大丈夫、支那のソビエト運動は進んでいるし、ドイツの革命も見られる、という会話で物語は終わる。

読者は、問題の山積、道程の過酷さなどを突き付けられてため息をついてきたが、最後は今度は作者の楽天主義にまた深いため息をつく、という感じである。

この作品に対する評価は、杉山平助の、「散々の悪評で、徳永直ひとりがこれを力作と誉めた」（『新潮』昭和七・一二）という報告があるが、黒子の言う「国際共産主義運動と日本人との関係を背景に」描かれたこの労作では、ハリコフ行きも含めて作者のドイツ生活の見聞や体験が如実に語られ、やはりこれは藤森の「外遊」の「フィクション版卒論」と見てよいであろう。

ただひとり「これを力作と誉めた」という徳永直の発言を雑誌『一九三二年』（中外書房）などに見つけようとしたが、適わなかった。徳永の「プロレタリア小説はいかに作らるべきか」は、同誌に八回から十回の掲載予定で開始したが、筆者は一巻一号（昭和七・九創刊号）と二号を手にすることができたのみで、徳永が「我国に於ける優秀なプロレタリア作品の批判と研究」を論ずる場面には辿りつけなかった。徳永の関心が「唯物弁証法的な題材のとり上げ方」「組織活動と創作方法の問題」から出発し、その先、自作も含めて具体的に個々の作品を取り上げる、すなわち「今日、作家同盟が到達した観点『弁証法的創作方法』の立場から」諸作品をみる、と予告しているのを見ても、この先の彼の論述に接し得なかったのは残念である。

三木清は、昭和四年五月、共産党資金提供のため治安維持法によって（十一月まで）豊多摩刑務所に拘留され、「出獄後は、マルクス主義とかさなるところをもつ一種の『哲学的ヒューマニズム』の立場に次第に移行し、柔軟な人間把握と論理的な批評性とを持って、思想、哲学、文学、社会、政治などにわたる多面的な評論を発表した。これらにより、革命運動の挫折、転向の時代に、良識的な知識人の代表的なオピニオン・リーダーとなり、……」（小田切秀雄「三木清」『日本近代文学大事典』）と紹介されている。これが「散々の悪評」のひとつかどうか、三木の「文芸時評　文学の真について」『改造』昭和七・七）に「争ふ二つのもの」評がある。

「左翼ではどこまでも現実を求めて以前のプロレタリア・リアリズムの立場から今日の『唯物弁証法』の立場、創作方法に於けるレーニン的段階にまで進んできた」という背景を述べて、三木は、「文学の真」は「主体的真実性」と「客観的現実性」の両方の統一において初めて真であるが、従来のプロレタリア文学はそれを「あまりに一面的に客観的現実性として理解して来た」ことを指摘する。それだけでは足りないのであって、「人間は単に客体としてでなく、同時にまた主体として捉へられなければならない」。それがなければ、人間の「概念化」「類型化」という危険に陥り、「客体的現実性からだけでは作品の内面的必然性、従って真実性は出て来ない」と言う。このことを具体的に示すために、それぞれ別の意味でプロレタリア文学における欠点を示していると考えられる武田麟太郎の作品（「日本三文オペラ」「低迷」）と「争ふ二つのもの」を比較する。すなわち前者には、生きた人間描写はあるが「プロレタリア文学に要求されるやうな客体的現実性」がないので、意図しているであろう効果をあげることができない。一方、「藤森氏の作には主体的真実性がまるきり感ぜられない。思想が人間的な形態をとつてゐないからである。」かりに前者の手法を後者にくっつけてみたところで「推し退け難い内面的必然性を持つて吾々を引き摺つてゆくやうなものとはならない」。三木が感じる「藤森」とは、「抽象的」「類型的」「文学者には珍しいほど感じ方が大ざつぱ」で、「それだけ散文的になつてスケールを大きくして行くことが出来るのかも知れない」というところである。

ちなみに三木が「現代階級闘争の文学」で挙げている藤森作品名は「磔茂左衛門」「光と闇」「蜂起」であるが、三木によれば、――「マルクス主義的理論的水準からいつて政治理論に対する文学理論の立ち遅れ」から「文学理論の政治的見地への偏向乃至固定化」が引き起こされ、「理論が創作活動を発展させるかわりにそれの桎梏となる」ことがしばしば見られた。「これまでの日本のプロレタリア文学にあつては、理論が多く創作の先に立つ或は先走る傾向があり、逆に創作が理論を引摺つて行くといふやうなことが殆ど見られなかつた」、すなわち「従来のわが国にはなほプロレタリア作家として真に偉大な作家が出てをらず、また偉大なプロレタリア作品が出てゐないのである(18)」。

気を取り直して、青野季吉（「左翼文学の回顧と展望」『新潮』昭和七・一二）の意見を見ることにする。彼は「争ふ二つのもの」（と「亀のチャーリー」）を評して、「外国へ行く以前の藤森の作品には、まだ弱々しい、神経質なインテリ的なものと自然主義的な静止的なものとが付きまとつてゐたが、それがほぼ成算されたかのやうだ」、「意力的」「単的」となったが「軽い」「安易なもの」が感じられて来ている、と言う。「争ふ二つのもの」については、「さまざまな人間の動きや、その間の結び目はかなり具体的に描かれてゐる」、しかし彼等の『運動』が作者によって「ほとんど無批判に信仰されてゐる」ことは「作品の現実性としては決して充実した感銘を与へるものではない」という感想である。

藤森の外遊中、ナップは解体し、コップ（日本プロレタリア文化連盟）が発展的に結成された（昭和六・一一）。それは藏原の論文「プロレタリア芸術運動の組織問題」（『ナップ』昭和六・六）に始まる「社会ファシズムのイデオロギー攻勢と戦うためのプロレタリアートの文化、教育活動の基本方針」の考えの実現である。野間宏は「争ふ二つのもの」を「この新しい方針にしたがって」書かれた、と評価している。[19]

ドイツ関連の感想、随筆、報告として、帰国後発表されたものは「ドイツ生活様式」、（ベッヒャー、ワイネルト、レン、ブレーデルらを扱う）「ドイツの作家達」、「野蛮人ナチス」、「同志ルドゥイヒ・レン虐殺さる！」などで、『ロート・フロント』（昭和八）『ヨーロッパ印象記』（昭和九）に収められている。「ドイツ選挙戦風景」（『中央公論』昭和七・九）は実際に見聞した前回のドイツの総選挙（得票は、一位ＳＰＤ社会民主党、二位ナチス、三位ＫＰＤ共産党）を物語風に書いたものである。

（3）アメリカを見る

ヨーロッパをあとにした藤森夫妻はアメリカ合衆国を見る。

木村毅が改造社特派員の肩書で浅原健三らとシンクレアに会った様子は木村の「アプトン・シンクレアに会う」（『改造』昭和六・九）に詳しい。彼は前田河の紹介でこの有名人に会い、アメリカの労働者、エイゼンスタイン、『ジャングル』、ステフェンズ、などを話題にひとときを過ごし、マイケル・ゴールド宛ほか何通もの紹介状をもらった。

そのおよそ一年後、パリ、ロンドンを経て北米廻りの帰途、藤森はシンクレアに会った。「シンクレア爺さん」（『人物評論』昭和八・六）でその顚末が語られている。ニューヨーク在住の画家石垣夫妻の家でゴールドも同席してすきやきをご馳走になったとき、ゴールドの紹介状をもらってシンクレアに会いに行くことになったのである。ハリコフ以来の知己ゴールドは藤森をからかって「プロフェッサー」と呼んでいた。シンクレアに用件のあるジョン・リード・クラブ派遣の若い詩人が同行し、パサデナでシンクレアに会い彼の家でも歓待された。

藤森はドイツにおけるシンクレアの人気について本人に言う。

「あなたの作物は、ドイツの左翼労働者のあいだにも大変人気があった。外国の作家であんなにドイツで沢山翻訳され、あんなにドイツ左翼労働者に愛読されてるのは、あなたとゴリキイだけかと思う」

「うん、アメリカじゃ今僕のライヴァル（競争者）がないんでね[20]」

この時シンクレアは、日本の中国侵略に続いてアメリカが軍隊を送ったことにたいするジョン・リード・クラブの抗議文に署名するのも「渋々」であったし、来る大統領選で共産党のフォスタアの推薦署名人になることは断った。自分は「限定した立場」を取って大衆の信頼を裏切りたくない、という理由であった。そこで藤森はドイツ滞在中に読んだニュースを思い出すのである。彼が「社民党あたりからキャリフォルニア州知事に推薦されて非常に恐悦した」というニュースである（自他ともに認めるように、社会主義者としてアメリカ社会党との関係も深かったシンクレアであったが、二年後このニュースは実現し、彼の落選となった）。

　このあと藤森の「拍手しない男」の英語版をシンクレアがゆっくり朗読し、同席のみなが拍手した。

　マイケル・ゴールドは藤森とほぼ同年齢であるが、一九二五年にヨーロッパを旅し新生ソ連を目の当たりにする機会を得た。ここで自分の短編集（*The Damned Agitator and Other Stories*）を出版したり、モスクワで見たメイエルホルド劇場に夢中になり、帰国して自身二作品を創作したりした。一九三〇年は彼にとって記念すべき年で、藤森と会う直前に『金のないユダヤ人』（*Jews without Money*）を出版し、ハリコフの作家大会に出席し持てはやされた。この後の彼は小説も戯曲も書かず、一九三三年からは合衆国共産党（CPUSA）とは持ちつ持たれつの『デイリー・ワーカー』（*Daily Worker*）のコラムニストとして、党の機関新聞の政治路線に沿って生涯にわたって活躍した。

　彼には「虐殺されたわれらの同志コバヤシに花輪を」（"A Wreath for our Murdered Comrade Kobayashi"）の詩一編があるが、日本の同志らの動向に無関心でなく、日本側も、ハリコフ以前にすでに、アメリカを謳う彼の詩「一億二千万」（"120 Millions"）（西村みち子訳）を『戦旗』（昭和四・一二）に掲載し、翌月の同誌には「アメリカにプロレタリア芸術団体結成されん　労働者芸術諸団体に檄す」という檄文が掲載された。これはゴールドの名前で『ニュー・マッセズ』に発表されたもので、ジョン・リード・クラブの呱々の声を伝えるものである。『文芸戦線』のほうも大谷政吉訳、大衆朗読劇「ストライキだ！」（"Strike!"）（昭和四・一二）、石垣綾子訳「金なしユダヤ人」（昭和五・六）などを載せている。

藤森夫妻はアメリカ大陸を横断してロサンゼルスに二ケ月も住み、北はサンフランシスコから南は南カリフォルニアの日本人町を見るなどして（「日本の現代芸術」『新潮』昭和九・四）、ハワイを経て[21]、帰国した。昭和七年五月十九日である。同月十一日には作家同盟第五回大会が開会後ただちに解散という騒ぎがあり、十五日には五・一五事件が起こるという騒然とした状況の中への帰国であった。彼の「帰朝のあいさつ」は『プロレタリア文学』（昭和七・七）に載っている。『ナップ』を継いでこの年一月に創刊されたコップの雑誌である。これより前、帰国してすぐの記事「世界文学運動、弾圧、連帯」（『文学新聞』昭和七・五、『ロート・フロント』収録）では、この三、四年世界各国でプロレタリア文学運動が盛んになったが、一九三〇年のハリコフ会議がそれに拍車をかけた、とまず報告する。欧米を廻って、日本ほど資本主義の矛盾がひどいところはなく、弾圧のひどさもファッショのイタリイを除けば世界一だ。日本の労働者や農民はこのような状況の中で文化・文学を発展させてきたが、国際連帯心の点ではまだ頭で理解しているだけである。「全心で、身体全体で」世界の同志らの運動を助け、こちらも助けてもらわねばならない、と説く。

江口も、ハリコフ会議以後、日本の作家同盟の活動方針はプロレタリア・革命文学国際連盟の方針に同調して決定されることになり、「日本のプロレタリア文学運動のうえにおよぼしたこの国際組織の影響はじつに大きなものとなる」と評価している。[22]

勝本はベルリンから書いている（一九三二・七・一八）。それが前田河はじめ『文戦』の書き手ら相手に彼等の誤りを指摘することに忙しい一文とは言え、「昨年のハリコフ総会及びその日本委員会は、日本プロレタリア文学にとつて、海外の諸同志との最初の、大きな歴史的握手の総会であつた」ことをアピールするものであった（「日本プロレタリア文学運動史の『癌』について―『文戦』の国際的手品―」『新潮』昭和七・一）。

（4）帰国後の明暗、「亀のチャーリー」ほか

二年半前の藤森の「外遊」出発後、その年の二月から六月にかけて作家同盟の人々が共産党資金援助のかどで検挙され、このことは遠くハリコフでも話題になった。藤森も「共産党に献金したことがばれていて、帰ればひっぱられることがわかっているので」かなり心配していた、と勝本は回想し、だから「向うでより左翼化して安全になろうという人とはぶつかった」そうである。日本の特高のやりかたを考えれば国外に出てソ連に入ってしまえば一応生命は安全であるから、国外でますますラディカルになり政治的に亡命者になる道を選ぶ人がいるが、そういうやり方は「外見上は勇敢だったが、根本はひきょうだったのかもしれない」と勝本は言う。[23]

「争ふ二つのもの」終章ちかくにドイツ人の友人の勧める煙草を主人公が断る場面がある。理由は

「つかまつたとき、たばこが吸へないで苦痛を感じたりする心配のないため」で、妻も「近いうちにつかまるのよ」と笑う。そんな国へ帰るな、こっちで働け、と言う異国の友人らに彼は「うん、でもやつぱり帰らなくちゃ」と答える。

留守中「ナップ」は「日本プロレタリア文化連盟（コップ）」に再組織され（昭和六・一一）、作家同盟は「国際革命作家同盟日本支部（ナルプ）」となり、機関誌は『プロレタリア文学』『文学新聞』が登場する。

藤森は帰国の二十日後にシンパ事件で検挙され豊多摩刑務所に三週間拘留され、保釈金五十円で釈放された（『たぎつ瀬』一〇五頁）。「コップ弾圧及び同志藤森の投獄に対するジョン・リード・クラブよりの抗議」は七月九日付けの日本政府あての抗議文である（『プロレタリア文学』昭和七・九）。「結社」に眼を光らせる治安維持法によれば「金品その他財産上の利益を提供」する行為は、「結社」の組織行為にたいする援助で、取締りの対象になる。「シンパは『情ヲ知リテ結社ニ加入シタル者』、すなわち党員と、法律上まったく同等に処遇される事になる」のであり、その罪は「目的遂行罪」である。(24) シンパは資金のほか宿を提供するなど人数や活動が広範になり、有名文士、学者、役者の多数を警視庁はこの嫌疑で検挙した。当時の記事によると、「極左系としては、最も収入のいゝ『ナップ』系文士が多かった」（「『シンパ』網と『全協』」『改造』昭和七・一二）。

同年十一月、「ソビエト友の会」に出掛けた藤森は「司法官赤化事件」関連で突然逮捕された。翌八年二月二十日の小林多喜二の拷問死の直後、二十二日、「長野県教員赤化事件」で池袋の自宅が家宅捜索を受けた時、藤森自身は豊多摩刑務所に収監されていた（『たぎつ瀬』一〇六―一〇七頁）。司法官事件で逮捕された四人の判事のうち、為成養之助について、「左翼的な文芸誌『戦旗』をもちこんだり、仲間と『共産党宣言』をドイツ語で読んだり」という記述がある。藤森が関係ありとされたのはこの辺からであろうか。(25)

多発した赤化事件のうち、間接的にであるが藤森に関係があった長野県教員赤化事件は昭和八年二月四日未明からおよそ七か月にわたって長野県下で検挙が行われ、六百余名が逮捕された。「全県の関係市町村の警察署は『アカ』と呼ばれる青年達で充満してしまった」と語るのは、山田国広（当時二十五歳、教労長野支部）である。新聞の報道によると、

長野県下における全協〔日本労働組合全国協議会〕一般使用人組合教育労働班が、小学教員に働きかけ教育労働班長野支部を組織せんとする運動は、昨年の夏左翼教員の秘密会合がアルプス山中でもよおされるなど山岳地方らしい潜行運動の後に、昨年十月ごろからようやく表面化してきた。（東京『朝日新聞』昭和八・二・二二）

「アルプス山中の秘密会合」とはものものしいが、これは昭和七年八月十七日の松本市郊外の王母家温泉での教員らの集会のことである。(26)

この長野県の事件ではナップ系の新興教育研究所（発足は昭和五・八）と全協の下部組織の日本教育労働者組合から多数の検挙者が出た。起訴は免れても、休職や退職を迫られた教員も少なくなかった。(27)「教労なり新教なりのための活動（会議を開いたり、機関誌を作成配布するなどあたりま

えのこと）が、すなわち党の目的遂行為だからという、暗黙のきめつけ」で、容疑者たる教員らにとっては治安維持法違反とはいいがかりもいいところの悪法で、一定のシナリオのもとに仕立て挙げられ、見世物にされた事件であった。(28)

先に引いた『朝日新聞』は、授業中の教壇から児童の目の前で検挙される者のことや、「児童教育上寒心に堪えざる事態」として「教育労働教授法の実施やピオニールの組織など」を報じている。かつて藤森はベルリンからピオニールについて報告したが、昭和八年当時の日本でピオニールはどの程度の存在であったのか。昭和五年の『文芸戦線』（十二月号）に「ピオニールのページ　弾圧下に成長する東京最初のプロレタリア小学校」という記事がある。東京府下、大島町の大島製鉄争議団が高等小学校から子弟九十余名を退学させ自ら教育することを始めた事件の報告である。これは特殊な事例であろうが、問題の長野県ではどのような指導がなされていたのか、昭和八年九月十六日の『東京朝日』（夕刊）の記事は、「ソヴェート礼賛、戦争反対、資本家打倒、貧乏人結束等を宣伝」するとし、たとえば尋常一年読本巻一のうち「サルトカニ」を階級闘争の説明に利用、「オニガシマ」の桃太郎の行動を反戦思想培養に逆用、のごときを報じている。

「赤色教員」らは作家同盟の二百数十人との関連が判明して一斉検挙されたのであるが、これら若手教員の多くは五年前の選挙で「手弁当で成吉の支援に駆け廻った人たちであって、その中の某が成吉宅に潜伏しているのではないかとの疑いがあったらしい」（『たぎつ瀬』一〇七頁）。

臼井吉見の小説『安曇野　四』に、穂高中心にこの事件のあらましが語られているが、事件の本源地は諏訪の永明小学校で、大正十五年六月、同村実業補修学校の教師として、東京外語学校を卒えた藤田福二の来任に端を発するというのが警察のつかんだ推定だった、とある。この人物も藤森の選挙を応援したひとりである。

昭和八年三月藤森は保釈出獄した。獄中の佐野学や鍋島貞親ら共産党指導者の転向声明は六月で、この後多くの作家が転向している。藤森の作家同盟脱退は十一月である。徳永直や渡辺順三もこの頃行動を共にしている。十二月に「判決二年、執行猶予四年」とされた藤森は、「実際運動はしないが、プロレタリア芸術は続ける」という転向上申書を提出した（『たぎつ瀬』一〇八頁）。

この前後の作品に「亀のチャーリー」「移民」「老人」「江南燕」「飢」などがある。

アメリカものの「亀のチャーリー」（『改造』昭和七・九）「移民」（『同』昭和八・一）はいずれも苦難の末に移民生活も人生も終わりに近い在米日本人の生活や人生を語る。彼等の精神的な救いや希望は、社会主義とは言えないにしてもプロレタリアの信念や期待に求められるのみである。とは言え、作者は最後の最後では、彼等の前途（そして多分将来の世の中）に一筋の光を見ようとはしている。「亀のチャーリー」と子供らに呼ばれている「中野」は、渡米してからは鉱山、鉄道、農園などおよそ日本人移民のやる労働のほとんどを経験し、今はパークで射的などのゲームを提供し駄菓子を並べる店で働いている（この種の設定は前田河のアメリカものでしばしば見られた）。そこへやってくる客の子供らとの交流は最終的には（大げさに言えば思想的に）理解しあえるという関係であった。

「移民」の方は、明治三十三年（一九〇〇）はたち前の「山田」が八十人の同郷移民の一人としてサンフランシスコに上陸し、家内労働の日雇いをしていたところ大地震に遭遇する。三年後にはロサンゼルスで農業を始め、日本から妻を迎え、一生懸命の労働が報われ始めるが、日本人土地所有禁止法（一九一三）に見舞われ、彼は金を貯めるだけ貯めて帰国することに方針を変えた。世界大戦後、日本人借地禁止法（一九二〇）で農業を棄てる。日本移民絶対禁止法（一九二四）で追い詰められ、「今度は満洲へ渡りなおすか」となるが、もはや自信はない。三十年間働き通した五十歳であったが山田は顔も心も六十くらいの老人であった。「どうしてこんなに晩年に行きづまったんだ？自分だけでなく、他の無数の、正直で人のいい移民仲間が？」

杉山平助は「争ふ二つのもの」は散々の悪評、と言ったが、「亀のチャーリー」は「彼の芸術家的素質が、洋行によつて全く傷つけられたものでないことをわずかに証明した」と風変わりな誉め方をした。藤森はきっと「亀のチャーリー」などを褒めるのは「無理論批評家の甘助」で、堂々たる唯物弁証法的作品「争ふ二つのもの」がわからんとは情けない、と憤慨するだろうと付け加えている（「昭和七年度の文芸界概観　小説壇を展望して」『新潮』昭和七・一二）。

青野も「亀のチャーリー」にはある程度の評価を示している。

この作家の心がひと頃のやうな極めて機械的な政治的なものへの追随から、やうやく文学者としての自己の『独立性』を取り戻して来たやうに見えるのは、注意されなければならない。「亀のチャーリー」にはたしかにこれが暗示されてゐるのだ。（「左翼文学の回顧と展望」前出）

一方、中条百合子はこの作品について「作者藤森はプロレタリアートといふものを全然理解せず、把握せず、実感していない」と手厳しく批判した。彼女がまず指摘したのは中野という人物の描かれ方が孤立的であるということで、アメリカの子供らにたいする彼のピオニール教育がいかにもとおりいっぺんであることを批判し、「生々した逞しい現実としてのプロレタリアートを書いて居ない」「プロレタリア小説ではない」「現段階のプロレタリアートのために、藁一本の役にも立たぬ」と続ける。

ピオニールなどといふ最も革命的組織的なものにふれつつ、それを最も非組織的に、非現実的に描くことによつてプロレタリアートの力を背後に押しかくし、そのことにおいて反動の役割を演じつつ、亀の子、子供、子供ずきの孤独な移民チャーリーと小市民的な哀愁をかなでて居る。(「一聯の非プロレタリア的作品」『プロレタリア文学』昭和八・一)[29]

藤森は、彼女の意見はＡＢＣの繰り返しである、彼女の言辞は公式的観念的である、それは同志的批判ではなく罵倒風だ、と反論した(「批評の批評」『プロレタリア文学』昭和八・二)。

小林多喜二は、林房雄の「文芸時評」(『改造』昭和八・二)は藤沢恒夫、須井一、藤森成吉あての手紙から成るが、これは中条の機械的批判に反発した同志らを自分のグループに引き入れようと図るものだ、と言う。小林は、中条が批判したこの作品の「基本的欠陥である当面の政治課題からの立ちおくれ、即ち積極性ある主題の喪失」にたいして藤森が自己批判していないことを指摘して、藤森は(「批評の批評」などで)「調停主義的見地に立つ」と見て、批判している(「右翼的偏向の諸問題—討論終結のために—」『プロレタリア文学』昭和八・三)。

中条の「反動の役割を演じ」、小林の「右翼的偏向をその翼の下にかくし」などの評言は、現在の感覚ではいささか過激という気もするが、槙本楠郎は「雑誌に発表された当時、相当物議を巻き起こした短編」と紹介し、「これが単なるエピソード的読み物として歓ばれるだけでなく、これを読むことによつて吾々に尊い実践を教へるものであつて欲しかつた」とやはり『遺憾』の意を表している(「藤森成吉氏の近業」『文学建設者』昭和九・五)。

野間宏は、この作品を「東洋人に対する人種的偏見のまきちらされているアメリカで、その帝国主義の圧迫の下で、失業と侮辱に見舞われて生きてこなければならなかった日本人の孤独と悲しみとは、亀とともにくらす主人公の人間像のなかに、しっかりと描きだされている」と評価し、宮本(中条)が指摘する欠点を突き破って「この人間の真実は、私たちにせまってくる」と言う[(30)]。今この作品を読めば、野間の評価がごく自然に共感を呼ぶのではないかと思う。

槙本の「移民」評は、「極めてイージーな形式の如くに観へながら、その取り扱ひ方は唯物弁証法的世界観に立つて」いる、と言い、理由を述べる。すなわち、日米のブルジョアジーの操る国家対国家、政府対政府のかけ引きやとり引きによって移民らが永遠の「宿命的移民労働者」の位置に投げ捨てられていることや、彼らを食いものにする国家主義団体などの巧妙な搾取ぶりなども暴露されていること、などが指摘される(前掲文)。この後も続く槙本の藤森評価は好意的であるばかりか、的確で、われわれのちの時代の読者にたいしても信頼できる道案内役を果たしている。

このころ「同志ルドウヰッヒ・レン虐殺さる」(『プロレタリア文学』昭和八・一〇)を書かねば

ならなかった藤森の身辺や心情はかなり大変だったのではないか、と思う。ドイツ・プロレタリア革命作家同盟書記長レンはナチスの家宅捜索で共産党の軍事計画に似た覚書を発見され、逮捕され拷問のあげく殺された。このニュースに接して「最初僕はまさかと思つた。どうしてあのおとなしいレンが……」と弔文は始まる。ドイツの作家ではレンとワイネルトとの親交が厚かった藤森は同志小林と前後して同じ卑劣な手段で中断された異国の友人の生涯を偲ぶ。レンは士官として欧州大戦に参じ、小説「戦争」で名を挙げたが、のちリードの『世界を震撼させた十日間』によって小ブルジョア作家から共産主義作家に転じた。彼の虐殺にたいする抗議の闘いはそのまま日本の支配階級に向けられねばならない、と結んでいる。

昭和八年『改造』(九月号)に掲載された「江南燕　一幕四場」は藤森が書いたいわゆるアジプロ戯曲の最後の一編であろう。三月に保釈出獄して年末の判決を待つ間の作品である。彼は「外遊」の第一歩で上海を訪れたあと、昭和十六年また同地を見る機会があり、三十一年には中国へ招かれて朝鮮をも見たが、「江南燕」産出の当時は資料によってのみの執筆であった。

この戯曲の「時」は昭和五年三月上旬から四月中旬、「場所」は鴨緑江近くのS市の道庁(一場)とM郡の老農夫の家周辺(三場)である。作者は付記で本来は「一幕四場」であるが、「枚数の都合上ひとまず以上だけ発表」「これだけでも一つのまとまりを持つ」と断っている。作品集『飢』(叢文閣、昭和八・一二)には全四場が収められている。第二場の時は四月十日、所は山梨県甲府、第四場は三場の二、三日後、所はM郡G村から二里ばかり離れたY町である。

通して筋書きを見ると、(第一場)ここで利害的に対立するのはM郡小作組合の農民らとE興業という会社の西鮮事務所（所長は日本人）である。会社側は楊甲善らが指導する農民側の小作権にかんする陳情に耳を貸さない。小作調停官の調停案がやっと出るが、農民側は承知できない。（第二場）この闘いの応援を求めて楊は甲府まで行き全農山梨県連合会書記長の谷と会い、県連常任委員の朝鮮人闘士劉玄が楊とともに現地へ行くことになる。谷は農民らが小作米不納同盟から不作同盟に変更したのは「敗北的解決」を早めることだと批判する。（第三場）交渉が膠着状態の四月中旬（旧暦の三月三日）、燕が一羽だけ飛んでくる。遠い江南からの長旅で疲れてうずくまっている。もう一羽は遅れている、明日やってくればいいのだが、と人々は言い合う。みな楊の帰りを待っている。そこへ会社から最後の対策を講じるという手紙が来る。「小作米不納者の財産全部差し押さえ、小作せぬ者の小作権返還」である。（第四場）M郡小作組合理事の李や部落総代が小作米不納同盟で結束しようと相談し、今日あたり応援が来ると期待している。「全朝鮮の兄弟がかうしておら達の闘争に影響され、一心におら達を見まもつてるんだ」。そこへ「顎ひも、ピストル」の巡警ら三十人が現れ、みな検束される。李「みんな！気を落とすな！おら達ァ不覚をやつたが、あとに残つてる者が代つてやつてくれるぞ」。皆が連れ去られた後、商人に変装した楊と劉が登場し、ひとり泣いている娘を慰める。燕しきりに啼く、で幕。

惨憺たる結末である。然し題名の「江南燕」や、待っている春を迎える農村の様子や人々の心持ちに感じられるのは、過酷な現実とは無縁の穏やかな一瞬の桃源郷めいた空気である。

パンフレット「三・一劇場公演　一九三三・一二・六―七　築地小劇場」によって「汎太平洋演劇交歓週間」「朝鮮演劇の夕」で「江南燕」ほかが上演された時の記録を見ることができる。出演者は「江南燕」の場合全員が朝鮮名である。「お断り」として二、四場は「現在の検閲制度のもとでは到底上演出来る可能性がない」ので上演中止とある。藤森はこの芝居を観て書いている——全部朝鮮語に翻訳され、観客もほとんど全部朝鮮人で、「ぼくには勿論まるでセリフはわからなかったが、近来芝居を観てこんなに感動させられたことはない。それは、自分が書いたものだからと云ふより、場内の雰囲気からだ」(「飢その他」『人物評論』昭和九・三)。

昭和八年『争ふ二つのもの』『ロート・フロント』に次いで作品集『飢』が出版された。前二作は発禁ののちは改訂版も出なかったし、『飢』の初版は発禁で、改訂版は満身創痍の登場であった。しかし槇本は、この時期、この状況での藤森の精進ぶりを「種々の障碍と悪闘しながら」と評価し、作品「飢」を「一九三二年初夏から真夏へかけての、関東消費組合連盟の指導下に、全国的に捲き起こされた払下米陳情運動を描いたもの」と解説する。

「飢」は詳細な調査に基づく一四七頁の小説である。作者は、扱われている事件は近年日本で起こった事実のうちおそらくもっとも人々の注意と記憶を要請するもので、「資料の蒐集や調査にはいろんな人をわずらわし」た苦心作で、「今後あんなふうなものは又出ないかも知れず……」と洩らしてしている(前出「飢その他」)。槇本は、「あの大掛かりの運動をこれだけの作品に、しかも基本的には正しい観点に立つて取扱つた事に対しては、歴史的意義をもつ雄編として推奨するに足る」と評価している。雑誌掲載の「飢」(「一、百軒長屋」のみ『人物評論』昭和八・一二)は単行本と同時の登場であるが、単行本の同じ箇所をつき合わせても元の原稿を想像するのは困難なくらい検閲の干渉を受けている。

当時の新聞に報じられているところは、七月二日早朝から加入者八万の関東消費組合連盟の代表者約五十名が農林省に押しかけ、米が不足している現状において外国に叩き売るなどもってのほかだ、「我々に一升八銭の値段で売ってくれ」「倉庫であくびをしている政府米を払いさげてくれ」と陳情した。農民代表、自由労働者紹介所代表、深川富川町の長屋代表のおかみさん、小工場代表の女工さんらも陳情に参加した。しかし大量の死蔵米を抱えながら、農林省は米穀会計法という鉄則のために無償どころか廉売もできない。八月一日には、関東消費組合系の「東京地方米よこせ会」の労働者らとおかみさんら二百名余りが「後藤農相に会わせろ」と押しかけ、丸の内署の警察隊五十名と小競り合い押し問答の末、代表が次官室に通されたが、結局救済方法は内務省へ行くべきと断られた。藤森が取り組んだのはこのような問題、事件である。(31)

貧民長屋に降り止まない長雨の季節から、飢えた人々が農林省へ米を求めて請願・陳情する酷暑の炎天下まで、指導する組合の幹部から「東京全体の貧乏人」までの老若男女がいかにこの運動にかかわったたか、ここへきて作者はかつてドイツから故国の仲間に訴えた「弁証法的創作方法」に立ち戻り精力的に書いている。題材の規模は「江南燕」を上回りながら、人物ひとりひとりの内面の陰影の描きようは、かつて言われた「照明弾」の明るさよりは初期の諸作で感じられた「灯」のぬくもりをも思わせる。

山田清三郎は、「昭和八年」の「我々の文学運動の上に落ちてきた前年度から引続く外的圧迫」の深刻さ、甚大さのなかでも、「我々の文学は、その成長をとどめることを知らなかった」と言い、小林多喜二、鈴木清、林房雄その他の作品名を挙げた中に、藤森作品では「江南燕」「地主の子」

「飢」がある（「地主の子」（『中央公論』昭八・一二）は、ドイツ滞在中の日本人青年の堕落と軌道修正の話であるが、ほかの二作の比ではない）。またこの時期のプロレタリア文学の「不振、危機、行詰り」の理由として山田が挙げるのは、この組織にするたいする外的圧力の強化、独自的刊行物活動の弱化、従来のスローガンの観念的・極左的方法にたいする一部作家らの反発、これら問題にかんするナルプの内部的不統一である（「プロレタリア文學の新段階」『文学建設者』昭和九・二）。昭和九年二月二十二日、作家同盟は解散声明を出した。「ナルプ解体の声明」の結語は言う、

このことはプロレタリア文学の放棄を意味するものではなく、今日の情勢に適応しない形式をやめて、プロレタリアのより高き発展に最も合理的な解決の途を拓くことである。自己の可能と限界との正確な認識の上に、今日最も妥当なる形式――合法的発表機関を中心とする創作グループとしての活動にうつれ、このことこそ、あらたなる情勢に於ける、さらに前進的な文学運動の再組織に基礎を与えるものである。

それは「具体的には社会主義的リアリズムの方法の導きの下に」である。(32)

同時期登場の「老人」（『文学建設者』昭和九・二）となると「江南燕」「飢」のある意味絶望的な「書き放し」とはまた別の「納得ぶり」を見ることになる。作者夫妻である「岡夫婦」は欧州からの帰途、「半生をアメリカで労働して苦労し抜いた画家」の「佐藤」（石垣）の世話である老人――金銭にうるさい――の経営するニューヨークの下宿に一週間ほど落ち着き、この都会を貪欲に

観察し体験しようとする。なかでも岡が感動したのは「ブロンクス・コルシウム」という大きな集会場で行われた「ＩＬＤ《ママ》主催のタム・ムーニィ釈放要求の大演説会」であった。十六年前（一九一六年七月）サンフランシスコの街頭で多数の死傷者を出した爆発事件があり、合衆国の大戦参加に反対する労働運動指導者のトムが偽証やフレームアップで逮捕された。死刑が無期懲役になったものの、彼は四十五歳の当時から現在まで「サンケンチンの牢獄」で自由を奪われている。この抗議集会で演説したのは「アメリカ共産党及び統一労働組合同盟の指導者フォスタア」「モルガン商会の支配人の息子でコロンビア大学で哲学を講じている少壮教授」「老画家のロバート・マイナア」であったが、一番の人気はこの日のためにサンフランシスコから駆け付けた八十幾つになるトムの母親であった。

　岡が日本人として紹介されるとまた場内は沸き返った。「タム・ムーニーの釈放運動について、われわれ日本人は特別な関心を持つ。なぜならば……」と彼は演説を始めるが、にわかに高熱の発作に襲われ倒れてしまう。ニューヨーク風景のさまざまな幻にうなされるが、なかでも下宿の老人が「黄色い猿め！」と人事不省の彼を苛む。二日後やっと意識が戻った彼は佐藤から老人のこれまでの「侮辱と反感と冷淡」が、演説会のことを聞いて急に愛想がよくなり親切になった、と聞かされる。岡は、余分のサービスにたいして金を受け取ろうとしない老人にオランダで求めた木靴の形のパイプを贈った。「左手へパイプを持ち換え、くさい煙を佐藤達の顔へ吹き付けながら、老人は骨だらけの右手を突きだした[33]。

　この作品は『われらの成果　新鋭傑作十七人集』（三一書房、昭和九・一〇）の冒頭に収められている。あとの十六人の中には山田清三郎、中条百合子、林房雄、島木健作、武田麟太郎、徳永直らがいる。巻頭の「ことば」は、プロレタリア文学運動は不幸にして輝ける伝統の組織を失つたが、それは作家活動の弱体化を意味するものではない、と言い、「小児病的なわめきや、思ひ上つた自己陶酔」は清算され、「現実の無慈悲なる直視、人間性への突進」をもってわれわれの文学は新段階に入った、と宣言している。

ところで「弁証法的創作方法」(と「創作活動と組織活動との弁証法的統一」)の考え方は、やがて日本ばかりかドイツ、アメリカ、ソ連のロシア・プロレタリア作家同盟でも「この問題は全世界のプロレタリア文学運動、革命作家たちの考え方や、創作方法、組織行動を多かれ少なかれ例外なしに混迷と停滞とにおとし入れていった」と見なされることになった。弁証法的唯物論という哲学上の考え方をまったく性格の異なる文学の領域に持ち込んだことのあやまりが指摘され、とくに文学の分野においてはゴーリキーの発言(一九三四年八月十七日、モスクワ、全ソ連邦作家大会の開会の辞)があり、「社会主義リアリズム」こそが革命的なプロレタリアートが採用すべきもっとも正しい文学方法である、ということに落ちついた。そして「弁証法的創作方法の大旋風」は全世界から姿を消した。これでほっとしたのは(宮本百合子も含めて)日本の作家同盟のみではなかった、と江口は回想している。[34]

中条百合子は「社会主義レアリズムの問題について」(『文化集団』昭和八・一一)のなかで、日本のプロレタリア文学運動を指導してきた創作における唯物弁証法的方法のスローガンは、「世界の現実を見る、より高い目を作家に与えた点」、決して無視できない歴史的成果をあげている一方、その「機械的適用」という欠陥があったことも見逃せない、と自己批判し、「社会主義リアリズムの問題に関する国際的討論に参加する」という決意を述べている。これは『文化集団』が「新スローガンの検討のために」の見出しでまとめたもので、中条のほか何人かがそれぞれの立場でこの問題に立ち向かう姿勢や感想を伝えている。

山田清三郎も弁証法的創作方法については「歴史的に一定の積極的意義あるものであったが、それはまた一方に於いて、非常に重大な否定的効果をもたらした」と述べている。そして新しい旗印「社会主義的リアリズム」を「曽てのプロレタリア・リアリズムを、一層発達させたもの」と要約する。プロレタリア・リアリズムが作家に「階級の主観——イデオロギーと世界観を、恰も先決的なものであるかの如くに要求している」のにたいして社会主義的リアリズムは「生活の現実の正しい芸術的反映」ということを指示することによって「イデオロギー的、世界観的には或は後れ、或は動揺的な作家たちを含めて、複雑な創造上の道を照らしている」という説明である（「プロレタリア文学とナルプの功罪」(35)）。

『われらの成果』が巻頭で言う「新段階に入った文学」について、野間の発言は、

転向文学は、自分の転向の意志を表明し、思想的に転向して新しい思想を求める文学ではない。あくまでも共産主義運動マルクス主義思想の正しいことを信じ、それに前進しようと考えるが、自分自身の弱さを振りかえり、たたかい敗れた自分を徹底的にみきわめ、自分の限界をさだめて、その限界内に於てあくまで良心を守り、生きて行こうという決意にいたる自覚を追

求した文学である。

　この転向文学を通じて、作家同盟解散後出獄してきた作家たちは、そのたたかいの敗北のあとをふりかえり、政治的には没落しようともプロレタリア文学はすてることなく、作家としてたたかいつづけるという、心をとりかえして行くのである。転向文学にかぞえられる作品は一九三四年に於ては――


と数え上げたなかに藤森の戯曲「雨のあした」(『文学評論』昭和九・九)がある。(36) 小田切秀雄は、日本のプロレタリア文学運動の解体・転向の時期と重なって「社会主義リアリズム論争」が進行中であった昭和九年、村山の「白夜」、立野の「友情」、藤森の「雨のあした」に続いて一連の転向文學が登場し、転向論争がなされるようになった、と言う。(37)

「雨のあした」の登場人物は、転向して執行猶予五年の人物「竹田」とその妻子、政治犯の息子が函館の刑務所に入っている知り合いの老婆である。妻が言うには、政治運動はやらないが絵を描いたり文を書いたり舞台装置をやることはかわらない筈なのに、彼は鬱々として眠れないし、なにも手につかない。老婆にいくらでもほかで仕事ができる人だと励まされても、竹田は「〔これまでの仕事を〕あやまると同時に、仕事の自信もなくした」と言う。妻は「融通が利かな過ぎる、普通の人なら苦しまないところを、あなたはいつまでもこだわって苦しむ」「あなたはインテリ的に生真面目すぎる。自分を責めたり反省するのもいいけれど、いくらしたって仕事の役にも立たない」「むしろ今度のことはあなたにはいい経験」と励ます。連想されるのは「赤木松子」である。一方、

『野生の呼声』を読んでいた娘が「ああいう犬を飼いたい」と言うと、

竹田　飼ふより、ああ云ふやうになるほうがいい。

娘　お父さんこそ、あの犬みたいに強くなつてよ。

父と娘は卵三個ごと屋根から落ちてしまった雀の巣を「また生み付けるかもしれない」と、もとのところへ戻してやる。「静かに幕」。

藤森自身は「転向のことを書いた」とあっさり言うが（「劇作家の椅子　九」）、杉山平助は「弱々しい自己疑惑と、自己弁護が溜息をついているのみ、病人の自ら慰める歌のようなもの」と評した（「転向作家論」『新潮』昭和九・一一）。亀井勝一郎は、主人公が「唯々非常に大きな精神的敗北をクヨクヨ、色々様々に苦しんで」いる描写でとまっている、と言うが、立野信之は、しかし、「自分を投げ捨ててない、少なくとも上に向かはうとしてもがいてゐる」と見る（「合評会」『文学評論』昭和一〇・一〇）。

昭和十五年の藤森自身のことばであるが、「執行猶予となり、転向する。それは当然だらうが、それまでの面目はまるつぶれになつた。面目などあると思つてゐたのがまちがひかもしれぬ」（「文学のために（自伝）」）。案外これは正直な発言かもしれない。

林房雄によれば、「全国の転向者は約六万」、これは裁判所または刑務所を通過して転向した人数である。これだけの多人数が転向したことは「個人的な偶然」ではなく「大衆的転向を生むだけの社会的な原因が日本には存在していた」と言う。林は「自己卑下」や「負け惜しみ」に触れ、転向の困難は「思考の習慣と感情の未練がいかに清算し難く払拭し難いものであるか」を語る。[38]「面目はまるつぶれ」と言う藤森のことばはかえって彼自身は「竹田」のように落ち込んでばかりでなく、むしろあっさりとこの状況を受け止めているような気もする。野間は、転向作家らでこの際「自分自身を文学的に検討しつくそうとしたものは少なかった」「一挙に〔彼らを〕私小説にむすびつけたということも考えられる」と述べているが、藤森の場合やがて「歴史もの」というかたちで道が拓かれることになる、と考えてよいと思う。

この時期の藤森を観察する発言二・三を見ると——

伊藤貞助はナルプの解散に断固抗議し「中央部諸君」を非難する立場で、藤森を一人の個人の例として槍玉にあげる。彼は「プロレタリア文学運動が華やかな開花期に入らんとする頃」陣営に加わった、「嵐が来て、冷たい風が吹く時が来るや、燕のようにドイツへ去った」、「独逸にも冷たいヒットラーの風が近づき、日本には一応の整理後の静けさが来たかの如く見える時」帰国した、そして「鮮やかな、ジャーナリスチックな転向ぶり」。伊藤は藤森を良心ある進歩的インテリゲンチャにして虚栄心のある弱い人間と観察する（発表名は佐分武「社会主義的リアリズムか！日和見主義的リアリズムか！」『文化集団』昭和九・四）。伊藤は『文化集団』の創刊（昭和八・六）にもかかわったが、この雑誌には藤森の「異論」で始まる葉山嘉樹との「云い合い」のごときも見られる。

宮本百合子の不満は、（それは諸家の意見でもあるが、）転向者らの肝心な転向の過程とそれ以後の思想的傾向が発表作品の中で明らかにされていない、ということであった。

本当に、文学における才能や作家としての閲歴のある村山、藤森、中野、貴司その他の人々が自他ともに大きい（十三字伏字）[39]経験の中から、どうして人の心を強くうち、歴史というものをまざまざ髣髴せしめるような制作をしないのであろうか。

最後まで転向しなかった彼女にとって、彼らの「大きい……経験」が優れた文学作品を生み出さないのが理解できない以上に「残念だった」のではないだろうか。また彼女は、転向は個人的な問題であると同時に「普遍な問題」を含んでいる、「インテリゲンチアの小市民性」が弱点という結論では納得できないと、次のように述べている。

運動が合法的擡頭をした時代に階級的移行をしたインテリゲンチアが、文学上の名声という特殊性もあってまだ十分自分らを階級人としてこね直しきらないうちに、情勢の方はさきまわりして客観的にはそれらの人々がすでに一つ前の時代のタイプとなり、その破綻が転向という形態で、今日現わされてきている。（「冬を越す蕾」『文芸』昭和九・一二）

藤森が文中のインテリゲンチアの一人であることは否定できない。当然藤森も自分にかかわることのような現実を承知しており、それを「もし私が二十年を晩くうまれたら、或は二十年早く今の時代が来ていたら」という角度から考えるのであった。

青野は、「世にもおびたしい転向及び転心」の直接の動機の奥にひそむ「個人的の条件」に注目する。

日本資本主義の歩みが極度に圧縮されたものであつて、したがつて日本のインテリゲンチアの経て来た道が、いかにもあわたゞしい迅駆的なものであつたと云ふ事は、この社会層の心理・意識の内実において、さまぐ〵なものを沈殿してゐるが、その中で分けても特徴的なのは、彼らの生活感情と彼らの意識との乖離ないしは彼等の生活感情と彼等のイデオロギイとの不一致と云ふ動かせない事実だ。（略）〔そして第二には〕彼等の生活意識にも、彼等のイデオロギイにも或は公然に或は隠然と、また意識的に或は無意識的に、さまぐ〵な時代に生命を持つてゐた思想なり、観念なりが、あくまで残存してゐることであり、依然としてこびり付いてゐることだ。（「日本インテリゲンチヤの特殊性を論ず」『改造』昭和八・一二）

青野は「ひと時代まへに育つたインテリゲンチヤ」「河上博士の転身」を例に日本インテリゲンチヤの特殊的な性格がその動向に特殊的なものを与える、と結論している。このような論を聞くと、藤森における前時代の遺産というようなものは、彼が二十年おそくうまれたとしても、根づよく彼を捕え続けたのではないかという気もする。

作家同盟解散後、歌人の渡辺順三を中心とする『文学評論』（ナウカ社）が始まり、藤森はこれに拠った。前後して『文学案内』『文化集団』『人民文庫』などが創刊されたが、渡辺は『文学評論』が「いつの間にかプロレタリア文学の流れの中心に立つような形になってきた」と回想している。そして「大体において従来の作家同盟は政治主義的偏向がつよかった。（略）そのために必要以上の弾圧を受け、文学そのものとしても発展しなかった」が、今こそ正しいプロレタリア文学運動として再出発すべきだ、という方向で一致したのではないか、と述べている(40)。

『文学評論』（昭和九・八）に「『プロ文学の動向を聞く』座談会」が掲載され、出席者の筆頭は藤森である。渡辺の司会で旧ナルプ時代の思い出が語られる。「全体的に、窮屈な組織から解放されたと云ふ点では盛んな見透しがあるが、一方から云ふと暗い見透しもある」と藤森は複雑な胸中を語る。「〔昔は今以上の弱点と混乱があったが、〕今は欠点を曝け出して、それから出発しやうとする所に非常な発展が約束されてゐる」と明るい先行きを語るのは林房雄である。彼は「文学は、経験ある作家が指導しなければいけない。さういふ点で藤森さんなんか大いにやつて貰いたい」とも言う。話が最近の作品に移り、徳永直は「人間一人書くのは大変な事」で、これはナルプ時代から言われていたことであるが、「小説は人間で、その人間の中にその時代が反映し、性格の中に社会の状態が現はれて来ること、其処に小説の根本があるので、それを書かなければ吾々はプロレタリア小説を書いたと云へない。主題の積極性は其処に生きて来なければならない」と言う。（徳永はこれより前にも『改造』（昭和七・一二）の「文芸時評」で「プロレタリア文学こそ『人間』を描くのだ」という主張を述べている）。

林　小説は『時代』の情勢よりも、人間の内的情勢を掘りさげることを狙えばいい。〔それが」時代の情勢をもつとも正確に描くことになるから。

藤森　それには僕も賛成だ。人間の心理や性格を掘つて行くと、それが生き々々とあらゆる複雑さに於いて描かれれば、其の中に凡ゆる時代的批判が生まれて来る。

林が「若き日の悩み」「研究室で」であのころは藤森が「人間の内的情勢の方に非常な興味を持つて一所懸命に描いて居つた。それが作家としてただしいのですよ」とまとめる。

翌年の新年号で藤森は「二つの問題」という論文を発表し、徳永の「転向作家とは何ぞや」上下（『読売新聞』昭和九・一一・四―六）について発言している。徳永は「政治的活動において転向した、ないしは転向させられた」実にたくさんの人々の筆頭に藤森をはじめ村山、中野、林、須井、島木その他「とても数へきれない」名前を挙げ、むしろ転向しなかった蔵原惟人、小林多喜二、宮本顕治、中条百合子その他を挙げた方が早い、とまず述べる。そして「転向作家」であるかないかを識別できるのは、その「作品」ないしは「文学理論」において彼が反プロレタリア的であるか否か、ということによってのみである、と説明する。これは藤森も認めるところで、徳永が『転向作家』と認めた人々に対する態度」について藤森はさらに言う、仲間を「転向作家」「反動」と呼ぶ場合は「すでに全く文学運動から脱落した者、或はファッショ等の文学陣営へ走つた者達に限るべきではあるまいか？」このような名辞を簡単に相手に張り付けることを慎むべき、と言うのは、「これらの名辞はわれわれに取つて最後の切り札であり、すでに絶縁と戦ひを宣したに等しい」からである。ハリコフ会議におけるバルビュスの扱いを例に挙げての、「転向」「反動」のレッテルの経験者の発言である。

また、ナルプは大衆組織としては超党派的でなければならなかったが、当時叫ばれた「文学の党派性」の問題が躓きの石となって、ナルプとその指導部をセクト的なものにしてしまった。しかし組織の超党派性と文学の党派性は統一できない矛盾ではなく「反つてその統一においてのみ組織も文学も成長し」得る。もはやその組織はないが、それでもこの問題の意義は消えない、なぜならこの一、二年におけるプロレタリア文学の転換は著しい現象で、「自由主義的」作家[41]がプロレタリア文学の中に一層強くなるであろうし、いままでプロレタリア作家であった者たちが単なる進歩的作家等に転化して行くであろうし、このような情勢に対応するのに「ナルプ時代われわれはすでに幾たびもの誤りを犯し、然もいつも所期と反対の結果を将来したにすぎなかつた。この経験はふかく生かされなければならない」と結ぶ。

もう一つの問題、と言うより提案は、「全く懇親的社交的なものであつていいから、進歩的作家中心のクラブをつくれたらと思ふ」ということである。彼の考え方や意見がかなり懐の深いものになってきた、と感じられる。

『文学評論』は昭和十一年八月号で弾圧により廃刊となった。左翼劇場が解散（昭和八）した翌年、新協劇団が大同団結という形で結成され新築地劇団と並んだが、この二つの社会主義劇団も昭和十五年夏幹部総検挙によって強制解散となった。このようにして、作家藤森（やその他多数）はその活動拠点とも言える発表の機関を失い、いわば手足を拘束された状態に追い込まれてゆく。

この時期の藤森の執筆以外の活動として、昭和二年に訪ソした秋田雨雀発起の「ソビエト友の会」(発会は昭和六・六)の書記長に推され、雑司ケ谷の自宅を会に寄付したり(地代不払いで没収される)、無産者中央病院設立(趣意書発送は昭和八・一)の賛助をしたりした(計画は実現しなかった)(『たぎつ瀬』一〇六—一〇九頁参照)。解放運動犠牲者救援会は国際赤色救援会日本支部(モップル)となったが、藤森はやがて会長になり生涯その活動を支え、自分の葬式の通知は親族以外は救援会のみに、と周囲に伝えていた(『同』一二〇五頁)。

マイケル・ゴールドは「一九三〇年代に展開された(合衆国の)諸状況の概観」を語っている。経済的危機の問題はあるが、一九三〇年三月六日の共産党指導による百万失業者の全国的デモが要求した民主的権利としての失業保険によって、この十年間は敗北主義や絶望のではなく社会闘争の十年になり、T・S・エリオットや失われた世代のではなくマキシム・ゴーリキーの十年間になったと、報告する。多数の知識人や中産階級が問題解決をマルクス主義や共産主義に求めた。多数の作家が不況の年月に急速に変容し、一九三五年に彼等の組織委員会が招集された。その他の会議がさまざまな芸術の分野でなされ、これら組織から文化的ルネッサンスの核が形成された、連邦芸術プロジェクトが政府によってはじめられパイオニア的左翼グループが国家的運動としてこのルネッサンスの中心になった、という流れの報告が続く。(42) ルーズベルト大統領没年の一九四〇年までのアメリカの文化面の概観であるが、日本の三〇年代、ことにその後半と比較すれば、これから藤森らが直面する諸状況の窮屈さが思われる。

第六章　彼の「ライフワーク」一九三五―

（1）「渡辺崋山」など歴史もの

藤森は『渡辺崋山――夜明け前のエレジー――』（造形社、昭和四六）の「序」で、三十余年前の自著『渡辺崋山』（改造社、昭和一〇）について、「その執筆は、ぼくが外遊直後政治関係がバレて逮捕され、執行猶予のため現代小説を制限されたため、ヨリ自由な歴史小説に向かったからでもあった」と書いている。昭和十年当時の彼は千葉の田舎で何か月も長編「渡辺崋山」に没頭していた。最初の二百枚足らずを『改造』に掲載し八十枚ばかりを『文学案内』と『文学評論』に載せたほかは、すべてここに発表する、と改造社版の「作者の言葉」は言う[1]。

これから敗戦に至るまで集中して歴史ものの作品が多くなる。主として江戸時代、それも幕末から明治維新にかけて激動の時代に点在した（知名度のある、またはあまりない）人物をすくい上げ、小説や戯曲の形で書きたいことを書いた、あるいは書けた。このあたりのいきさつは『たぎつ瀬』（二一五―二一六頁）に語られているが、「昭和九年公判にあたって予審判事に言われたこと」とは、藤森自身の記述では以下の通りである。

十数年前、ある機会にあるひとからいはれたことがある。

「もうそろそろ、ライフ、ウワァクに取りかかるべき時期ではありませんか？」

そのとき私はおもはずハッとした。いや、むしろドキッとした。まつたく今までなにをしてゐたのだ？

必ずしも仕事をしてゐなかつたのではない。が、すべてを抛ち、この一筋に全生命をかけた道が、今までの程度のものでいいか？もし今いのちを終へるとしたら、はたして晏如として目がつぶれるか？（「歴史の河」第一冊序文、一九四七年春）

この文が書かれた昭和二十二年の「十数年前」とは「外遊」から帰国したころである。昭和七年五月の帰国からしばらくは共産党資金援助事件から長野県教員事件まで身辺は騒々しく、そのころの落ち着かない様子を彼は語っている。外遊帰りということでの「質問責め」ばかりか、「刑務所などに引張られ」「作家同盟の仕事をさせられ」「『ソヴェート友の会』の責任者にさせられ」新協劇団の結成などで時間を取られ、という具合であった（「自分にいひ聞かせる感想」昭和九・一〇『風雨帖』所収）。

ライフワークについて彼が具体的に考えたことは、「外国の巨匠と真に匹敵するにはどうしても長編と取っ組まなくてはならない」ということであった。実際短編は多数書いたと言っているが、改めて彼の長編は、と考えると（これから書く『渡辺崋山』が筆頭に挙げられるが、）作品名は即答できない。ともあれ彼は長編に着手することになる。長編を書く、書かねばならない、ということは彼にとっては若いころからの課題であり念願であったはずである。この頃「男子一生の仕事としての長編」を若い作家らにすすめてもいる（「新人に与ふ」『文芸』昭和一〇・二）[2]。

あるひとに言われた「ライフワーク」の言葉に断然態勢を立て直してからの「十数年」であった。「渡辺崋山」「シイボルト夜話」に始まり、「三十何篇かの長短編小説、長短編戯曲を書き踵いだ十数年間」であった。「時代の圧迫」があり、歴史ものだからこそ書きつづけられたのだが、それは「ある意味では私の心身にあまる仕事で、ときには疲れ果てた。が、そのくるしみのなかにも、いや、くるしみに私は生き甲斐を感じた」（前掲「歴史の河」序文）。藤森は転向の敗北感や挫折感とは程遠い沸き起こる解放感や期待感をもって「渡辺崋山」を開始した、と思う。「疲れ果てた」という仕事の難儀以上に、作家として人間としてある意味ぜいたくな時間を過ごしたに違いない。それゆえに読者大衆はこの「堂々たる」「男らしい」[3]作品を歓迎し、巨大なライフワーク号の進水は順調で、作者の苦心は報われた、と考えたい。

なぜ「崋山」を最初に選んだか、崋山は「日本歴史のなかで作者が最も愛する人間」で「その生涯は、ある意味で現代に通ずる先駆者のそれであり、最後の悲劇も時代と性格の犠牲の気がする」からである。日本人すべてに愛されいつまでも読み返される「国民文学」的なものを書きたい（改造社版『渡辺崋山』「作者の言葉」）という気持ちもあった。また「崋山に興味を持ったのは、学生時代、京都の博物館で非常に色の美しい、鮮やかな崋山の花鳥を見てからのことです。（略）彼の絵が好きではいって、それから日本の開国運動の先駆者であり犠牲者であるという両方が結びついて、大変な崋山気違いになったのです[4]」と自ら言うように、早い時期からの個人的・趣味的傾向も大きなきっかけであった。なにしろ彼が日本画を先生について学び始めたのは小学校入学の前からであった。

昭和四十六年の『渡辺崋山』は、改造社版の全六八三頁を二段組みで三〇三頁に改訂しているが、その「序」によれば、昭和十年の『渡辺崋山』は「さいわい甚だ迎えられたが、その後ぼくは大いに飽き足りなくなった」そうで、「冗語的表現」を廃して「日本語の特色を生かした簡潔（と余韻）の表現」に改め、作中の誤りいくつかも三十年間の自他の研究によってすべて正した、と言う。そこで、崋山を扱ったほかの二人の作家について、杉浦民平はたとえばそのニヒリズムのゆえに、石川淳は観念的人生観のゆえに、つまり「作家の態度」が正しくなければ読者に誤った印象を与える、と批判する（『渡辺崋山　夜明け前のエレジー』「序[5]」）。

このあと戯曲「シイボルト夜話」「三十年」「転々長英」「江戸城明渡し」「上野の戦争」「若き啄木」「陸奥宗光」「幡随院長兵衛」「大原幽学」「頼山陽」「若き日の山陽」が発表され、ほとんどが（昭和六年五月旗揚げの）前進座によって上演された[6]。神永光規の解説によれば、これら作品には「動乱の時代の苦悩やカオスを進歩的な先覚者の事跡に仮託して、新社会の成立過程や構造の矛盾をあばこうとする意識」があり、現在の時代に距離をおいた歴史の検証は「検閲の目から逃れた中での反抗」でもあった。昭和九年以降、十五年の劇団強制解散の頃まで「社会主義史劇」は一種のブームとなり、藤森の連作もこのような流れの一つと見られる。[7]

戯曲「シイボルト夜話」の主人公は国外追放によって日本を去るシイボルトであるが、注目は高野長英である。文政十一年（一八二八）長崎出島で始まるこの戯曲で、二十五歳の長英はシイボルトに師事する貧しい学生である。彼は第一幕のみに登場し、仲間の学生相手に日本の開国を主張し、シイボルトにたいしては率直に日本人にかんする彼の考えを質問する。

これが崋山関連の作品群のはじまりで、当の長編小説『渡辺崋山』は天保九年（一八三八）の春の江戸で、四十代半ばの主人公渡辺登の登場で始まる。登は「聞けば聞くほど、知れば知るほど、日本の制度文物は西洋諸国からおくれている。どうしたらいい?自分としては今の身分を去らなければ、……〔三河〕田原藩の家老職をやめなければ、」という焦燥にとらわれている。自分の志は学問芸術にあり家老どころか武士なぞという窮屈なものから自由にならなければならないのに、それがうまくゆかない。

尚歯会というのは「蘭学の色彩を帯び、しかも政治経済の実際問題に触れる集まり」であったが、幕府の眼を警戒して「年寄りの茶のみ話の会」を表看板にしていた。殖産経済、国防、地理学などの分野における「江戸の新知識の淵叢」で、登や長英はその中心人物とされ、田原藩主の三宅友信（藩主は養子が継ぎ、友信は隠居の身分）の庇護があった。長英の「夢物語」を追って登は「慎機論」を書き始めたが、それは我ながら大胆で痛烈に開国の必要を説くもので、「公開はあぶない」というのが周囲の意見でもあった。

そこへ登場するのが「主人公や長英の運命を狂わせる」大目付鳥居耀蔵で、その性格から「妖蔵」の呼び名があった。海防のため幕府は浦賀海岸の測量調査を彼に命じた。彼の配下に小笠原貢蔵がいる。これにたいして韮山代官江川太郎左衛門が同行を志願し許された。しかし彼は測量方法などの実際に当たって問題を察知し、幕府から独立測量の許可を得た。登より八歳若い江川は、かねてより蘭学に関心があり尚歯会に好意的であり、そのリーダー格の登にたいしては師と仰ぐ気持ちがあった。漢学、書画の領域においても同様であった。測量の手合わせは鳥居の負けで、幕府の中の蘭学にたいする信用は高まり、尚歯会への加入者も急増した。

小笠原貢蔵は、自分にたいする鳥居の信頼を回復しようとして、尚歯会が後押しする「無人島渡航の企て」を新島開墾を口実にこっそり外国と通商貿易をおこなうものと報告する。当然登らの名前が出て来る。鳥居はこの件を水野越前守に伝え、鳥居の言うことはなんでも聞く水野はこれを閣議にかけた。登に呼出状が出され「疑獄篇」が始まる。外に何人も逮捕され、長英は自首した（後述の「長英の行きかた」参照）。登は「在所において蟄居」の判決を受ける。多くの人々の助けによって死を免れた彼は、田原で絵に打ち込めることにもなり、ここで態勢を整え直すことも可能であった。

それには、現在の境遇はむしろさいわいだった。藩の職務があるではなく、わずらわしい交際があるでもなく、……あれほど願って聴かれなかった辞職の願いが、皮肉にもこの機会に達せられたのだった。この時を利用して存分勉強し、描き、若い時から念じていた、天下の、いや、

古今の第一人的画家になろう！（『渡辺崋山　夜明け前のエレジー』以下同じ）

蟄居の登を訪ねて侠客の駿河屋彦八が言う、「今の殿さまは毛ほどの慈悲心もなく、スキさえあればしぼり取る事ばかり考えているァ。こんな殿さまは取ッ替えるのが一番だと思うね。」登はこれを諌め、飼い主の百姓だけを自分の主人と思い地頭に吠え付く犬の話をし、ここの者らはこの畜生にも劣るのか、と嘆く。作者は乗り出してきて彼自身の見解を述べる。

ここに端なく彼〔登〕の限界が露呈された。（略）彼のなかに、君臣主従観念が牢乎として根を張っていたのである。君と言っても、それは将軍でも天子でもなく、ただ田原藩主に限られていたが、父祖伝来の臣従関係と、少年時代からの儒教教育に依って、それは思想的というよりも血肉的なものになっていた。尚歯会を中心とする彼の開明思想や開国運動（それはイヤ応なし封建制の廃絶につながる）と、それはあきらかに矛盾していたが、その矛盾は彼の心に自覚されず、まったく自然に両立していた。

彦八は反論しても無駄だと思ったのか黙ってしまったが、同席した医者の唐沢蘭斎は、天領になればすべて寛大公平だから「こッちの力が強い」が、一番悪いのは小大名で処置はむごいし絞り取ることばかり考えている、と言う。登はこの発言にも愕然とするが、自分の田原藩はまぎれもなく領民から絞り取り絶えず内部でごたごたを起こしているではないか。

そう考えると、彦八の放言にも一個の道理が感じられた、何より、何の権威もおそれないようなその野性的態度や気質に不思議な魅力があった。

ところが登は、計画中の自分の画会の真っ暗な先行き、自分に配慮のない藩主らの態度、あれこれ考えて、絶体絶命だ、自決しかない、とやや短兵急に結論を出す。「死ぬべき時死ななければ、人間として、武士として、死ぬ以上の苦痛や恥を嘗めなければなるまい……」。虚無的になっている自分を感じたが、自分が死んでもだれかが仕事を引き継ぎ、同じ夢を実現するだろうと考える。

登の自決を獄中で知った長英はその自滅行為を悔しがり、あくまでも封建的なものと戦い抜く気力が彼にはなかったのだと思う。「問題は今後どうしたらいいかだ」。長英は自分が日本の行くべき道へ、自分らの目的へことを近づけてやろうと決意する。「脱獄だ！」

昭和十一年新築地劇団が上演した芝居としての『渡辺崋山』であるが、この長大な小説を四幕八場に脚色したのは和田勝一（劇作家、新築地劇団文芸部長）、演出は岡倉士朗（藤森の妻かたの縁続き）である。松本克平が（昭和六十一年の時点ですでに）失われていた和田の台本のあらましを記憶で書き起しているのを見ると、（第一幕）登は、絵と蘭学による泰西文明の研究を志して退役願いを出したが容れられなかった。（第二幕一場）品川の料亭に集まる尚歯会の会員らが幕府執政の愚劣さを批判する。（二場）浦賀測量に従事する鳥居一派と登ら田原藩士派、儒学と蘭学の対立が演じられる。（第三幕）鳥居の奸策によって尚歯会の「不穏なる秘密計画」が取り沙汰される。

そのとき押収された「夢物語」と「慎機論」によって長英は永牢、登は蟄居謹慎となる。このあとの終幕は、登は厳重な監視下で絵も弟子との文通も阻止され、剰《あまつさ》え藩主の不興というデマを飛ばされ、絶望し自刃する。獄中の長英は「馬鹿兄貴！馬鹿崋山！」と泣きわめく。「封建の世の忠孝の幽霊に付きまとわれ自ら敗北し去った封建日本の犠牲者、いかに哀惜しても哀惜し足りぬまたと得難い先駆者崋山よ！」というストーリーである、と松本は結ぶ。(8)

崋山役の薄田研二は、「崋山役者というものがあるならこの人」（藤森成吉「『渡辺崋山』の劇化」『崋山と為恭』高見沢木版社、昭和一四所収）と原作者に言われた。彼の妙技に感服、と言う井原青々園は「全く力の籠もつて息もつけぬ面白い芝居」（「面白い『渡辺崋山』」『都新聞』昭和一二・八・八）と賛辞を呈している。

のちに主として華山の絵画の論究を目的とした藤森の『渡辺崋山の人と芸術』（春秋社、昭和三七）という著書に「『敗北』『転向』論」という章がある。ここで藤森は、円山応挙の画はある点職人芸で、その思想や精神は実践とはふかくむすびついていないのと対蹠的に、崋山は「維新前の画家中これほど精神と画業が意識的にむすび、時代を反映し、むしろそれに先駆し、そのため悲劇的最後を招いた類例はほかにない」と言う。

崋山の全文章、全詩句を通じて天皇にたいする忠義に触れたものはなく、「天皇」という言葉すら出てこない、これは尚歯会全員にも共通、と聞くと、意外であったが、以下に藤森の説明がある。

崋山らは藩主と幕府あるを知って、天皇や朝廷あるを知らなかったのである、したがって彼等の開国論は勤王攘夷といった余計な曲折を経る必要がなく、かえってただちに明治開化へむすびつく。

一方「窮屈至極な幕府封建制」については、

この封建制の打倒だの改廃だのを考えていたか、といえば、それはない。そこに時代的制約と彼の身分的限界がある。彼（および彼の盟友たち）が望んだものは、せいぜい開国と国際文化交流にすぎない。それらが否応なく封建制崩壊を結果するだろうことも、見通されてはいない。

先に出て来た彦八や蘭斎の発言は、藤森が言うには、核心をついたものであるのに、崋山はせっかく聞いた彼等の見解に「愕然」としたばかりであった。「当時学識一世に秀でた『新学の先駆』的存在の彼が、見識と気概においてついに田舎の一俠客一ヤブ医者におよばなかったとは、なんという皮肉だろう！」「その原因は、畢竟彼の身分と相待《マ》った《マ》封建的忠誠観念にある」と作者は繰り返す。

そして、ここまで論じれば、崋山の検挙後の生活や自殺を「敗北」「転向」と決めつける意見がいかに誤っているか、読者も理解できよう、と言う。「彼は単に心中の封建思想に従って生きかつ死んだまでである」。

彼は今後西洋研究をやめるとか、幕府執政批判をせぬと誓って、それによって死一等を減ぜられたわけでもない。判決後、そんな研究や批判が（少なくとも表向きに）できなくなったことはもちろんだが、しんから恐れ入って志を棄てたなぞとは考えられない。

さらに崋山の絶筆「黄粱一炊図」を持ち出して、「そこには感慨こそあれ、敗北感なぞがあろうか？」と言い、「歴史的状況を考えずに軽々しく歴史的人物の言説を断定する人々の反省をうながしたい」と結ぶ。

次に論は崋山転向論に移り、尾崎秀樹の次の発言に作者は反論する。

藤森の場合は、崋山の悲劇的な敗北は、著者の転向と重なっており、そこにこの長編の「転向文学」としての文学史的な位置づけも生まれてくるわけだ。作者はこの作品に国民文学的な意味をみようとしている。しかし国民文学の創造への道は、作者が『渡辺崋山』でみせたような姿勢からは生まれない。(9)

藤森は、「自己の転向を崋山に仮託して」小説を書いたのではない、とまず明言する。そして「共産党員またはその同伴者が、それまで信じていた共産主義理論や実践を棄てて党や外郭組織から脱出するという歴史的語義を持つ」「転向」ということばが、崋山に当てはまらないことは言うまでもなく、『渡辺崋山』転向文学論は勝手な類推論であり独断である、と続ける。さらに「転向」にも種類があり、①これを徹底的に実行する林房雄のような第一級転向者もいれば、②単に政治運動から離れて文筆に専念することを誓った者、③文筆活動さえやめた者、終戦後治安維持法等がなくなり再転向した者、復帰せぬ者などがある。崋山が第一級転向者でないことは言うまでもない。「せいぜい第二の型に属するか、それとて『前非』を悔いて画業に専念することを誓ったわけではなく、否応無くそういう状態を強いられたにすぎない。（略）第三の型に編入されてもいい」。

ぼくが第二の型に属し、文学に専念する手初めに小説『渡辺崋山』を描いたことは事実だが、だからといって、自己の転向の苦悩や自己弁解を小説や崋山に託したなぞと判断するのは機械主義も甚だしい。（略）約言すれば、崋山は、「敗北」や「転向」をしたのではなく、単に「挫折」したのである。

これが藤森の崋山観察であり、また転向についての自己評価である。

扱われている内容の時間的な流れとしては、このあと「検死」「転々長英」「妖蔵」が続く。「検死」とは崋山の検死である。四十五歳の中島加右衛門は奉行所の模範的官吏で、これまで品川より先へ行ったことがなかったが、今回は九日かけて田原藩領へ公用で赴く。蟄居の崋山が刀を持っていたのはなぜか、彼にたいして好意とは反対の心から刀を許したのはだれかぐらい知らない自分だと思うか、など中島の嗅覚はするどい。しかし彼は事を荒立てず一種物見遊山的でもあるこの旅を無事終える（中島は『渡辺崋山』では登の取り調べをした北町奉行吟味方の与力で、家宅捜索にも当たりその窮乏ぶりに「感動した」人物である。登に同情しくらしの足しにひそかに金子を送ってよこし、崋山は「千公高門図」を描いてそれに報いた(10)。

次に高野長英であるが、「自首するに至った長英」を描いた短編小説「長英の行きかた」(『文学評論』昭和一一・一)は戯曲『転々長英』の直前編である。登が投獄されきびしく尋問されていることを聞きながら、長英は「どうしても自分はそとにゐなくてはならない」と考えていたが、やがて「いっそ、堂々と名乗り出て、法廷で堂々と論駁しよう」という気持ちになり、それを実行する話である。実際は「堂々と論駁」どころか最悪の扱いを受けるのであるが。同年五月『改造』に掲載された戯曲「火」すなわち「転々長英」第一幕に続いてゆく内容である。

弘化二年(一八四五)小伝馬町の牢屋からの出火で四十二歳の長英は六年間の牢獄生活から(勝手に)自由になり、尚歯会の会員で蘭方医の鈴木春山宅へ身を寄せる。「第二幕　雨」では追っ手を逃れて越後、出羽、足柄を転々とし、いまは伊予宇和島にいる。なんのための脱獄、逃亡か。「第三幕　鳥」の長英は鹿児島の山中にあり、四十六歳の彼は島津斉彬の保護を求めるが、ここにも落ち着けない。鳥になって外国へ飛んでいきたい彼である。「第四幕　燈」は彼の最後で、江戸で妻子の目の前で捕り手に襲われ、自害して果てる。たとえ事半ばで死のうとも自分の仕事は生き残る、と信じての死である。

「第一幕　火」とのちの「愛国蘭学者長英」(『昭和演劇新書』建設社、昭和一八所収)の「第四場」で、長英が鈴木春山相手に、仲間の崋山や小関三英の死をくやしがるシーンがある。そこでの長英は崋山の死を悲しむ以上にその自決を憤慨する。多分藤森の意見を代弁する春山に崋山の立場や状況を考えれば「彼はもうどうすることもできなかったんだ」と言われるが、長英のくやしさは収まらない。
藤森は「崋山の最後」(11)の一文で、読者の中には、作者自身が長英の立場で崋山の最後を批判している、と読み取る人がいるが、「それは小説のよみかたをわきまえぬ」ことだ、と言う。

いくら彼〔崋山〕の心にすでに封建的忠誠などといふものが超克されてゐやうと、ああいふハメに陥つた場合、当時の武士として自決のほか途がなかつたのではないか?といふ察しをほしい。いわんや、なほ今後の一家の生活問題があり、畢生の仕事の一つの絵画さへもはや描いてゆけないといふ暗澹たる状態がある。これをしもどうでも生きてゆけといふなら、いふはうにも多少の無理を考へてほしい。

だが藤森のことばに従って「長英の気持ちは作者のそれではない」ということを意識しながら、長英のせりふを見ると次のような箇所がある――「敗北者でなくてなんだ?中途で自殺するなぞと……」。

〔三英は意志が弱く体も弱い。政治的信念を持っていたわけでもなく、ああいうハメになって死を選んだ事は同情できる。〕だが崋山はちがふぞ。あれは、つよい意志もありやァ、立派な政治的信念をもつた人間だ。(略)その聡明と意志の力をもちながら、たかがチッポケな藩主ひとりの封建的な問題の為に自殺するたァ（略）この長英は、一生かうして牢に閉じ込められる身のうへでも、決して希望も勇気も捨てちやゐねえぞ。それを外にいて、たかが蟄居くれえな程度でいながら、生きてゆく望みも目的もなげうつとはなんだ！やつぱり、侍なんかにうまれた者にやほんとの運動は出来ねえんだ……。（「転々長英」）

池田寿夫は「転々長英」について、『渡辺崋山』に比べて「甚しく失服させられた」と言う。なぜ失望させられたのか、彼の「歴史劇に就いての覚え書」（『テアトロ』昭和一一・九）は、

嘗てのプロレタリア運動に参加したものの誰でもがおそらく崋山的なものと長英的なものとの二律背反的な苦悩を味はなかつたものはないであらう［。］

という興味ある視点で、崋山、長英、そして作者藤森を見る。直前の引用のなかの、「蟄居」を「執行猶予」に、「侍」を「インテリゲンチヤ」に置き換えたらどうだ、と池田は言い、「長英が弘化といふ歴史の枠を飛び出して昭和のわれわれに迫つて来てゐる」ことをまず指摘する。さらに「東西流離」の五年後の第二幕に於ける長英はかつての「軒昂たる意気」も失せ「いたくニヒリスチツクになり、アナーキーに」なって「ネガチヴな懐疑的」な心境を露呈していることを、長英が宇和島の隠れ家で、旧知の医者、二宮敬作相手にわが身の現状をかこつシーンを例に、こう言う

それは歴史劇の正当なるレアリズムの軌道から逸れて、作者の現在の心境なり信念なりの主観的告白の代弁となつてゐると断定することはできないであらうか！

長英がニヒルな気持ちにとりつかれデカダンスに沈んで苦しんでいるのは、現代に生きるわれわれの「複製版」のようで、作者が何のために長英を描いたのか、長英でなければ言い表すことができないものを「逸し」てしまったことの残念さを強く訴える。

さらに池田は、「観念と現実との格闘の裡に現実に屈服せざるを得ない崋山的な傾向」と「飽くまで観念的に克服したものを現実の上に適用してゆかうとする長英的な傾向」を挙げ、藤森は小説『渡辺崋山』で前者の典型的タイプを見事に創出することに成功し、戯曲「転々長英」で後者の典型的タイプの創造を企てた、と読む。ところが「長英の非合法生活は、歴史の進展を阻むものとの闘争の積極的な角度に於いて、広範な社会的スケールに於いて、生きた歴史的現実性に於いて捉へられてゐない」ところを減点の対象とするのである。

藤森は池田の真面目な態度に好感を持った、と断って、自らの見解（第二幕の長英は情熱も所期も精神も第一幕と異なるところはない、など）を述べ、さらに「作者の現在の心境なり信念なりの主観的代弁」を長英にさせているわけではないことをこう言っている。

作者は自己の非力等々は十分認めているが、かつてアナーキイやニヒルやデカダンスになつた

ことはないつもりである。(「自作について　『転々長英』」『花ある路』所収)

これは池田の疑問にたいする解答としては物足りないと感じられるが、作者自身の心情の表明としては正直なところであろう。

この頃藤森は歴史家の服部之総の「歴史文学と歴史科学」(『歴史科学』昭和一一・四)から、歴史家にとっては封じ手である「史料」に「縛られる憂ひもなく、論理的創造の翼をたくましく伸して、歴史的現実性の大気を自在に走空しうるものは、歴史文学」という発言の前後をていねいに引用して、服部が問題の核心を衝き、自分の意見の代弁をしてくれている、と述べている(「歴史小説における事実と作意」昭和一一・五『風雨帖』所収)。服部の文をそのまま引くと、

藤森氏の場合は、最早単なる「筋」の問題ではなかつた。先駆的インテリゲンチアとして同じ列と組織とにあつた崋山と長英が、一方は宅預けの恩典に会つても、家老であり武士であるといふ内からの制約を遂に放棄できなかつたばかりに自滅し、他方は庶民牢に終身禁固を宣告されたにも拘はらず、より純一な「庶民」たり得んがためにたくましく脱獄する。この解釈の中には、すでに区々たる史実を超えた一つの現実的な把握があるといつてよい。

文学は、歴史の領域の限界点から、「旺然として出発すべきだ」という服部のことばは藤森にとっては百千の味方の声であったであろう。藤森は別の一文で、「文献や資料の欠如のために歴史家

の手によつては如何ともしがたいやうな性格や事件や問題を、直感と空想によつて思ひのままに描き出せる点において、むしろ歴史文学こそ、ヨリ大きな役割を演じるともいへるであらう」(「わが歴史小説観」『文芸』昭一一・七『風雨帖』所収)と書いている。彼は服部の複数の著書を所蔵していたが(神奈川県立近代文学館『藤森成吉文庫目録』参照)、この歴史家にたいする敬意が感じられる。

昭和十一年九月、「転々長英」は新協劇団によって上演された(杉本良吉演出)。これは、旧左翼劇場の後進である中央劇団が中心になって誕生した劇団で(昭和九・九)(『たぎつ瀬』一一六—一一七頁)、『改造』(昭和一一・五)掲載の戯曲「火」(「転々長英」の第一幕)の作者付記は、「これは、新協劇団のための『転々長英』の第一幕で同時に独立の一幕物でもあるつもり」と言う。

先に名前を出した長英の友人、二宮敬作は「科学追放記」前・後編に登場する。前編「シイボルト夜話」(『日本評論』昭和一一・一)では長英らとともにシイボルト門下の学生として、後編「三十年」(『中央公論』昭和一一・一二)では「宇和島さまのお抱へ」で四国中かくれもない名医として、である。「三十年」で、高野長英、小関三英ほか多数の同学の人々の死を再来日の老いたシイボルトに報告せねばならない二宮自身も老いと病いの身である。もうひとりシイボルトの妻お滝は、三十年前には、地図ほか膨大な日本の物品をオランダへ持ち出そうとした罪で自らも罰せられ多くの知人友人を窮地に陥れてしまい失意のはてに自死しようとするシイボルトを励ます強い女性であったが、身の上の変化や年月が彼女をすっかり変えてしまい、オタクサと命名された紫陽花も枯れ果ててしまった。

前進座は十一年の正月公演や創立五周年記念公演で前編を上演した。新協劇団は「科学追放記」として前後編を十二年四月に公演したが、三十三歳と六十四歳のシイボルト役は滝沢修、演出は村山知義であった。ほかに千葉医科大学劇研究会第八回試演というのがあり、前編を十一年六月に大学会館講堂で上演している。入場料無料であり、そのパンフレットの「解説」は啓蒙的で、年若いシイボルトを「高邁達識、心から日本を愛し、日本を憂へてゐた。彼を慕つて、何十何百の門人が全国から集まり、真摯な研究が続けられた。それは封建の夢深き日本の片隅に、ほのぼのと燃え上がつた科学の、文化の灯であつた」と紹介している。(12)

作品「妖蔵」は、七十三歳の老人鳥居のもう二十四年にもなる豪勢な禁獄生活を描く。その罪は越前守を裏切ったことと人は言うが、そうさせたのは相手で、自分の明に欠けたことは確かであるが「むしろやむを得なかつた運」と彼は思っている。ひとを誹謗したり追い落としたりすることほど彼を楽しませるものはなかったが、いまは拘束の身である。しかし「自分は自殺もしなければ病死もせず、いつまでも平気で生き続けてやる」「過去を後悔したり、クヨクヨしたりする理由はない。どんな手落ちや失敗があつたにしろ、自分はまず思ふとほりのことをして来たのだ」。崋山や長英の「蛮社の獄」などは双葉の裡に摘み取らねばならないと思ったからであったし、自分の考え通り蘭学を排斥し鎖国政策を守っていたら維新の革命はなく幕府は安泰であったであろうに、と思う。幕府の罪人である彼は幕府がすでに存在しない今、解き放たれたところで、あとは明治七年に七十八歳で死ぬしかない。この作品は『文芸春秋』（昭和一二・七）発表当時、「吉川英治氏から賞賛」されたそうである（『渡辺崋山の人と芸術』まえがき）。

戯曲「母ぎみ」は崋山が田原藩の先代藩主三宅友信の生母を探し出す話である。崋山を始め当の母ぎみ、そのつれあい、こどもそれぞれ登場人物の心の美しさ、純朴さがしみ出ているようで、心温まる作品である。(13)

藤森の歴史ものにたいする何人かの評価をあげると、佐々木孝丸は、藤森が幕末黎明期の歴史的真実を発掘し、これを系統的な作品として次々に発表していることを「正しい歴史眼をもつた立派な歴史劇を書き得る作家」と高く評価している。歴史劇を書き上演することを(この時代における法的制裁からの)一種の逃避だという人々にたいしては、歴史劇を書くことは、題材の整備の点での作家の肉体的努力ということを加算するなら書き手は現代劇の場合の何倍もの苦しみをなめなければならない、と言う(「歴史劇についての感想 二」『劇と劇評』昭和一二・一〇)。岡沢秀虎は「氏が『歴史もの』を書き始めたのは、所謂『転向』ではなく集団主義文芸の現代における一発展段階である」と解釈する。「氏の歴史小説は、崋山とか為恭とかいふ個人の姓名が題名となつてゐるが、決して伝記小説ではなく、社会小説である」、これは「確かに『国民文芸』の名に値ひするものである」と言う。(14)竹内好は『渡辺崋山』を当時の歴史小説の「雄篇大作」の一つと言い、歴史小説の隆盛の理由として、現実からの逃避、時局への抵抗、そして日本浪漫派系統の日本主義などへの対抗意識と解説している。(15)平野謙の『渡辺崋山』評価は、昭和九—十二年という「従来の規矩にとらわれぬ実りゆたかな一時期」に結集した「名作・力作・問題作」のひとつ、「昭和二十年間の歴史のなかでいちばん実り豊かな一時期」における「多彩な文学的提言」のひとつということである。(16)

(2)「陸奥宗光」を中心に

「江戸城明渡し」「上野の戦争」はいずれも読者や観客期待の勝海舟と西郷隆盛、長州の大村益次郎と武器商人の大倉喜八郎と彰義隊の天野八郎を活写する戯曲である。白柳秀湖は「藤森君のこの頃の歴史ものに対する構へ方に賛辞、全体として構へ方がよい、太刀筋が乱れていない。この人は必ず長い生命のある人だ」と誉めている(「藤森成吉の『江戸城明渡し』とその上演に就いて」『実生活』昭和一三・五)。

渋民村小学校教員時代の啄木を描く「若き啄木」、農民の指導者「大原幽学」となると、それぞれの中心人物にたいする作者個人の思い入れのようなものもあり、一般大衆の好みに応えるという点は二の次という感はある。

しかし作者の創作意欲と観客らの嗜好、さらに時代の要請が合致したと言えるものがここにある。伊藤博文と李鴻章が対峙した日清講和を扱った「陸奥宗光」(全三幕)である。紀元二千六百年奉祝記念として日本文化中央連盟から各劇団にそれぞれ依頼があり、前進座は信夫清三郎著『陸奥宗光』を土台にこれを劇化することを藤森に依頼した、という作品である。『「蹇蹇録」の世界』(平成三)の著者中塚明が宮川雅青から聞き取り(昭和五十九年六月)したところによると、信夫の『陸奥宗光』(白楊社、昭和一三)にまず出会ったのは宮川であった。

前進座を代表して日本文化中央連盟の会議に出席した宮川雅青は、多くの演劇人と同様「奉祝記念芸能祭」には気が重かった。プロレタリア演劇の道を模索してきた宮川には、うちつづく戦火は耐え難いものであり、戦争を賛美する気にはさらさらなれなかった。

（略）

「これだ！」と思った宮川は、信夫の本をもって藤森成吉を訪ね、「これで芝居になりませんか⁉」と頼みこんだのである。宮川は、信夫のこの本を芝居にすれば、「奉祝記念芸能祭」に一応はふさわしく、同時に「戦争賛美にはならないと思った」と言う。[17]

配役は中村翫右衛門（陸奥）、河原崎長十郎（伊藤）、佐々木孝丸（李鴻章）らで、藤森作品は昭和十五年三月、東京は新橋演舞場で上演され、連盟の芸能文化賞（作品、演出、装置、劇団、演技）を受けた。『たぎつ瀬』（一二三頁）には、（藤森の思想的立場からすれば）「皮肉なこと」とある。しかし（中塚によれば）観客の中には登場人物ゆかりの人々のほか外務省関係者ら幹部らもおり、とくに時の有田八郎外相は幕間に藤森に「戦時下外交を背負つて立つ陸奥宗光の苦衷が仲々よく表現されていて感激した……かういふ演劇は大いにやつて貰ひたい」とはげました。つまり芝居はかなりの成功を収めた。

中塚は、陸奥や伊藤のせりふを通して「民衆の熱狂的な排外主義や、軍の最高幹部への批判、また中国との友好が大切だとの意見など」が伝えられている点に注意を喚起して、いくつか例を挙げている。なかでも、（三幕三場）芝居最後の大晦日の夜、大磯の陸奥を訪ねてきた旧知の古河市兵衛（古河財閥創業者、二代目は陸奥の二男で古河の養子となった潤吉）と陸奥の、遼東半島分割および還付についての会話は、作者藤森のもっとも言いたかったことのひとつでもあろうと言う。


古河。ああ、あのことでは大分ひどいことをいふ者がござりましたな。

陸奥。今もいる。

古河。わたくしは政治向きのことは一向わかりまへんが、あすこまで取らういひますのは、少し欲の皮の突つ張りすぎた話のやうで、……

陸奥。さうか。

古河。第一、取つたところで、今の日本の力では、得するより重荷になるが関の山でござりませう。

陸奥。（よろこびを顔に現して）実業に打ち込んでゐるだけ、おまへはやつぱり話がわかる。

古河。世のなかのわからず屋の騒ぎ立てる言葉など、お気にかけることござりまへん。


小笠原幹夫（「藤森成吉の戯曲『陸奥宗光』について」『文芸と批評』平成七・一一）は、藤森の戯曲の構想は陸奥の回顧録『蹇蹇録』（出版は昭和四年）の叙述によりながら、「日清講和会議から三国干渉にいたる外交の苦心を、史料にそくして迫ったもの」であり、藤森が「芝居に絶好の題材を得て、これにあえて演劇的なフィクションを加えず、史実を淡々と描写しようとしたところに、彼のなみなみならぬ卓見があった」と見ている。藤森の陸奥評価が肯定的であるのは当然であるが、彼の「李鴻章」も「あくまで輪郭の大きな堂々たる偉丈夫」として描かれていることを、小笠原は、「清国が不正義で日本が正義なのではなく、その逆でもない。そこに、勧善懲悪などの低い道徳観念を脱した、まさに生身の人間そのものが描出されているのである」と述べている。当時の日本国民の間の「熱狂的なジンゴイズムを冷ややかに眺め」これを「危険視していた」陸奥、「国民の浅薄な軽挙妄動——あやまれる愛国心の発露の仕方——に対立する人物としての陸奥の内面の苦悩」を描くところに、「近代日本の青春期、国民国家建設の途次にあった明治人のナショナリズムの健康さ」が感じられるという視点で見るこの芝居はむしろ新鮮である。

白柳は前進座の『陸奥宗光』を見て非常に感心したところは、まず、「伊藤博文が、ともすると人間の弱点である伝統——是非善悪の倫理批判によつて外交に臨まうとするのを、陸奥が徂徠流の実効哲学によつて、しつかりと後ろから支へ止めて居た事実を見遁して居らぬところ」と言い、播州舞子浜の宿屋馬関大吉の離れ座敷の場面で（二幕一場）、陸奥が「戦争に正義・不正義の議論を上下する必要はない。談判はただ諾否の決答を促すだけでよいと、大に徂徠流の実効哲学を発揮」し、伊藤もこれを受け入れるところを指摘する。次に三国干渉について、「三国の勧告を容れて遼東半島を還付し、その代り講和できまつた爾余の条件を三国に確保させよう」という陸奥の考えを「列国会議といふ観念主義的外交理念に対する実効主義的外交理念の反撃」と評価する。

白柳は観念主義的哲学と実行主義哲学とを人間生活の歴史を通じての「太い平行線」と見て、陸奥がかねてより「イギリスの実効主義哲学者ベンタムの著『イントロダクシオン・ツウ・ザ・プリンシプルズ・オブ・モーラル・エンド・レジスレーション』（道徳および立法の原理の序論）を翻訳して『利学正宗』と題し、自らの信念を養ふと同時に、これによつて世をも人をも導き教へようとした」と述べている。陸奥がベンサムを読んだのは西南戦争の際「反政府暴動」に加担したことで、およそ五年間（明治一一・六—一六・四）宮城県監獄に収容されていたときであった。四十歳で出獄ののち伊藤の勧めもあってイギリス、オーストリアで研鑽を重ねた。白柳は「陸奥が獄中ベンタムの書を愛読して初めてイギリス流の実効哲学に入つたもののやうに思ふ人があつたら、それは大間違ひである」、「日本にはベンタム以上の学的体系を持つ荻生徂徠があり」という点を強調する。その系統に津田出（紀州藩）がおり、当時この藩を脱藩して坂本竜馬の海援隊に与していた陸奥につながり、とその論は進む。

しかしながら白柳は藤森については、「どつちかといふと、理想主義者だ、観念主義者だ。もつと突込んでいへば、プロ－レタリア水戸学派だ」と観察する。「しかもその藤森氏が脚本『陸奥宗光』で骨の髄まで徂徠哲学で固まり、その上から、ベンタム哲学の仕上工作まで施した陸奥宗光の真骨頂を把握することに成功したのは」、全くその生まじめな、克念な向学性の予期せざる結果であろう、と藤森の「生まじめ」と「勉強」を強調している。[18] 白柳は、藤森が早くから白柳自身の大きな影響もあって「実行」の方面に引かれていたという彼の思想上の傾向には明るくなかったのか。「生まじめ」「勉強」以上に藤森自身のなかに陸奥に呼応するものがあった、と言えないだろうか。

同時期、「幡随院長兵衛」も前進座によって東京（新橋演舞場）と大阪（中座）で上演された。よく知られている題材を扱いながらこれは現在読んでも面白い。舞台を見た人々はさぞ満足したのではないか、と思われる。藤森が戯曲家として読者・観客をしっかり捕えた、という感がある。

戦後の出版であるが、戯曲集『富士に題す』（北条書店、昭和二二）収録の「富士に題す」と「その一刀」にも同様の感想を持つが、両方とも作者自身の現場調査と先行の研究や資料（友人の高倉テルや木村毅に提供された）に基づく作品である。

「富士に題す」は副題「悲願与右衛門堀」が示すように、「箱根権現さまのご領地」芦ノ湖の湖尻から水を引いて深良村はじめ二十八ヶ村五百町歩の田を助けるということに金と命を懸けた若い男の話である。寺社奉行、代官所、勘定奉行の「おゆるし」を得るのに五年以上かかり、いざ工事が始まるとすぐやむを得ぬ図面の変更をとがめられ、一年余りして岩を割るのに霹靂火を届け出前に使用したことで今度は許されず、主人公は日本一の水道に水が通ったのを見届けて、首を刎ねられる。寛文三年（一六六三）正月に始まる話である。

「その一刀」（『新太陽』昭和一八・四）は刀鍛冶の虎徹の人生最後の作品を巡る話で、時は貞享元年（一六八四）、主人公は男盛りの石見守、「学問好きな凜としたすがた」の大名である。虎徹に「他人を相手とせず、自分を相手とする刀」を依頼する彼は、年下の将軍綱吉相手に、おこないの結果よりむしろ志におもきを置かねばならぬ、など自らの胸の内を話したりする立場にある。しかし現在権勢をほしいままにしている堀田筑前守を討ち果たさねばならないところへ（将軍からも自分の一族からも）追い詰められた彼は、「せつかくわがためにつくらせた刀でひとを刺さねばならぬとは！」と嘆じながら、江戸城中で筑前守を「私怨」で刺し、その場で老中政務所に詰めていた大勢に「膾のように」斬られる。虎徹は死の床でこの知らせを聞く。

この作品について宮川は、「封建支配階級のなかの矛盾」をつき「人間の皮肉な悲劇」を描いている、「この作品から特に手法がぐっと簡潔に、効果的に」と作者は苦心した、と言う[19]。それは石見守だけでなく与右衛門や長兵衛にも感じられることで、彼らは自分の命に納得の終止符を打ったのであるが、このような死生観に藤森が関心を持っていたことは察せられる。それは晩年の戯曲「忠義と意地」で完結することになる。

（3）「太陽の子」で開始した「歴史の河」シリーズ

小峰書店は「藤森成吉全集」を第一部（歴史ものを扱う「歴史の河」十六巻）第二部（これまでの作品を収める二十四巻）合計四十巻と計画し、蔵原惟人、貴志山治、窪田空穂、河原崎長十郎が宣伝に当たって推薦文を書いた。しかしこの全集は第二部はおろか、第一部の四巻（『太陽の子』前後編、『悲恋の為恭』『大原幽学』）が出版されたのみで中断してしまった。しかし第二部はこれまで発表・出版された作品から成るべきものであったし、第一部のうち残る十二巻もすでに書籍や雑誌掲載のかたちで出版されている作品が待機していたのだから、「歴史の河」としての全十六巻は蜃気楼であったとしてもその実体は存在している[20]。

長編小説『太陽の子』を作者が書き上げたのは敗戦直前で、実際昭和十九年三月に前編が新潮社から出版されたものの、後編は紙型のまま空襲で消滅してしまった。そこで昭和二十二年「歴史の河」実現に向かって仕事が動き出した時、シリ―ズの最初にこの作品を置いたのであろう。「歴史の河」第一巻『太陽の子　前篇』の最後に作者による「『太陽の子』について」という解説がある。そこで、この作品は近世南画家横井金谷《きんこく》の自伝絵巻『金谷道人御一代記』（後に藤森はこれを『金谷上人行状記』として現代語訳する）の長編小説化であると紹介している。(21)『都新聞』『東京新聞』『日本農業新聞』に連載し、とても好評であったが、理由は、主人公の「野人的、天真爛漫的、『太陽の子』的闊達性、明朗性」「日本的気迫と精神と健康性」にあった、と作者は書いている。藤森の中学の同級生で長年の友人である中川紀元画伯の挿絵がまた大評判であった。読者はその絵の影響もあって、主人公を憎めないばかりか、いつかその人生の展開に引き込まれる。藤森自身の性格が年と共に「明るくユーモラスな」ところも出て来たと見る向きがあるが、これはその好例であろう。『たぎつ瀬』（一八〇頁）には、藤森の生まじめな性格と正反対の金谷の自由奔放な生き方に作者が魅せられて、とある。

主人公妙幢（俗名早松）は『前篇』に登場する十七歳の時点ですでに出家の身分である。近江に住む子に恵まれなかった夫婦が、男の子が生まれたら「坊さまにも山伏にも」と聖天に約束して得た子で、子供は細君の弟の寺（大阪北野村の宗金寺）で出家した。十四歳で江戸の芝、増上寺で勉学し、やがては一宗の法灯をかかげ後代の明鏡となるべき、と期待されもした。十八歳で江戸をあとに北野金谷山極楽寺の住職になり、以後「金谷」を号にする。二十四歳で隠居願いを出し山伏の修行をし、功によって紫衣と「宝印大先達」の称号を受ける。

このような履歴と表裏をなすのは、かつて有島武郎が制度に落ちつくことのない種の人間を指して言った金谷の「ローファー」ぶりであった。そもそも幼い時から悪戯きわまりなく、宗金寺を飛び出すと、芝では女色に戒を破り、遊芸・賭博におぼれたり、持ち前の無鉄砲さ、ゆきあたりばったり、非常識などで、さまざまな困難や難儀にぶつかったりもする。主人公が一子福太郎を連れて富士登山をしたところで『行状記』も『太陽の子』も終わるが、このとき彼はまだ四十代である。（彼は宝暦十一年（一七六一）生まれで七十二歳で没した）。

画人評伝『知られざる鬼才天才』（春秋社、昭四〇）の「横井金谷」の章で藤森は書いている。――金谷は「単に自身のための欲望充足に終始していたのでなく、事に触れ時に臨んでは民衆のため懸命に働く情熱と知恵を持っていた」、僧侶としては言語道断の破戒僧で、もともと宗教家ではなく芸術家として生活したほうがよかったという見解もある。だが彼は「反民衆的であったことはない。むしろ一般民衆的無拘束ないし野放図を極端に拡大したすがたである」ので、これを基にした長編『太陽の子』が読者の反感を呼ばず、かえって「あかるくたのしい小説」として喝采されたのだ。『御一代記』は喜劇で、金谷自身茶化して客観的にそれにふさわしい書き方をしている。

この画人評伝の付録に、「天草記（「金谷道人御一代記」天草の部）翻訳等」と「豚に乗って（一幕三場）」という金谷ものが見られる。前者は『太陽の子　後編』「二十四　羅刹の群」に当たるし、後者は同「二十九　豚を連れて」に関連する藤森の創作である。

「羅刹の群」とは本人の『行状記』によれば、長崎から天草へ渡ろうとしたとき乗った若い女ばかりの水夫の船上での体験で、「金谷上人天草の御難というのは、すなわちこの一夜」（藤森訳『行状記』巻三）といわれるものである。上人は彼女らに散々嬲られ、訳者藤森は、この漢字（嬲）はこのときのためにつくられたようなかたちである、と面白がっている。

「豚を連れて」は『行状記』巻四に語られている京で手に入れた豚を連れて旅をする話である。

『行状記』訳者としては豚の入手の経緯は残念ながら記述されていない、と註記している。しかし残念どころか、『太陽の子』の「豚を連れて」では、作者は自由に話を展開させることができた。すなわち、京から近江への旅の途中でお伊勢参りの賑やかな団体に出くわし、その狂信的な不思議な力に金谷自身興奮して「妙な買い物」をしてしまう。つまり豚を引っ張って難儀をしている百姓女からその豚を買うのである。戯曲「豚に乗って」(昭和初期と戦中の作品を集めた昭和二十二年西郊書店出版の『豚に乗って』に収録されている、初出未調査)ともどもこのあたりのおかしさおもしろさは往時の新聞読者ならずとも引き込まれるところであろう。

そもそも藤森は横井金谷の画作に興味を覚えたことからその『行状記』を読みそれを(おそらく彼自身楽しみながら)長編小説にしたのであるが、彼自身の人柄(エリート的ではなく庶民的な)と相俟ってこの小説は「作家藤森」のもうひとつの顔をよく表している。かつての悩みながら笑うしかすべのなかった作者は、ここではなんのこだわりもなく読者を笑いに誘う。

「歴史の河」の全十六巻が『太陽の子』で始まり、(予定としては)『呼び声』『純情』でおわることについて、作者は全十六巻の題材に「一貫性」が無くはない、それは主人公や副主人公が「庶民」であることだと言う。確かに知名度の高い人物も少なくはないが「庶民」であることは感じられるし、作者の創作の解釈や目線は「庶民的」である。藤森は、安永、天明から現代までの日本が「どんな人物や仕事や問題をうみ、どんな発展をし、さらにどう発展すべきかを、描いたつもり」「私はただ私の書きたいだけの、また書けると考へただけの題材を扱つた」にすぎない、などの発言を残している(前掲「歴史の河」第一冊　序文)。

『純情』（新潮社、昭和一六）は中国もので、当時藤森の長女夫妻が上海に住んでいたので、木村毅が譲ってくれた中国訪問・取材の仕事の結実の長編小説で現代ものである（同書跋、『たぎつ瀬』一二六頁）。これ以前藤森は「支那を描け！」（『文芸』昭和一一・六）の一文で、この国に材を取ったいくつかの自作品を挙げ、「日本文学の課題としての支那」について述べている。しかし『純情』が描くのはむしろ「日本人」である。主人公小野小兵衛が戦禍の中国の農村復興に尽くす心情は、もちろん「慈善」ではなく、さらには「中国人のために」でも「日本のため」でもない。「したいから」「好きだから」やるのであり、「あくまでそれ自体目的だ、道楽でやるんだ、気ちがひになつたからやるんだ……としておきたい」ということである。こういう発言や生き方には作者自身のそれが十分投影されている。「歴史の河」十五、十六巻などに見られる日本人らはいよいよ名よりは実に於いてその時代の中で存在感を発揮している。

『純情』とともに末尾を飾る計画であった「今浦島」（作品集『人間誕生』収録）は、竜宮から三百年ぶりに「現代」の故郷の浜辺へ帰ってきた浦島太郎の話である。藤森はこの一幕の芝居を昭和二十二年十月に書いた（初出未調査）。ふるさとのこの荒廃ぶりは豊臣がたの残党との「大いくさ」があったのかと思う浦島は、青年男女や子供らの言う「ヤミ」「飴チョコ」などは理解できないし、ヤミ屋には仮装ダンスの扮装か、と言われる身なりである。玉手箱を見咎めた警官ともみあううちに蓋があいて白煙が立ち上ると、巡査は「原子爆弾か？」と腰を抜かす。旅行者が二人登場し「お召列車」とのすれ違いで一時間も停車させられたことを、民主主義の中身は相変わらずチョンマゲ時代だとぼやく。「大へんな年より」を見つけて「外地の復員者か」といぶかる。「途端、遠くアカハタの歌の合唱と伴奏のひびき」とト書きがあり、「おう、もう会がはじまっていますよ」「いそごう！」と退場する。この時代に藤森が書いていたもののひとつではあるが、「歴史の河」計画時における直近の作品ということでこれを収録しようとしたのであろう。

第七章　その最後まで　一九四五―一九七七

山田国広は「終戦直後のこと、ちょうど左翼作家で諏訪市出身の藤森成吉氏が諏訪市に疎開していたので」昭和八年の教員事件を小説に書いてもらいたいと思い資料を持参して頼んだが、「受け入れられなかった[1]」。

昭和十九年の夏から逗子に移住する二十三年三月までの疎開生活であったが、敗戦の時藤森は五十三歳であった。彼の関心は過去よりは将来（直近の未来）にあったようで、すぐ発起人のひとりとして新日本文学会を創設し、年末には『新日本文学』創刊準備号が発行された。「帝国主義戦争に協力せず、これに抵抗した文学者のみがその資格を有する」と中野重治（「新日本文学会創立準備会の活動経過報告」）が言う「発起人」である[2]。その創刊号（昭和二一・三）には藤森の「八月十五日の記」があり、天皇が戦争責任を取らなかったことの「意外」をかなり強く書いている。彼を中心に新日本文学会諏訪支部が結成され、演劇を始め地方文化の向上に尽くした。

新日本文学会が「民主主義文学を戦前のナップ系プロレタリア文学の正規の発展」として昭和初年代と戦後とを直結しようとしたところから、旧プロレタリア作家らの挫折や転向などが「捨象され隠蔽され」、戦前のマルクス主義文学運動がもっていたさまざまな問題がそのまま戦後の運動に持ち込まれた、このことから「民主主義文学は（略）大きく発展する機会を逸して」しまった、と言われる[3]新しい組織の中で、藤森の場合どのような形で彼の「民主主義文学」は展開されるのか。

終戦後まっさきに書き発表した創作作品は「家出」（『解放』昭和二一・三）で、これはのち藤森が八十歳のときに一本として出版された一種立志伝的な読み物『呼び声』（日本青年出版社、昭和四七）の第一章である。（部分的に藤森自身であろう）主人公次郎青年は、昭和二年に故郷の信州を出て、佐渡、東京と居場所や職業を変えるが、第一回普選を佐渡で見る。その後独学で階級意識に目覚め、民衆対象の活動に尽力する。「歴史の河」第十五巻に計画された作品である。次郎が遭遇する出来事は多く、この種の題材にたいする作者の情熱がここまで持続していることがわかる。

藤森の共産党入党は昭和二十四年一月である。翌年一月の「日本共産党にたいするコミンフォルムの批判」をめぐって党の内部対立が起こり、それは当時（徳田球一ら）「主流派」と（志賀義雄、宮本顕治ら）「国際派」の抗争と言われた。影響は文化政策面にも及び、新日本文学会にも波及した内部対立によって、二十五年藤森と江馬修は脱会して人民文学社を設立し、十一月には『人民文学』創刊となった。新日本文学会の国際派的傾向に対抗するものである（『たぎつ瀬』一四八―一四九頁）。渡辺順三によれば、コミンフォルム批判を支持するものを「分派」と称し、『人民文学』は『新日本文学』を分派の巣窟として敵視し、攻撃した。[4]

この間の経緯などを藤森は短編「分派」（『人民文学』昭和二六・一）に描いている。小山（藤森）は、東京、淀橋の新文学会館を訪れ、「新文学会中央グループ声明書」なるものを要求する。彼自身会の中央委員であるが、この声明書は「右派分派に対して」闘争すると言いながら、あきらかに党主流派にたいする攻撃であった。小山は川口（江馬）と「至急正しい運動を展開しなければならない、そのために橋頭堡的新雑誌をつくる必要がある」ことを相談する。さらに相手グループの三島（蔵原）を説得する役目を小山は引き受ける。三島にたいする小山の評価は高く、その良識の人物が分派に与するのを見過ごせない気持ちであった。しかしこの試みは実行されぬまま、新しい雑誌が創刊される、という内容である。この作品は「フィクションを加えた小説である。ヨリ真実であるために」ということわり書きが冒頭にあるが、「分派」の面々にたいする批難や攻撃のことばと並んで、実は「すべての新文学会員と仲よくやつて行きたい強い欲望」も語られている。小山の家族の動静も伺われる。十月社会主義革命三十三周年記念日にソ連代表部の晩餐会に川口とともに招待された小山は、満二十年前のこの日ハリコフで「街頭を行進する労働者農民市民の祝賀大行進」にむかってトラックの上から「ウラア！ウラア！」と挨拶を交わしたことを、彼としては珍しく「自発的テーブルスピイチ」し、湧き上がる拍手に「不意に涙ぐんだ」りする。

このときのことは同誌同号掲載の「ハリコフの革命記念日」にも見られる。二十一年前のハリコフでの思い出を語るこの小文には彼の感激性ぶりがあふれている。なかでも、ハリコフではじめて知り合ったルイ・アラゴンが、一昨年のパリ世界平和会議の折、副議長として、「かつて何も音信連絡がなかつたのに真つさきにぼくへ招聘電報を」くれたことを「故旧忘れ得べき」の感と特筆している（この会議に藤森は出席できなかった）。

藤森の「中野の手口」（『人民文学』昭和二六・八）は中野重治の「嘘と文学と日共臨中」（『新日本文学』昭和二六・六）にたいする応答である。中野は「江馬と藤森とが中心らしい」『人民文学』の出現におおいに苦言を呈し（『人民文学』と江馬の言葉」『新日本文学』昭和二六・一）、新日本文学会常任中央委員会も『人民文学』の創刊を「わが民主的文学運動の破壊を目ざしている」としてその動向を批難した（『人民文学』に対するわれわれの態度」『同』昭和二六・二）。「嘘と文学と日共臨中」の「臨中」とは、中野が『人民文学』の連中が忠誠を誓ってきた「党臨時中央指導部」のことである。中野は「分派」「鶩」などの藤森作品に触れ、「自由党打倒の看板で反平和・再軍備擁護の姿勢をとつた」日共臨中との関係での『人民文学』を非難攻撃する。そこで藤森は売り言葉に買い言葉的に「中野の手口」を書き連ね、中野が「嘘と文学と……」のようなものを書かなかったら「ぼくも一生こんなことは書かなかつた」と言う。平野謙は、民主主義文学陣営内部の「昨今の混乱と対立」が「理論的にも感情的にも」明らかであると、『人民文学』創刊に始まる中野、江馬の言い合いや新日本文学会そのものの性格、などについて書いている（「消えぬ痣」『文芸』昭和二六・四）[5]。

二十七年両派の対立は解消され『人民文学』は休刊となる。この雑誌（昭和二五・一一―二八・一二）に現れた藤森作品は、創刊号の「文学者と平和を守る運動」ほか「戦争（詩）」「二人の見たもの（戯曲）」（後述）などである。またこれは通して松川事件に大きな関心を寄せ、藤森も第一次調査団長として「松川公判傍聴記」を書いている。別の檄文では、朝鮮戦争開始直前、数人の日本人共産党員と労働組合員が東北線の列車転覆の罪で検挙投獄されたこの事件について、藤森は一般日本人が事件そのものさえ知らず釈放運動もあまり進んでいないことを残念がり、これを「支配階級」が国鉄労組はじめあらゆる日本の労働組合を破壊し、その運動を圧殺し、「人民」を「戦争のルツボ」へ投げ込む段取り、と訴えている。(6)

この年注目のポポロ事件は、東京大学公認のポポロ劇団が松川事件をテーマにした芝居「いつの日にか」を学内の二十五番教室で感動のうちに上演したとき（昭和二七・二・二〇）、私服のスパイのうち三人が学生らにつかまって警察手帖を取り上げられたことから始まった。「手帖を証拠に警察当局を告発することが決議され、ここに、闘ひは大学自治の擁護から国民の自由を剝奪する権力への闘ひへと変貌した」事件である。藤森はこれを「スパイ手帖（セミドキュメンタリイ小説）」として発表した（『政治往来』昭和二七・五）。

木村喜介（藤森）は久しぶりに母校を訪れ、東大事件真相発表会に出席し、「わだつみのこえ」や「学園の自由のために――東大事件の真相」「吾々は告発する――警察手帖の全貌」などの小冊子を配布される。この時の矢内原総長と木村はかつて、科こそ違っていたが、同期の一高生で、木村は「わかい日の矢内原の秀才ぶりや、クリスチャンぶりや、当時の新渡戸校長の幕下ぶりをよく知り、『剛健派』の生徒の校長排斥に反対して一しよに擁護運動をした記憶」があった。木村は「同じ自由主義者ながら自分がわかい時代と同じ意識にゐる快味を感じ」、真相発表会の進行におもわず拍手したい衝動に駆られるのであった。

『新日本文学』（昭和三〇・七）の「南の風・北の風」欄に見る藤森の「奇異」という短文に、このころの彼にとっての「障碍」の一端を伺うことができる。つまり「ぼくらのような党員文学者のほとんどすべて」が曝されている「自然的言論統制のきびしさ」について「かつての東条内閣の天くだり的言論統制以上」と言う。

それは、この「自発」のうしろにアメリカの独占資本が控え、それが異民族的植民地支配的冷酷さを持つていることに因るが、商業ジャーナリズムの自由主義者諸君がその片棒をかつがされつつ、しかもあまりふかく意識していないように見えるのは不思議である。

藤森は「日本占領時代以後のアメリカ内閣のやりくち」に、「日米独占資本というやつ」に、ハラワタが煮えくりかえる思いをしているのである。

この「商業ジャーナリズムの反動化」は、かつてのだれの目にもはっきりわかる「上から」の弾圧にたいして、「今度は大新聞社や大雑誌社の幹部や重役の自主的忌避で、自己統制的」なやりかたで、陰険な「アメリカ的」言論圧迫であり、これは「いはゆる自由主義のファッショ化の必然性」である、というような意見を吐くのは、次に出て来る藤森の長編小説『悲しき愛』の主人公の老党員作家である。著者自身「締め出されてくらしが苦しくなつた」立場であろう。

三十年出版の『悲しき愛』上下は、生身の人間藤森の個人的戦後史(昭和二七―二八)である。「自序」によるとこれは恋愛小説、思想小説、演劇小説と言えるもので、「戦後最も全力を傾け、最も批判を得たい気持のもの」である。作者自身は自信作で世間の反応もよかったと感じていたようであるが、『たぎつ瀬』（一六三頁）の「四面楚歌とも称すべき生活環境下にあって、余裕と客観性欠乏の所産」という観察や、平野謙の「誠実にして幸福な」作者の「昨今のはやり言葉で言えば『老いらくの恋』」（「最近の長編小説―小説ぼけと闘争ぼけ」『新日本文学』昭和三〇・一〇）などの評言は、正常な感覚の発言であろう。(7)

坂上弘の書評「藤森成吉『悲しき愛』」（『文学評論』昭和三一・一〇）がまず作品を要約するところは、「齢老境の域にある劇作家で共産党員の主人公般若次郎が、不治の病床にある糟糠の妻を見捨てて、地方劇団の主宰者たる女主人公三条貞代に愛情を感じ、その恋愛を扱った物語」で、「初期の藤森のあの清純なヒューマニズムの香り高い作品と比べて、これは何という後退ぶりだろう」という嘆きには多くの読者も同感であろう。

さらに坂上は、これまで藤森の「歴史的感覚」を「進歩への一貫した強い憧れ、意志と、現実に直面している自我の問題との関り合い、及びそうした場に於ける矛盾葛藤を含めての身の横たえ方」と捕えて来たが、ここへきての彼の言動の「傍観者的」な面を批判し、この作品にはあの「歴史的感覚が皆無」であると言う。

一体彼は具体的な実践活動として何をやったろうか。ただ党の「手厚い」庇護を受けながら、後方に於て観念的な自分の所信を口にしていただけではなかったか。即ち長老然として、納まり返っていただけではなかったか。彼の批判は正しいとしても一個の党員として自分も当然党のあやまりの責任の一部を負うものとして批判は提出されねばならなかったのではないか。しかしここでも自分にはね返って来る仕方として意見は提出されはしなかった。ここでも自分の主体的責任は全くそらされているのである。傍観者たる所以である。傍観者に鋭敏な歴史的感覚は有り得ない。

藤森成吉は昔から誠実の権化のような作家として通って来たようであるが、今や独りよがりの主観的誠実さだけではどうにもならないということをこの作品は痛ましく教えてくれるのである。

出版の年七月、いわゆる六全協（日本労働組合第六回全国協議会）によって共産党は旧国際派の志賀、宮本が主導権を取り、五十年問題（一九五〇―一九五五の混乱）は終焉しこれ以後党は自主独立の路線を取ることになった。藤森は自作の出版とこの問題をからめて作品の意味を自賛している（あとがき）。

三十一年、かつての六高の生徒であった郭沫若の招聘で、藤森、草野心平ら二十八人編成の訪中芸術家団一行は中国を（藤森ほか何人かは北鮮も）訪問した。三十三年の妻の死のあと出版された『悲歌』上下（『悲しき愛』の続編）にはこの旅行のことが語られている。

主人公般若が北京大学で「戦後の日本文学」について講演するところがある。――日本の文壇はすっかり様相がかわり、かつては作家を志望するなどはほとんどの親が反対するところで、二葉亭四迷の「文学は男子一生の業とするに足るか」という真剣な苦悶は作家志望者に共通するものであった。ところが今や「小説家たることはカネ儲けと名声のためのひとつの道具」で、息子の作家志望に親は反対などしない。これは文学の本質が社会的に認識されたためではなく、作家業が経済的社会的に有利な仕事として作家も作品も商業資本主義の万能的支配に従っているからである。かつてアプトン・シンクレアの『金が書く！』を読んでアメリカの社会の奇異なことに驚いたが、その状態が日本にも実現しているのだ。昨年「太陽の季節」で芥川賞を得た石原慎太郎が好例である。これに呼応するように文壇の長老谷崎潤一郎は『鍵』で大当たりを取りそうである。一方、自由万能主義にたいして石川達三は一石を投じたが、商業主義文壇はこぞって彼に十字砲火を浴びせた。

講演は、病のためにこの旅行に参加できなかった広津和郎について述べるに至り（上、二一八―二一九頁）、講演者自身姿勢を立て直した感じで、広津が「あたかもドレフュース事件に於けるゾラ」のように一大疑獄事件、松川事件のために活躍していること、自分ら『人民文学』がいち早く世に訴えたが世間もジャーナリズムも「アカがなにを言うか」という調子で功を奏さなかったものを、「党員ならざる、且つ自由主義作家ちゅう最も良識有る一人とされる」広津が立つに至っては じめて日本の世論が動き出したことを述べている。係争中のこの事件のため、広津は一か年余りにわたって『中央公論』誌上で裁判の不当を例証している。

『悲歌』は物語としては、主人公は妻の死後恋人にたいする愛も成就されることなく終わる。これにたいする河盛好蔵の書評「善意の人　藤森成吉著『悲歌』」（『週刊朝日』昭和三五・九・一八）は、結論として「力作ではあるが、失敗作」と言う。

善意のかたまりのような主人公が、あらゆる人間苦を一身に背負って苦闘する姿はただいたましいというほかはないが、作品の与える感銘は意外に少ない。（略）主人公の性根のすえかたに甘いところがあるためだと思われる。主人公がこの上もなく善良な人間であることは妨げないとしても、それを観察する作者の目は、もっときびしくなくてはなるまい。

また、藤森は冒頭「この小説の最大テーマは、むしろ日本国民の戦争責任の自覚です」と書いているが、河盛も指摘しているように、そのような意図はほとんど達成されていない。

久保田正文（「党員作家の告白」『日本読書新聞』昭和三五・一〇・三）はまず「悲歌」という題名に首をかしげる。

この作家の小説「若き日の悩み」を私は、少年時代にこころうたれてよんだ記憶がある。おなじ作家が、いまこの書物を、小説として書いたのではあるまい。それならば私は、このよみものを、小説として評することは、さしひかえるのが老作家に対する敬意の表現であり礼儀にもかなったことであろうと思う。

初期の藤森作品に寄せる坂上や久保田の記憶や思いも、『悲しき愛』『悲歌』の読後に聞くと、胸が痛むとしか言いようがない。しかし若い日の「イリタビリティー（いらいら）」は老人の繰り言に、自分中心の悩みや喜怒哀楽はやはり自分目線の発言になる、と思えば、彼の中身はさして変わらず彼は自然に年を取っただけ、とも言える。

一旦「自分」を離れて、たとえば腕に覚えの歴史ものに道はなかったのか、とも思う。それは「安政の大獄」というかたちであることはあった。敗戦後の日本が置かれた状況の中で、かつて「開国」という一大事件に直面した日本人を描こうとしてこの題材を選んだのであろうか。昭和二十五年に着手され、二十七年に『人民文学』に一部分を見せ、三十一年に『アカハタ』に連載された作品である。

「二人の見たもの（一幕）」（『人民文学』昭和二七・一〇）はのちの小説「安政の大獄」の「七箱根の山」に当たる。二人の見たものとは、大獄の捕縛者池内大学、頼美樹三郎、梅田雲浜、吉田松陰らが箱根の山を越えて江戸へ送られる第一次護送の隊列である。それを見るのは嵐という青年ほかであるが、嵐は言う、「彼等には彼等の夢、ぼくらにはぼくらの夢」「安藤昌盛《ママ》先生の夢」。作者は付記で「嵐辰之助は特殊部落出身のインテリゲンチア、安藤昌盛《ママ》は十八世紀の日本の最も独創的な思想家」と言う。

昭和三十一年六月十二日から『アカハタ』に全容を現した「安政の大獄」は、安政五年新暦で言えば七月下旬の熱い盛り、主人公井伊直弼四十四歳が日米通商条約調印か延期かの問題に立ち向かっているところから始まり、おおかたの日本人読者のよく知る雪の日の桜田門外の変をクライマックスに、急速に終わる。題名は「安政の大獄」であるが、条約調印にかんする井伊周辺と水戸派の相反する思惑と攻防が作の主流である。嵐（二十六歳の通弁、蘭学者）とふみ代（当時品川で有名な女郎屋土蔵相模のひとり娘）という全編通しての観察者の存在と発言で全五十八回はまとまる。

最終回のふたりの会話は、開国して日本全国が統一されると、その中心は多分天皇で、上は天皇、下は……、「しかしあの安藤昌益(8)先生の言葉どおり、いつかはそんな差別はなくなりますよ」となる。嵐は自分の身分を明かし、「現に通弁の役目にも、『素性極内』で取り立てられたのです」と告白すると、ふみ代は「前からお察ししておりました、〔お話を聞いて〕よけい!」と答える。

かつての崋山や長英を思えば、人間井伊の内面の描き方は物足りない。幕末の歴史ものもいまやぱっとしないなら、薄田研二の要請で、藤森としては苦労して書き昭和三十一年に完成した「河上肇伝　四幕八場」はどうか。『人民』(昭和三二・四、三三・六)に発表され、中央芸術劇場が上演した。個人的にも接点があり、共産主義に対する気持ちも共有した藤森が「河上」を書くということは、資料や書きたいことの膨大さを考えただけでも大変な作業であったであろう。作品は河上の『自叙伝』(岩波文庫、全五冊)によって進行するところが多いが、芝居は「昭和七年正月」に始まるので、読者・観客は『自叙伝』中「労農党解消後地下に入るまで」あたりから河上に付き合うことになる。

(第一幕)五十三歳の河上は「永い学究生活と大学教授の経歴が身につきつつ真摯直情的」な感じであるが、来客の一人に「まず宗教団体の『無我苑』へ飛び込み、一切を棄てたかとおもうと間もなく、京大教授の椅子につき、とおもうとまたやめて新労農党へ飛び込み、今度はそれをつぶしにかかり……」と言われ、人には豹変する人間に見えるかもしれないが、と自分を説明する、「ぼくは元来鈍根で、何事もおそく、しかも信じやすく、信じればムキになる人間です。そして信じていることのまちがいに気づけば、一刻もそこにいられない人間です」。

妻の弟大須賀衛〔大塚有章〕が彼を支えている。博士は、近ごろ党からの金の要求、何度もある臨時の寄付に触れ、プロレタリア文化連盟員や全協の闘士らに金を期待されるが、党が外の寄付金を禁じたので断りやすい、と衛に言う。衛はここ幾日か党のシンパが逮捕されはじめ形勢が不穏であるから、党が博士のために隠れ家を準備する、と伝える。

（第二幕）博士はこれから百余日の地下生活に入る。最初は新橋駅近くの医者の家である。党の幹部のひとり松村が来て、博士が党員に推薦されたと伝える。仕事は『赤旗』の編集や執筆である。博士は「これでやっとマルクス主義者として自分を完成することができた」と喜ぶ。衛が岩田義道に会ってくれと頼むが、博士は岩田にたいする疑惑――党中央部に検事局のスパイが入っている――のゆえに断る。次の隠れ家は中野区住吉町の画家名取の家で、まえの隠れ家とは雲泥の差で博士は快適に過ごしている。娘の真知子が来て、岩田の死を知らせ、大森ギャング事件の中心人物として衛が逮捕されたことを伝える〔川崎第百銀行ギャング事件で大塚有章はスパイ百瀬の手引きで逮捕された〕。

真知子　わたしも変装して(9)叔父さんと一緒に自動車に乗っておカネを受け取りました。
博士　おまえも一緒に？
真知子　私、……いいえ、叔父さんもとても気の進まない役割でしたけど。

逮捕された衛の博士宛の手紙でこの隠れ家を知った特高らが博士の身柄を引き取りに来る。衛は書いている、「そもそもこんな場所へ兄上を引っ張り出したのがまちがいですから、どうか一日も早く最善の書斎へ戻られ、貴重な天分を発揮してくださることを……」。警部原田は「(勝ち誇るように、またあざけるように) どうです？ わかりましたか？」と言うが、連行される博士に刑務所は寒いから「ウンと着て行きなさい」と忠告する。名取の妻は、せめてこれをと生卵の入った茶碗を差し出す。

(第三幕) 豊多摩刑務所内。囚人らが博士は貧乏人を助ける主義だ、『貧乏物語』は有名な本だ、と言い合う場面で幕が上がる。

昭和八年六月、東京地方裁判所(市ヶ谷)の応接室で、戸沢検事相手に、博士は「もはや矢尽き刀折れた今、わたしにとつては一介の老書生として、再び書斎にこもり、(略)『資本論』翻訳にでも余生を捧げる外ありません」と語る。市ヶ谷刑務所の独居房で博士は「獄中独語」を書いている。

元来、実際運動は私の性分に適した領域ではないが、にもかかわらず、昭和三年大学教授の職を辞してから一歩ずつ深入りするようになったのは、マルクス主義(共産主義)に対するわたしの学問上の信念が、わたしをして書斎に蟄居することをゆるさなかったからである。

しかし実際運動にかかわった苦しい五年間を経て、いま共産主義者としての自分を葬ろうとしている。それはマルクス主義の理論にたいする学問的信念の動揺ではないが、「実際運動から遊離している者は、如何に努力しようと、マルクス主義の発展の最先端を代表する学者たちとは伍し得ない」。階級闘争の場面から退去した者は、学問の領域でも第二次、第三次的な仕事に甘んじなければならない。――昭和八年七月五日の日付である。

（第四幕）昭和十二年六月博士は自宅へ帰る。記者らが集まり、博士の覚書を弟子の堀田が読み上げるのを書き写す。二十一年、京都の家で博士は死を迎える。党を再建した四賀（志賀）に博士は復党すると言い、松村[10]こそスパイで岩田は立派な党員と聞かされる。四賀に満洲の大須賀衛の将来を頼み、「日本共産党万歳」と言い終わらず息絶える。明けの鐘が聞こえ四賀が外を見て「まだ暗い」と言う。幕の上に「この人を見よ！」の金光の文字が現れる。

ところで、頼山陽の伝記小説である『愛のなかの詩人』（東都書房、昭和三四）の「自序」で、藤森は自分が頼山陽関係の作品をたくさん書いていることについて言う、

これは、読者にあるいは奇異感を与えるかも知れない。天皇制を否定し、国家主義やファッショに強く反対する作家が、王政復古を唱え、尊皇斥覇を主張して明治維新の原動力となった山陽に、同感したり興味を抱いたりするのは、矛盾していないかと。

戦時中の作品「鶯」（『知性』昭和一七・五）も頼山陽ものである。劇作家の地介（藤森）が自作「青年山陽」の舞台を観る話で、いわば「若き日の山陽」（全三幕）（初出は「頼山陽」として『中央公論』昭和一六・一二、題名を改めて『昭和演劇新書　藤森成吉集』建設社、昭和一八所収）の

うちわ話的な作品である。時代的背景は「バタビヤ猛攻開始。随所に敵防備陣を蹂躙……」に始まり、「いよいよバタビヤが落ちました」「すると、いよいよ全インドネシアの新世紀か！」に至り、地介の「まつたくなんてすばらしい時期だ！」というセリフで終わる。作品「青年山陽」とバタビヤの戦況はまったく無関係であるが、地介のなかでは明らかにこの二つは「好ましい」ものとして彼の気分を高揚させている。中野重治は「嘘と文学と……」のなかでこのバタビヤ関連の箇所を引いているが、「鶯」は筆者が僅かに感知することができた藤森の「愛国気分」が伺えるものである。

かつて「鶯」で「愛国気分」を吐露した藤森と「八月十五日の記」「奇異」などで率直な発言をした藤森の心情の差異は現実である。大熊信行の「窪川鶴二郎、藤森成吉の崩壊過程　武井昭夫氏の究明したもの」（『時事通信』昭和三一・一二）が述べる「人間における変化の自由と表現の自由」「藤森成吉氏の戦時愛国歌三首」「藤森氏、マルクス主義に反いた前歴を伏せる」「ひとびとの自己批判の自由を奪つたもの――中野報告の呪縛」や、遡って武井の「戦後の戦争責任と民主主義文学[11]」は、これらの問題を追及し、たとえば藤森の戦時中の短歌などに見られる「愛国気分」を手がかりに彼の思想的「崩壊」や「荒廃」を指摘しようとする。

一方、『愛のなかの詩人』を「捧げられている」木村毅は、藤森の「孤居をこのむ鷹」ぶりを、その作品には東大出の秀才の面影は少しも現れていない、白樺の影響はほとんどない、ドイツ文学の影響も感じられない、と言うが、その「一種の厭人主義」は年と共に社会運動に入ってからは次第に消え、「今迄かくされていたユーモラスな面」が現れてきた、と観察する。木村が高く評価するのは相変わらず「礫茂左衛門」で、小説の方はなんとなくイデオロギーを消化しきっていないようで甚だ不満だったが、続々生まれた戯曲は相次いで上演され、「過半は成功を収めている」。「何が彼女をさうさせたか」はもっとも有名で天下を風靡したが、木村は、その通俗性をこのまず、「シーボルト」「陸奥宗光」「高野長英」らの「どこか鋭い針のようなものを含む清新さ」は記憶に鮮やかである、と回想している（「藤森成吉の人と作品」昭和三二・五）。

昭和四十年八月、江口、蔵原らは日本民主主義文学同盟を創立する。藤森は、同盟創立の呼びかけにこたえて参加を承認し、創立大会にも出席した。『民主文学』（昭和四一・一）に彼は「文学と階級意識」の発言を寄せ、（永年自身副会長をしている日本国民救援会愛知県支部における近年の逸脱――階級的な本質を一般的人権運動に解消し変化してしまった――を例に、）同盟の名称を「（日本）人民民主主義文学同盟」とする、「人民」の語をいれなくともこれが「階級的文学運動」であることを会員は銘記していて欲しいと言う。国語辞典によれば「人民」とは「社会を作っているひと」であるが、藤森は「『人民』とは支配階級に対立した言葉」と定義している。かつての『人民文学』同様、これが本質であるという藤森こだわりのことばである（これを「排他的」と見る読者の投稿が次号に見られる）。

藤森の晩年の仕事で無視できないのは七十三歳で世に問うた『知られざる鬼才天才』（昭和四〇）であろう。これは十七世紀のオランダの画家でレンブラント、ルーベンスに次ぐアドリアン・ブラウエル[12]を筆頭に、（あとはみな日本人であるが、）長谷川等伯、宮本二天、宮川長春、天竜道人、横井金谷、江馬細香、近藤東来、岡倉天心、西郷孤月、渡辺崋山を扱う画家評伝集である。著者の「はしがき」によると、「これは自分の仕事のなかでどういう意味を持つものだろうか」、自分の本来の仕事は小説や戯曲であり、絵画研究等は「一種の酔狂」と思われていようが、それでもこれを一本にまとめようと思ったのは、「右の著名画人たちの評論にいささか創見を信じたためである、創見は発見といい替えてもいい」と考えてである。

文学作品はすべて発見を持たなければいけない。その発見に依って、読者が新しく発見するところがなくてはならない、たとえどんなに美ごとに描写され巧みにうたわれていようとも、発見を持たない創作は通俗物であり、第一級品たることはできない。同様に、すべての学術研究も発見を持たなければならず、それを持たない物は単なる祖述や解説や紹介に過ぎない。

その意味で、真の（学術的）研究は創作との共通点を持ち、創作の次位にたつものではなかろう、という到達である。

出版元の春秋社社長に「ぼくは永久に残るような本を出したいんですが、この本は残りますか？」と聞かれ、藤森は即座に「残りますよ、ぼくの全部の小説・戯曲その他が亡びてもこれは残りますよ」と答えたそうである。

八編の付録の創作作品の中の宮本武蔵を扱う「心境」（初出未調査）に逆境をむしろ逆手にとるような発想があり、これを素通りするのは残念、という気持ちで以下に紹介する。

かつての藤森のヒーロー渡辺登が辞職するために「そうだ、自分の持ちものをみんな殿さまへかえしてしまおう」と献上目録をつくる場面がある。そのなかに宮本二天筆「枯木鳴鵙《ばい》」という忍びない一幅があった。それは登が谷文晁に師事して間もないころ四谷通りの骨董屋で見つけたものであった。

二天作中でも最もすぐれたものを自分は持っている。スッと一本宙をついて立っている枯枝のテッペンちかく、四方の秋ぞらを睥睨している一羽の鴃《もず》。するどい高いその鳴き声が幅一面に響いて来るような――。（『夜明け前のエレジー　渡辺崋山』六五頁）

短編「心境」の主人公宮本武蔵は今は熊本藩主から客分の扱いを受けている老人である。縁先の一本の銀杏はその庭の主のようにそびえたっている。そのてっぺんでモズが「槍の穂先のような梢を両足で摑み、王か将軍のように四方をにらみ据えながら、犬のように尾を振り回した。」武蔵が筆の穂先をひと嚙みするともう紙上に一羽のモズがおどっていた。庭のモズは飛び立ったが、この写生図を参考に彼は一幅の水墨画に没頭した。

一本のほそい枯梢が紙の下部の一角から上部中央へ槍のように突き上げていた。そのてっぺん近く一羽のモズがとまって……というより、ムズと梢を摑んで四方をにらみ据えていた。

そこへ僧春山がやってきて「もっと大きくはげしいやつを描く気はないか？」「たとえば鷹とか鷲」と言う。自分より二十も若い彼は藩主菩提寺の法嗣に擬せられている男で、彼以上に自分武蔵の才能を理解するものなしと思っているその男がそういう批評をしたのだ。「猛禽と言っても、せいぜいモズか鴨がおまえにぴったりだ。それはお前の器だ!そう、あの坊主は諷したのだ」。これまでの自分の「一念と資格」を春山は一言で砕いたのだ、もし敵ならこれほどの敵はない、それとも彼は激励のためにあんなことを言ったのか。
春山が帰ってからも気分が落ち込んでいた武蔵は城下の緑の中にさまよい出た。蛇に挑むような「キ、キ、キ、キ」という声が響き、「さっきのモズか?」と高い梢に一点の鳥かげを見るが、鋭い声を残して小鳥は森かげへ消えた。あとの碧空をながめる武蔵は満面に喜色を浮かべる。

見ろ!あいつの飛んだ後にはあいつはいない!いくら小さな存在でも、あいつのほかにあいつはいない。その意味では唯一不二だ。それはあの現実の小鳥よりも芸術において一層真実だ。どんなにちいさくとも、かつて何人も持たず、また創れなかった世界は、一個造物主的なものではないか?

そして武蔵は「廓然無聖」とつぶやく。
かつて木村毅は藤森の将来像を予想して書いている、「ゆくゆく氏の芸術の持つ味はいは、宗教の大寂光に似た、くすんでは居るが光を蔵し、暗くはあるが豊熟な詩味を有するものになりはすまいかと云ふ気がする」(「藤森成吉論」『新潮』大正九・三)。何十年も後の友人の心のありようをよく見通した、と思う。

昭和十年丸山義二との対談で藤森は語っている、

ぼくは崋山の絵と同時に宮本二天の絵が好きで、有名な「枯木鳴鵙図」、あれをぜひ崋山に引つかけてかいてやらうと楽しみにしてゐたんだが、だんだんしらべてゆくと、この名画と崋山とは大関係が有ることが分かり、思はずひとり哄笑しましたよ[13]。

創作は事実に先んずるということが言いたかったのであろうが、現代の読者はむしろ『渡辺崋山』のあと年月を経て書かれた「心境」のモズの存在とメッセージに作者の持続する関心や心構えのありようを見て感動する。さらには、若い日に籠の中の雲雀に叛逆せよと呼びかけた作者が、いま人生の盛りを過ぎ、飛び去ったモズに確信するのは自分の仕事や人生を自信を持って肯定し自分にたいしておそらく全面的な満足を感じている、と思われることに一種の安堵感を持つ。

一九六〇年代以降は六編の詩集、歌集の産出が目を引くが、一九七三年、昭和四十八年、八十歳の戯曲家は最後の戯曲集『独白の女』を出版した。近年の作品全部を収めたなかに「忠義と意地」(初出は『世界』昭四五・一〇)がある。作者の序によれば、「およそこれほど封建精神が典型化されたお家騒動は世界に無類と思う」という細川家の騒動を扱い、表現や表記については「俳句、詩、短歌、小説、その他すべての作品にぼくが到達した境地」すなわち「ヨリ以上セリフを省いたら意味が通じなくなるギリギリのもの」という作品である。書評を書いた尾崎宏次はこの作風を「エッセンスだけ」の芝居と紹介している(「藤森成吉著『独白の女』」『芸能』昭和四八・一二)。辰野隆博士に資料などを提供されてから数十年後にようやく果たされた約束の作品だそうである。

慶長十年、豊前小倉城主細川忠興のなやみは、一子興秋が豊臣家にたいする忠義から人質として江戸へ行くことを拒んでいることであった。重臣長岡肥後の努力も空しく興秋は出家してしまう。忠興は肥後父子の討伐を命じ、父親は討手に切り殺される。肥後の妻は願って肥後の手で刺されて死ぬ。討手の大将益田蔵人はかねてより肥後に恩義を蒙っていた。蔵人は、「半分なりとも申しひらき相立たば赦免すべし」という忠興の詰問状を肥後に渡す。肥後は感動しはするが、「興秋さまを通じて江戸に敵対する心はなかった。御遁世についての相談も受けなんだ」（これが真相）ではなく、「拙者はかねて大阪に心を寄せておる者。（略）興秋さま剃髪の御心情は、肥後手に取るようにわかる。かかる本心を押しつつみ、世を欺いていのちをむさぼろうとは思わぬ」と答えて死を選ぶ。

肥後という人物の忠義と意地が、よけいな説明や言い訳などなしに単刀直入に語られ、読者を「あとは沈黙」の虚空に置き去りにする。この潔さ、つまり自信、「意地」は、作者にとってもある意味で理想ではなかったか、と思いたくなる。かつてしばしば指摘された藤森の「書き放し」や江口渙を閉口させた「無闇に」書くそのペンは、ここでは芸術の域に達し、読者に深く考える機会を与えてくれる。

『たぎつ瀬』（一九八頁）によれば、「昭和五十年（一九七五）こそ、成吉にとって最後の輝かしい年であった」「まさに、晩年の棹尾を飾る最良の年であったといえよう」ということで、伊豆大島に彼の文学記念碑が建てられたこと、詩集『詩曼荼羅』の出版、など文学にかかわる動向を挙げている。

筆者としては、さまざまのエピソードのなかで『前衛』（日本共産党第十二回大会特集号）（昭和四九・一）に掲載された彼の「見事な共産党の発展」という短文に注目したい。これは大会における来賓としての挨拶で、「日本国民救済会会長」としての祝辞である。藤森が言いたいことは、（そして筆者が特記したいことは）「見事な共産党……」という題目よりは救援会のことである。藤森は救援会はこれまで「後衛」的な組織のように思われてきたが、「権力と真っ正面から対決するという点で、一種の『前衛』である」と言い、十何年あるいは二十余年の係争事件（メーデー事件、辰野事件など）において完全勝利したことを述べて拍手や聴衆の（親しみをこめた）爆笑を得ている。「障碍」こそ起動者であり続けた最晩年の藤森の姿である。

さらに、「日本国民救援会会長の立場」から発言する、と言う「治安維持法の時代」（『文化評論』昭和五一・六）の一文は、「今国会で論戦されている共産党スパイ調査問題は、まことに愚にもつかぬ古証文の蒸し返しである」と始まるように、これは、昭和八年十二月の「共産党スパイ査問事件」について、「民社党は卑劣なクサビを打ち込もうとした」「外に日本共産党に傷を負わせる事物を発見する事ができず」「事あれかしと待ち構えているジャーナリズムはその餌に飛びつき」などと観察し、「この問題の側面的弁護を述べたい」という姿勢で発言するものである。「新興階級や進歩政党は、決して残酷な手段や陰惨な手口に訴えない。それは、レーニン初め、（如何に正当な目的を持っても）絶対にテロを拒絶し、それが当該政党にとって図り得ない損害を負わせるものであることを、承知しているからである」と述べ、小林多喜二虐殺のごとき「治安維持法の時代」

に起こった「権力犯罪」に対して、自分らの救援会のありかたについて誇らかに言う、

周知のごとく、日本国民救援会は、およそ権力犯罪のあるところ、自由法曹団と手を携えて即時断固たる反撃を加え、他方犠牲者のためあらゆる救援手段を尽す組織である。会はただそれのみ目的とし、自身の利益のためには何事をも目指さない、現代における神聖組織と呼んでもいい団体である。

これら二例であるが、作家、文学者である前にまず藤森が終始「人間を愛するひと」であったことを改めて思い知らされる。戦後の彼の動向を追ったこの年月の最終近くで聞く（惻隠の情に発した、と思いたい）叛逆精神のことばは、彼のなかの大黒柱的なものの存在の証明のようである。

彼の死はこの翌年である。

注記

※藤森岳夫『たぎつ瀬　作家藤森成吉略伝』（中央公論事業出版、昭和六一）からは何件もの情報をいただきました。便宜上本文中に『たぎつ瀬』（頁）と記してこれを示します。

はじめに

（1）平野謙「インテリはインテリゲンツィアに非ず」（『読売新聞』昭和二一・一一・二二）『平野謙全集　一』（新潮社、昭和五〇）、二三二頁。
（2）麻生久「社会運動と知識階級」『社会問題講座　四』（新潮社、大正一五）。
（3）中田幸子『父祖たちの神々——ジャック・ロンドン、アプトン・シンクレアと日本人』（国書刊行会、平成三）、一一五—一一九頁。
（4）藤森成吉「歴史小説における事実と作意」（昭和一一・五）評論・随筆集『風雨帖』（改造社、昭和一四）所収。

第一章　叛逆させる「境遇」一八九二—

（1）「文学のために（自伝）」は、評論・随筆集『愛と闘ひ』（竹村書店、昭和一六）所収。
（2）「一高時代の憶ひ出」は、第一高等学校校友会文芸部編『橄欖樹　第二輯』（昭和一〇・一二）所収。
（3）中野好夫『蘆花　徳冨健次郎　三』（筑摩書房、昭和五九）、四〇頁。
（4）神崎清著、「大逆事件の真実をあきらかにする会」監修『革命伝説　大逆事件　四』（子どもの未来社、平成二二）、二三八頁。「謀叛論」と藤森の関連について、『たぎつ瀬』（二四頁）には、このとき譴責処分を受けた新渡戸校長にたいする藤森の生涯にわたる尊敬の念に言及があるのみで、柴崎秀子（「藤森成吉—労働体験の意味」『大正労働文学研究　七』昭和五九）は藤森が講演を「聴いたという記録は見つからない」と述べている。
（5）「二葉亭を思ふ」のほか、藤森は二葉亭やその仕事について多く書いている。
「二葉亭四迷研究」『日本文学講座　一』（新潮社、大正一五）、「長谷川二葉亭論」（昭和八・一二）『日本文学講座　一二』（改造社、昭和九）評論・随筆集『花ある路』（萬里社、昭和一六）所収、「二葉亭に寄せて」（昭和一三・四）『愛と闘ひ』所収、「二葉亭四迷研究　作家研究座談会　四」（『新潮』昭和九・一一）『明治・大正文豪研究』（新潮社、昭和一一収録）など。

翻訳『うき草』や『其面影』の解説もある。前者がツルゲーネフの傑作であれば後者は二葉亭の代表三作品中第二位に位置する、というのが藤森の評価である。つまり、内田魯庵の、一位『浮雲』、二位『平凡』、三位『其面影』といふ評価にたいして、『平凡』以上にこれを「買いたい」と言う。この東西二つの作品の相似性、親近性に触れ、二人の主人公は「兄弟ほど似てゐるといふのがいひすぎなら、少なくもイトコほど似てゐるではないか？」と漏らしている。藤森自身のルージンにたいする思い入れは、かつて（スペイン戦争のころ）詠んだ自作の歌「ルージンにあらねどもしも死ぬべくばその堡塁のその旗のもと」を改めて披露していることでも推測される（二葉亭四迷著『其面影』藤森「解説」、二葉亭四迷訳　ツルゲーネフ著『うき草』藤森「解説」、ともに有明書房、昭和二二）。

（6）木村毅『私の文学回顧録』（青蛙房、昭和五四）、四四—四五頁。

（7）クロポトキンの「革命家の思出」（大杉栄訳）（『大杉栄全集一一』ぱる出版、平成二七、二九八—三〇四頁）に、「ナイヒリズム」「ナイヒリスト」についてかなり長い叙述がある。「彼等自身の理性が認め得ない迷信や偏見や風俗や習慣を、彼等自らも唾棄し又他人にもそれを要求した」とまずナイヒリストの基本的な姿勢を説明し、「ツルゲエネフは此の新しいタイプの人間を非常に賞賛して」いたが、クロポトキンらはナイヒリストのバザロフを「余りに刻薄《ママ》」「殊に其の年老つた両親に対してあんまりだ」と思った、と書いている。

（8）藤森成吉「回想の窪田空穂　先生の眼」『近代作家追悼文集成　四一』（ゆまに書房、平成一一）。

（9）「労働者の解放は、労働者自身に依て為し遂げねばならぬ」（クロポトキン著、幸徳秋水訳『麵麭の略取』「英版自序」岩波文庫、一〇頁）。この翻訳にはじめ大杉もかかわった。

（10）『大杉栄全集　別巻』（平成二八）の「年譜」参照。

（11）木村毅「藤森君に就いて」『日本文学大全集　藤森成吉全集』「月報　一二」（改造社、昭和七）、同「藤森成吉の人と作品」『現代日本文学全集　七七』（筑摩書房、昭和三二）、日下部桂「藤森成吉伝　上」『信濃ジャーナル』（昭和四九・一一）などに依る。

（12）『光』一巻二八号（明治三九）掲載の「新兵諸君に与ふ」という非軍備主義の檄文の翻訳、『日刊平民新聞』一号（明治四〇・一・一五）にクロポトキンの「革命家の思出」の第六編第七節から『ル・レヴオルテ』発刊の記として要約したもの、『同』一七—二二号（明治四〇・二）掲載の「欧州社会党運動の大勢」という論文で大杉自身が無政府主義者の名乗りをあげたもの、『同』四三—六三号（明治四〇・三）掲載のクロポトキン著「青年に訴ふ」の訳文（これで大杉は巣鴨監獄入りをした）など。山泉進「解題」『大杉栄全集　一』（平成二七）参照。

（13）大杉抄訳、ジョルジュ・パラント「叛逆者の心理」（『近代思想』大正三・三）や荒川義英の「反逆者と不平家」（『同』大正五・一）などが気にはなる。

（14）堀利貞「反逆と建設の文学—藤森成吉氏—」（昭和四七・五）『現代の巨匠　歴史を生きぬく群像　上』（東京

インタープレス、昭和五二）、二七八―二七九頁。

(15)「山路愛山」（大正六・三没）の名は『実生活』（創刊から六か月間の）に登場しない。藤森の記憶違いか。ただし『信濃毎日』の主筆（明治三二―三五）としての彼の存在には藤森は無関心ではなかったと思う。

(16)藤森成吉「労働者のなかへ」蔵原惟人、手塚英孝編『物語プロレタリア文学運動』（新日本出版社、昭和四二）、五三―五四頁。

(17)『平野謙全集　二』所収の「問題の発端」（『近代文学』昭和二八・九）に「実行と芸術」問題の歴史的発端が語られている。平野は「芸術と実生活」との相関関係が後年の「政治と文学」問題に発展したのではないか、と言う。

第二章　「人生派的」作品のなかの自分　一九一三―

(1)学生藤森が読んだであろう日本自然主義小説の代表作と言われる徳田秋声の『あらくれ』は『読売新聞』（大正四年）に現れた。

(2)これは「年譜」とともに『現代日本文學全集　四七』に、多少内容を変えて、収録されている。初期の諸作品についての作者自身による興味ある記述や「藤森」を理解するうえでのカギのようなものも見られる。

(3)藤森が（多少パラフレーズして）引いているのは『決闘』「十八　遊興」につづく「十九　格闘」の最後の部分（四四八―四四九頁）の、以下の数行である。

黎明《あけがた》であつた。空は明るく、子供らしく清々《すがすが》しく、空気はぢつと静まつて涼しかつた。見えるか見えないくらゐの水蒸気に囲まれた湿つた樹々は黙々のうちに自分の暗い謎のやうな夜の眠りから覚めた。そしてロマシヨーフは家へ帰りながら其樹々や空や露に濡れて白くなつた草などを見た時、醒めかかつて微笑んゐる此朝の純潔な美しさのなかで自分を卑しい、穢はしい、醜い、そして限りなく掛離れた者のやうに感じた。

(4)木村毅「藤森君に就いて」前掲書（昭和七）、「月報一二」。

(5)『文章世界』（大正九・六）掲載の「芸術を生む心」の後半に西宮藤朝にたいする「弁難」があるが、以前「憧憬」を評した西宮にたいするそれはいささか度をすごしており、西宮は同誌次号でこれに対応している。自作品の批評などにたいする抗議・反撃のたぐいは何回もあったが、若い時は時にはその怒りは相手を切り殺したいほど、と自ら回想している。（『若き日の悩み』の自費出版」『文章倶楽部』大正一三・六）

(6)「学校生活を呪いつつ」は東京大学学生新聞会編『私の卒業論文』（同文館、昭和三一）所収。

(7)瀬沼茂樹『日本文壇史　二三　大正文学の擡頭』（講談社文芸文庫）第一一章冒頭は、藤森の一高時代、『波』、「雲雀」などを語り、このエピソードにも触れている。藤森のゲーテについての所感は「山房随想」（『新潮』大正一五・一一）に見られる。

(8)板垣直子『現代小説論』（第一書房、昭和一三）、二四頁。

(9)『コザック』の初訳者は田山花袋であるが（明治三七年、英語からの重訳）、『トルストイ叢書』（新潮社、大正五―六）第六巻収録のこの作品の訳者は広津和郎（これも英語から）で、この二八―二九頁が該当部分である。

(10)「思ひ出づるまゝ」（感想・随筆集『叛逆芸術家』）によると、藤森は作品「子供」のもとになった自分の感情を当時妻の父（岡倉由三郎）宛の手紙に書いた。その手紙は、荒畑寒村の作品集『逃避者』（東雲堂、大正五）のとびらに書き写され（藤森にはこのような習慣があった）、三人の子供の父親になっているいま読み返して感慨を禁じ得ない、と言う。この作品集には「父親」が収められていた。作品には登場しない若い革命家の息子にたいする父親の心配が、息子の妻の存在によって和らげられる話の流れに藤森が「敵わない」と思ったという作品である。

(11)たとえば、川島益太郎『近代作家の人及作品』（大同館書店、昭和八）、三五五―三五六頁。

(12)『長野県文学全集　二　大正篇　一』（郷土出版社、昭和六三）、中山和子「解説」参照。

(13)大槻憲二・宮田戊子共著『近代日本文学の分析』（霞が関書房、昭和一六）、一八九―二一一頁。

(14)『近代文学評論大系　五　大正期』（角川書店、昭和四七）所収。遠藤祐、祖父江昭二「解題」。

第三章　「実行に於いては社会主義、文芸に於いてはプロレタリアニズム」一九二〇―

(1)宮地正人「森戸辰男事件」我妻栄編『日本政治裁判史録　大正篇』（第一法規出版、昭和四四）、二二八頁以下。

(2)平野謙「初期プロレタリア文学」『平野謙全集　一』、三五四頁。

(3)未定稿。『大杉栄全集　五』（ぱる出版、平成二六）所収。

(4)『有島武郎全集　八』（筑摩書房、昭和五五）所収。

(5)『日本プロレタリア文学集　二　初期プロレタリア文学集　二』（新日本出版社、昭和六一）、祖父江昭二「解説」、四五二―四五三頁。

(6)鎗田研一訳「財産とは何か」『社会思想全集　二六』（平凡社、昭和六）「付録」で鎗田は、この著作について、①無政府主義実現の障害物すなわち私有財産を攻撃した、②自由、自由連合など私有財産を禁止する手段を提唱した、③この書が有名なのは多くの近代的社会主義学派がここから出発したからだ、と解説している。鎗田は藤森の『波』の書評を書いた人である。河野健二編『プルードン・セレクション』（平凡社、平成二一）参照。

(7)荒牧金光「プロレタリア演劇の時代　その一――藤森成吉――」『目白学園女子短期大学研究紀要　一九』（昭和五七・一二）、一九五頁参照。

(8)国分一太郎、小田切秀雄、山下肇編『文学の中の教師』（明治図書、昭和三二）のなかの「1　傍系教師の厳格主義　藤森成吉の『ある体操教師の死』」、一五頁。

(9)これは有島の死の直後（七月なかば）に書かれたも

ので、有島武郎個人雑誌『泉』終刊号（大正一二・八）に寄せられた。『叛逆芸術家』所収。

(10) 引用部分はクロポトキン著、大杉栄訳「革命家の思出」『大杉栄全集　一一』、三〇四頁。

(11) 江口渙「有島武郎は何故心中したか」『わが文学半生記』（青木書店、昭和二八）（『近代作家研究叢書　六四』日本図書センター、平成一）、二三六頁。

(12) 木村、前掲書、二八七頁以下。新居格「フェビアンの人々」（『解放』大正一五・一）参照。

(13)「悪夢」は『芸術を生む心』のほか、『芸術戦線　新興文芸二十九人集』（自然社、大正一二）に「獏のひとり言」とともに収録されている。

(14) 藤森は同郷の先輩藤森良蔵の依頼によって『考へ方』誌上に七年間にわたって「受験生活を題材とする小説」の選者を務めた。一千数百編にのぼる投稿手記の中から『受験小説集』に十二編の「粒選り」を載せた経緯を「序」に書いている。このような小説集はおそらく世界にも類がないと思うので「その点、社会問題的にも見逃しがたい」と言う。

(15)「ネクラーソフ詩集抄」（『世界名詩集大系　一一　ロシア篇』（平凡社、昭和三四）に収められている谷耕平訳（一八六六年作）「大玄関わきの黙想」（二六〇―二六一頁）最終部分に以下が見られる。

どこでロシアの百姓がうめかなかったか？
彼はうめいている　野らで　道ばたで
彼はうめいている　牢獄の中で　徒刑場で
坑道の中で　鉄のくさりにつながれて
彼はうめいている　乾燥場で　稲むらの下で
荒野で夜あかす荷車の下で
（略）
民衆のいるところ　そこにはいつもうめきが……ああ
愛《かな》しき者よ！
はてしないおまえのうめきは　そも　何を意味する？

(16)「革命家の思出」『大杉栄全集　一一』、九八頁。

(17)『日本プロレタリア文学集　三三　ルポルタージュ集一』（新日本出版社、昭和六三）、今崎暁巳「解説」。

(18) 藤森が、当時わが国で広く受け入れられていたロンドンの『奈落の人々』――辻潤が関心を示し、和気律次郎が大正九年に労働文芸叢書（叢文閣）の一冊として邦訳した――を読んだかどうかわからない。池袋の自宅に残された三千冊の書物が東京大空襲で焼失した、と聞くと、この中に彼の関心を示すものが多数あったにちがいないと、残念である。宮本百合子は『道標』第三部で、英京ロンドン滞在中の「伸子」が「ジャック・ロンドンが『奈落の人々』の中に辿った道順」とほとんど違わない道すじを一時間半でひとめぐりする夜のイースト・エンド見物バスを体験するところを書いている。

(19) 細井和喜蔵作品集『無限の鐘』（改造社、大正一五）所収。

(20) 松本克平「藤森成吉の労働体験」『日本社会主義演劇史　明治大正篇』（筑摩書房、昭和五〇）、八一六頁。

(21) 藤森成吉「労働者のなかへ」蔵原、ほか編、前掲書、六〇—六一頁。
(22) 前出、木村毅、「藤森君について」(昭和七)。
(23) 『北海道文学全集　五』(立風書房、昭和五五)、小笠原克「解説」参照。
(24) 久米に対して藤森は「インテリゲンチャについて一言」(『文芸春秋』大正一三・三)、「闘志」『同』(大正一三・六) などで反撃し、久米も「応闘」(『同』大正一三・七) で応えた。
(25) 「作家に対する公開状」は、有島武郎、江馬修、久米正雄、広津和郎、菊池寛……と続き、藤森は第九回目の登場である。「敬虔な態度」「自然と心理の合致」「純粋で厳粛な作家」など三人の投稿文のあと、武野の文が掲載されている。ほかの三人とは視点が違い、藤森の持っている「力」について考察しようとしている。
(26) 山泉進「書誌解題」『大杉栄全集　一〇』、五八四—五八六頁。
(27) 『大杉栄全集　四』(平成二六) 所収。
(28) 長谷川如是閑「闘争本能と国家の進化」『長谷川如是閑集　五』(岩波書店、平成二)、五八頁。
(29) ウエルナー・ゾムバルト著、田辺忠男訳『プロレタリア的社会主義』(日本評論社、昭和七) は、勝本が読んだ *Der Proletarische Socialismus* の「第一巻」の邦訳。
(30) 岡沢秀虎『集団主義の文芸』(青年書房、昭和一五)。本文で言及した二論文はこれに収められている。
(31) 木村毅、前掲書、三二七頁。
(32) 「無産階級文芸論」は『社会問題講座』(新潮社、大正一五) 第二、三、四巻に収められている。『日本プロレタリア文学評論集　一　前期プロレタリア文学評論集』(新日本出版社、平二)、祖父江昭二「解説」、四六八—四六九頁参照。
(33) 山田清三郎『日本プロレタリア文学理論の発展』(叢文閣、昭和六)、五八頁以下。

第四章　戯曲家藤森成吉の登場　一九二六—

(1) 臼井吉見『安曇野　第三部』(筑摩書房、昭和四七)、四二三頁。
(2) 藤森成吉「磔茂左衛門について」『現代日本文學大系　九一』(筑摩書房、昭和四八)「月報　八五」、「劇作家の椅子　九」『悲劇喜劇』(昭和四五・三)。
(3) 大正十五年五月の『都新聞』に早速、浦野芳雄が地理的、歴史的に「誤謬だらけ」とこの作品を批判し(「磔茂左衛門異考—作者藤森成吉氏に—」十二日から五回連載)、これにたいして作者は「大山鳴動鼠一疋」(上下、二三、二四日) と応酬した。さらに月末には「浦野にその存在は知らない」と言われた田村の『磔茂左衛門』の資料—浦野君に与ふ—」の連載が見られる。また浦野は「磔茂左衛門の直訴状」(『早稲田文学』大正一五・八) を発表している。
(4) 木村毅「藤森成吉の人と作品」『現代日本文學全集　七七』、四〇五頁。ロマン主義の先駆けとされるユーゴーの『エルナニ』は古典主義の劇作法である「筋の単一」も含め、「三単一」の法則を無視し、初演の際には

一幕一場の冒頭から野次が巻き起こった、という。（稲垣直樹訳『エルナニ』「解説」岩波文庫、平成二一）

（5）「自分の戯曲　上中下」は『近代文学評論大系　九　演劇論』（角川書店、昭和四七）に収録。

（6）小山内薫「『犠牲』について」『礫茂左衛門（附）犠牲』（新潮社、大正一五）の付録。山本二郎「解説」（『現代日本戯曲集　四』白水社、昭和三〇）、宮川雅青「解説」（『日本名作戯曲全集　一五』北条書店、昭和二五）参照。

（7）「初日直前の上演禁止」『小山内薫全集　六』（春陽堂、昭和四）、六九一頁。

（8）紅野謙介『検閲と文学　1920年代の攻防』（河出書房新社、平成二一）、一三五―一三九頁参照。

（9）宮川、「解説」、前掲書。

（10）紅野敏郎「藤森成吉・加藤武雄・木村毅共編『農民小説集』―新潮社刊」『国文学―解釈と鑑賞』（平成二〇・三）、平林初之輔「木崎村農民学校問題所感」『改造』（大正一五・八）、木村、前掲書、三三一―三三五頁、『たぎつ瀬』八一頁など参照。

（11）神永光規「社会派劇作家・藤森成吉」『悲劇喜劇』（昭和六一・六）、三〇頁。

（12）遠藤慎伍、川崎照代「劇評から見た『築地小劇場』（四）―昭和二年―」『共立女子大学文学部紀要　二七』（昭和五六・二）、六七頁以下にこの芝居に対する批評などの記録がある。同じく、荒牧金光論文（昭和五七）参照。

（13）ねず・まさし『日本現代史　四』（三一書房、昭和四三）、六三頁以下。

（14）一方、「登場人物がもっと類型的であることを希望する、その人だけで、その階級を代表させてもらいたい」「プロレタリアの類型を確実に書く事が必要」などの意見や、「類型の中でも作者は余りに醜悪な類型のみを重ねすぎてゐると思ふのです。勿論彼女をさうさした社会の実相を描かんとしてゐる作意は解り過ぎるほど解りますが……」という発言もあった（「『彼女』合評会」『舞台新声』昭和二・六）。

（15）平野「昭和文学史」（『現代日本文學全集　別巻一』筑摩書房、昭和三四）『平野謙全集　三』、一五三頁。

（16）県立神奈川近代文学館所蔵の第三号は、同館の『藤森成吉文庫』に収められている。この雑誌のありかについて大和田茂氏、竹内栄美子氏から詳しい情報を頂いた。

（17）竹内栄美子編『コレクション・都市モダニズム詩誌　二　アナーキズム』（ゆまに書房、平成二一）巻末の竹内「アナーキズム」参照。

（18）江口渙「初期プロレタリア文学の代表的作品　九　藤森成吉の『拍手しない男』」『わが文学論』（青木書店、昭和三〇）、二一〇―二一三頁。

（19）蔵原「最近のプロレタリア文学界」『日本プロレタリア文学評論集　四　蔵原惟人集』（新日本出版社、平成二）、一二八頁。

（20）蔵原「一九二八年一月のプロレタリア文学」前掲書、一〇二―一〇三頁。

(21) 平野「解説」『日本プロレタリア文學大系　二』（三一書房、昭二九）、四二一頁、同「昭和文学史論覚書　マルクス主義文学の成立」『日本の文学』（毎日新聞社、昭二六）『平野謙全集　三』、三二頁。片上伸「政治と文学—青野君の所説に関連して—」『東京朝日新聞』昭和三・二・三—五）も参照。

(22) 佐々木孝丸『風雪新劇志　わが半生の記』（現代社、昭和三四）、一六〇頁。

(23) 藤森はこのような芝居の組み立てについて「数年前渡来のセントデニス舞踊団の支那芝居からヒントを得た。この工夫には私はいろいろな意見を持つ」と言う（「自作の憶ひ出と記録」）。二十世紀舞踊の先駆者とされる Ruth Saint-Denis (1877–1968) は一九二五—二六年来日滞在した。

(24) この呼びかけにたいする否定的反応をひとつ見つけた。大正中期から右翼イデオローグとして活躍した歌人の三井甲之が、藤森は「遂にマルクス主義の迷信魅力圏から脱し得なかつた」「マルクス主義の宣伝及び実行意志は国家治安維持と両立せぬ」と言う。「所謂無産党思想の正体　安部磯雄、菊池寛、藤森成吉諸氏の思想を評す」松田福松編『大学より発源する日本赤化運動の現状と其学術的折伏』（原理日本社、昭和三）、六七—七三頁。

(25) 佐々木、前掲書、一七〇—一七二頁。村山「藤森さんの戯曲の演出」『日本名作戯曲全集』「月報　二」（北条書店、昭二五）。左翼劇場については、高田保「新興演劇の左翼的傾向—『左翼劇場』を中心として」『改造』（昭和五・四）参照。

(26) 尾崎宏次「解説」『日本国民文学全集　三三』（河出書房、昭和三三）。

(27) 神永、前掲誌、二九頁。『築地小劇場検閲上演台本集　九』（ゆまに書房、平成三）を見ると、台本冒頭「警視庁　昭和四年六月四日　検閲済　一部訂正」のスタンプが押され、テキストに対する削除、訂正は十箇所にも及ぶが、二幕と五幕（とくに五幕）に集中している。この検閲済み台本が上演され、勝本の批判となったのであろうが、神永の「検閲にそなえて改定して」とは、自主的にではなく、警視庁の検閲済台本を指すのか?

(28) 勝本清一郎『前衛の文学』（新潮社、昭和五）、三八六—三九二頁。村山「プリンス・ハアゲン演出前記」『文芸戦線』（昭和二・四）、金星堂社会文芸叢書『戯曲プリンス・ハアゲン』（昭和二）の佐野碩の序などに同じ記述が見られる。中田、前掲書、二三六—二三七頁参照。

(29) 直近の例であるが、藤森は前衛座の「プリンス・ハアゲン」上演を高く評価している（「文芸時評」『新潮』昭二・八）。これ以前久保栄ら青年築地派の人々は千田是也からこの作品を演目として推薦され高揚した気分を味わったという（久保栄『築地演劇論』平凡社、昭和二三、二六—二七頁）。

(30) エヌ・ブハリン『共産主義ＡＢＣ』は大正十四年六月、司法大臣官房秘書課長の「司法の職に在る者は平素現下思想界の情勢に付適確なる知識を養ふの必要あるを以て」という考えで邦訳出版された。冒頭の献辞（一九一九）の訳文は「鋼鉄の堅さを持つプロレタリアートの偉大と力の権化に、そのヒロイズムに、その階級意識の明瞭に、その資本主義に対する徹底せる敵対に、その新社会を創設せむとする力強き努力に、而して大共産党に我等はこの書を捧ぐ」と始まる。結びは、「党の闘士と殉教者とに、数多くの戦線にて党の為に倒れたる者に、牢獄に死の苦を受けたるものに、拷問の苦の下に死せる者に、党の為に敵に絞殺銃殺せられたる者に我等はこの書を捧ぐ」である。

藤森がこの献辞を読んだのは、一九二〇年代前半に原著（*Das ABC des Kommunismus*）を手にしたときではないかと考えられる。多分同時期にこれを読んだ中野重治は「詩に関する断片」（『驢馬』第三号、大正一五・六）の冒頭にこの献辞をすべて引いて、この書物が捧げられる相手が、無産階級、党、（年老いた、また、年若い）前衛、殉教者たち、であることが明示されていることを述べ、「一つのはげしい感情」が全幅をつらぬいている、これは「一篇のすぐれた抒情詩」であると言う。彼の邦訳の最後の部分を引用する。

　党の闘士と殉教者とにまで
　数多《あまた》の戦線における戦死者たちにまで
　牢獄のなかに迫害せられた人びとにまで
　絞首台に命を落とした人びとにまで
　党の仕事のためにわれらの敵の手に捕えられた人びとにまで
　射殺された人びとにまで
　この書物をわれらは捧げたい

（『中野重治全集　九』筑摩書房、昭和五二、三頁以下）。竹内栄美子『中野重治』（勉誠出版、平成一六）、六二頁参照。

(31)「礫茂左衛門」のテキストについては、菅井幸雄「解説」『日本プロレタリア文学集　三五　プロレタリア戯曲集　一』（新日本出版社、昭和六三）、五一六―五一七頁参照。

(32) 中沢俊介『治安維持法』（中公新書、平成二四）、三八頁。奥平康弘『治安維持法小史』（岩波書店、平成一八）、五五頁。青木恵一郎『長野県社会運動史』（巌南堂、昭和三九）、一七一頁。

(33) 青木、前掲書、二六〇頁参照。

(34) 今崎暁巳「解説」『日本プロレタリア文学集　三四　ルポルタージュ集　二』（新日本出版社、昭和六三）。

(35) 江口渙『たたかいの作家同盟　上』（新日本出版社、昭和四一）、九二頁以下。

(36) 山田国広『夜明け前の闇』（理論社、昭和四三）、七〇頁以下。「先生」が使用したのは、ニコライ・ブハリン著、楢崎輝訳『史的唯物論』社会思想叢書　一一（同人社、昭和二）であろう。

(37)『菊池寛文学全集　六』（文芸春秋新社、昭和三五）、四二五―四三二頁。

(38) 河上肇は本書終章で藤森の戯曲の主人公として登場する。彼の「自決すべき労農党」（『改造』昭和五・一二）からあらすじのみを見ると――昭和四年十一月の新労農党創立大会に参加した彼は一年後に除名となったが、その一年を「重大な誤謬と犯罪」と括っている。新党を結成して旧労農党を再建したかのように思ったが、それは殻を継承したに過ぎなかった。党は×××性質を持ち得ることなしに、わずか一年でブルジョア的政党に固定化してしまった。河上は、為さねばならぬことを為す、という確信を持って新党結成に賛成したが、今は同じ確信を持ってその解体を主張する、と言う。

(39) 平野謙「プロレタリア文学序説」（『日本文学講座　六』河出書房、昭和二五）『平野謙全集　三』、六四頁以下。

(40)『日本プロレタリア文学評論集　四　蔵原惟人集』、二五八頁。

(41) 渡辺順三『烈風の中を』（東邦出版社、昭和四八）、一一九頁。

(42) 鹿地亘『自伝的文学史』（三一書房、昭和三四）、九五頁。

(43) 山田清三郎『プロレタリア文学史　下』（理論社、昭和二九）、二二二頁。

(44) 蔵原（佐藤耕一）「『ナップ』芸術家の新しい任務――共産主義芸術の確立へ――」『戦旗』（昭和五・四）、前掲書、二八九―二九五頁。この論文の後半に、前田河の（ゴールドやシンクレアを援用しての）「同志レスルッスを案内する」（『改造』昭和五・三）にたいする批判・非難の発言があり、レーニンの「文学は党のものとならなければならない」という主張が解説されている。

(45) 蔵原「解説『戦旗』創刊から文化連盟結成まで」『日本プロレタリア文学大系　三』（三一書房、昭和二九）、三六六頁。竹内『中野重治』一六〇頁以下に、中野の「レーニン　素人の読み方」（『中野重治全集　二〇』所収）にかんする記述がある。レーニン著作の翻訳者岡沢秀虎が「文献」という語を「文学」と訳したために「文学は党のものとならねばならない」と訳されたフレーズが「ひとり歩き」してしまったということなどである。

(46) 平野「プロレタリア文学序説」前掲『平野全集　三』、六四―六八頁。

(47) 神永、前掲誌、二九頁。

(48) 佐々木孝丸、前掲書、二〇一―二〇二頁。

(49) 菅井幸雄「戦前の戯曲　プロレタリア戯曲――藤森成吉、佐々木孝丸、村山知義を中心に――」『悲劇喜劇』（昭和五二・九）、一九頁。

(50) 松本克平「解説」『ふるさとの文学全集　一二』（家の光協会、昭和五一）、五四七頁。

(51) 中田『文芸の領域でIWWを渉猟する』（国書刊行会、平成二二）、二〇四頁以下に一九三〇年代前半のガストニアやアバディーンの労働争議を扱ったいくつかの小説について述べた。

第五章　「外遊」と帰国後　一九三〇―

(1) 改造社『現代日本文學全集』、春陽堂『明治大正文学全集』、平凡社『新興文学全集』などの印税である（日下部桂「藤森成吉伝　下」『信濃ジャーナル』昭和四九・一二）。

（2）日本での「二階の男」ブームは、大正十四―十五年の共同印刷争議のストライキ応援に始まるトランク座の上演など。（中田、『父祖たちの神々』、二二二頁以下）

（3）「ハリコフ会議の思い出」蔵原ほか編、前掲書、二〇八―二一六頁。

（4）『戦旗』から『ナップ』への移行とそれぞれの役割や性格などについて、祖父江昭二「雑誌『ナップ』解説・解題」復刻版『ナップ』別巻、鹿地亘、前掲書など参照。

（5）日本委員会の決議の「文戦打倒すべし」の文句は「ナップの正当性を裏書きしているからということで利用された。」「ナップでは、アンチーミリタリズムの統一戦線を提唱しながら、一方では同時に文芸戦線をたたいていた。」（勝本清一郎「プロレタリア文学と私」『現代日本文学講座　六』（三省堂、昭和三七）、三二三頁）。勝本・平野謙「対談　ハリコフ会議のころ」『文学』（昭和三九・四）、四四九―四五〇頁参照。

（6）小田切進「ナップの結成と芸術上の統一戦線――昭和文学の成立（二）」『文学』（昭和三九・一）参照。特に一〇一―一〇四頁はハリコフにおける松山報告についてである。

（7）Cf. James F.Murphy, *Proletarian Moment The Controversy over Leftism in Literature* (Univ. of Illinois Press,1991), pp.75-81.

（8）山田清三郎「プロレタリア文学とナルプの功罪」（『新潮』昭和九・五）『日本プロレタリア文学大系　七』（三一書房、昭和二九）、三五六頁。

（9）「再びプロレタリア・レアリズムについて」とともに『日本プロレタリア文学評論集　四　蔵原惟人集』に収録。

（10）Michael Folsom,ed.,*Mike Gold A Literary Anthology* (International Publishers,1972), pp.203-207. もとは『ニュー・マッセズ』（一九三〇・九）掲載のゴールドの記事（Notes of the Month）からの抜粋でタイトルはない。

（11）江口渙『たたかいの作家同盟　下』（新日本出版、昭和四三）、八八―九五頁。

（12）川上武・上林茂暢編『国崎定洞―抵抗の医学者』（勁草書房、昭和四五）、一四〇―一四三頁。

（13）宮本百合子「プロレタリア文学における国際的主題について」（『読売新聞』昭和六・一〇・一六―一七、二〇―二二）『日本プロレタリア文学評論集　七　後期プロレタリア文学評論集』所収。

（14）千田是也『もうひとつの新劇史』（筑摩書房、昭和五〇）、二一八―二一九頁、川上武ほか編、前掲書、一四五―一四七頁。

（15）黒子一夫「解説」『新プロレタリア文学精選集　一九』（ゆまに書房、平成一六）。

（16）ドイツ社会民主党について藤森は書いている、「かくて一九一四年に欧州大戦が起るや、ドイツ社会民主党は、後にドイツ共産党を結成した極く少数の例外を除いて、尽く『祖国防御』の戦争に賛し各国のプロレタリアート

を完全に裏切ったのである。」(「独逸の社会主義文芸」『世界文学講座　世界文学総論編』新潮社、昭和八、二五九頁)

(17) 勝本「プロレタリア文学と私」前掲書、三二〇頁。

(18)「文学の真について」は『三木清全集　十二』(岩波書店、昭和四二) 所収。「現代階級闘争の文学」は『同十一』一三七―一三八、一五〇―一五二頁。昭和八年一月に岩波講座『日本文学』の一分冊として出版、発禁。トロツキーの理論を扱う「プロレタリア文学の可能と必然」が含まれている。

(19) 野間宏「解説」『日本プロレタリア文学大系　六』三八二頁。

(20) ドイツにおけるシンクレア受容について。一九八八年ブレーメン大学で「アプトン・シンクレア世界会議」が開催され、大学図書館は「ドイツにおけるアプトン・シンクレア展」を行なった。ドイツはシンクレア受容の世界第四位で、ソ連、日本、インドがその上位にある。三十四冊展示のうち三分の一(の翻訳本)は一九七〇年以降の出版であるので、一九三〇年前後、藤森訪独のころの状況は見当がつく。日本では一九五七年以前に五〇冊以上の邦訳シンクレア本が数えられる。

(21) ハワイで実際に起こった事件(妻のスキャンダルを隠すために真珠湾の海軍基地勤務の米軍将校が土着民の男を射殺した)を扱った戯曲「星の島」を藤森は自信作と言う(「劇作家の椅子　九」前掲誌)。

(22) 江口、『たたかいの作家同盟　下』、一七頁。

(23) 勝本「プロレタリア文学と私」前掲書、三三七頁。

(24) 奥平、前掲書、六八―七〇頁。

(25) 田村裕「赤化判事事件――司法部にまで向けられた治安維持法の刃」『日本政治裁判史録　昭和・後』(昭和四五) 参照。司法官赤化事件(昭和七・一一―)では、現職の判事四名と裁判所職員五名が検挙され、うち共産党員の尾崎陞《すすむ》は結社加盟罪、それ以外はカンパや研究会を理由に目的遂行罪が適用された(中沢、前掲書、一三三頁)。

(26) 山田国広によると、長野県教員赤化事件の全過程においてこの王母家温泉の会合には重要な意味があった。出席者は永明小学校に在職中または過去に在職した者で、会合ではそれぞれの学校の情報を報告した。東京の新興教育研究所講習会に出席した者には、長野県を組織化し中央に結び付ける任務も課せられていた。八月六、七、八日に駿河台の文化学院講堂で開催されたこの講習会には山田は出席できなかったが、九日の『朝日新聞』に「赤の教員講習会」の大きな活字を見つけて、教育界や校長連中の反応を心配した(前掲書、一八五―一八七頁)。

(27) 中沢、前掲書、一三二頁。

(28) 奥平、前掲書、一四七―一五四頁。青木恵一郎、前掲書、三六二―三七〇頁参照。『昭和ニュース事典　Ⅳ(昭和八・九年)』(毎日コミュニケーションズ、平成二)、九五頁以下の「長野県教員赤化事件」に集められた複数の新聞記事参照。

(29) 佐藤静雄「解説」『日本プロレタリア文学集　一四『戦旗』『ナップ』作家集　二』（新日本出版社、昭和五九）参照。『宮本百合子全集　一一』（新日本出版社、平成一三）収録の「一聯の非プロレタリア的作品」では『プロレタリア文学』掲載の同文中の「作者藤森はプロレタリアートといふものを全然理解せず、……」以下が削除されている。同巻収録の「前進のために」「近頃の感想」参照。鹿地亘は、宮本の原稿を送られた機関誌編集部の困惑やその後の不愉快ななりゆきについて書いている（前掲書、一六一頁以下）。

(30) 野間宏「解説」『日本プロレタリア文学大系　七　弾圧と解体の時代　下』（三一書房、昭和三〇）、四三七頁。

(31)『昭和ニュース事典　Ⅲ（昭和六・七年）』六五頁。「関東消費組合連盟」の項目に集められた複数の記事参照、「海外ダンピング値で政府米を売れと要求」「倉庫であくびする政府米四百二十万石」「主婦、労働者ら二百人が再び陳情」など。

(32)『日本プロレタリア文学大系　六　弾圧と解体の時代上』（三一書房、昭和二九）、二九九頁。

(33) ムーニー（Tom Mooney）は一九三九年一月七日に自由を取り戻した。加藤勘十「トム・ムーニーとの獄中会見記」（『改造』昭和一〇・一二）に、加州政府が自己の面目を傷つけずに問題を解決しようと「大赦出獄」を納得させようとしたが、ムーニーは「あくまでも無実の決定を要求して已まない」とある。この事件関連では前田河の「目撃者」「拵へられた男」がある。合衆国内の政府や資本家側の労働階級や移民に対する不法で非人道的な圧制や弾圧は、日本の雑誌などでも報告され人々の関心を集めた。在米や国内の有名無名の報告者らが言及した事件は多く、ヘイマーケットの爆弾事件、サッコ・ヴァンゼッティ事件、ケンタッキー州ハーラン郡の炭鉱ストライキ、ワシントン州セントレーリアの事件、パターソンの織物労働者のストライキなどが注目され、二十世紀に入ってからはＩＷＷ（Industrial Workers of the World 世界産業労働者連盟）関連の事件が多かった。「老人」でも呼称が出た「ＩＬＤ」や、ドライサーやドスパソスらの政治犯擁護全国委員会などの活動も紹介された。加藤の「獄中会見記」の最後に、この年のムーニー釈放を要求する集会は七月二十八日午後二時からサンフランシスコ市公会堂で催され、これに加藤自身「日米労働者の連帯性の立場から弁士の一人として」「四人目に壇上に立った」ことが述べられている。作品「老人」の岡の経験とは大ちがいの感動的な実録である。

(34) 江口、前掲書（下）、九七―一〇〇頁。

(35) 山田「プロレタリア文学とナルプの功罪」、前掲書、三五六―三五七頁。

(36) 野間「解説」前掲『日本プロレタリア文学大系　七』、四二六頁。

(37) 小田切秀雄「解説」『現代日本文学論争史』（未来社、平成一八）、五三〇頁。

(38) 林房雄「転向について」（昭和一六）『現代日本文学大系　六一』（筑摩書房、昭和四五）、二四頁以下。

(39) この部分は『宮本百合子全集　一二』「解説」によれば「復元不可能」である。
(40) 渡辺、前掲書、一五九—一六〇頁。
(41) 藤森は「自由主義作家」について、プロレタリア作家達と彼等は「現在のやうな時期に於いては、一時的行きがかりよりもヨリ強い共通の文化的利害と文化的敵とを持ち、共働して闘はなければならない立場におかれている……」という面を重視している（「再び自由主義作家について」『行動』昭和一〇・三）。
(42) 第四回アメリカ作家会議（一九四一）でのゴールドの発表「第二のアメリカ・ルネッサンス」は「一九三〇年代の文学的分析」である（Folsom ed., *op. cit.*, pp.245–254）。ゴールドは戦後も主として『新日本文学』への寄稿で日本との関係は続く。

第六章　彼の「ライフワーク」一九三五—

(1)（丸山義二との）対談「藤森成吉氏の創作苦心談」（『文学案内』昭和一〇・一二）参照。
(2) この前後『文芸』には、戸坂潤「インテリ意識とインテリ階級説」（昭和一〇・一）、船橋聖一「再び知識階級に就いて」（昭和一〇・一〇）など「知識階級」論が見られる。
(3) 松本克平「『渡辺崋山』上演の頃」『悲劇喜劇』二七（昭六一・六）に引かれた小宮豊隆のことば。
(4) 堀利貞、前掲書、二八七頁。
(5)「石川淳氏の『渡辺崋山』」（『知られざる鬼才天才』）、「杉浦民平氏の渡辺崋山論」『文化評論』（昭和四一・八）参照。
(6) 宮川雅青「藤森先生と前進座」『悲劇喜劇』二七。
(7) 神永光規「社会派劇作家・藤森成吉」『悲劇喜劇』二七。
(8) 松本「『渡辺崋山』上演の頃」、前掲誌。
(9) 神山潤・尾崎秀樹編「名作解題」『歴史文学への招待』（南北社、昭和三六）、三二七頁。
(10)「干公高門図——前漢時代の故事、陰徳陽報物語——」についてであるが、『渡辺崋山の人と芸術』に「干公高門図等の岩」の一文がある。
(11)「崋山の最後」は『渡辺崋山と冷泉為恭』（高見沢木版社、昭和一〇）に収録されている。この本のもうひとつの柱である「為恭」については「冷泉為恭研究」の章に小伝がある。公武合体佐幕派であるという嫌疑で浪士らによって処刑された幕末大和絵の天才為恭にたいする藤森の関心は、長編小説「悲恋の為恭」戯曲「絵師為恭」によって世に問われた。彼の美しい妻については「綾衣といふ女」の一章が『崋山と為恭』のなかにある。
(12) プログラムは神奈川文学館所蔵の藤森成吉文庫のなかにある。
(13)「母ぎみ」は『陸奥宗光』（高見沢木版社、昭和一五）に収録されているが、その跋に『国民娯楽脚本集第一輯』（未調査）に載せられ賞賛されたもの、とある。この題材は井原青々園にすすめられたものであり、藤森は井原に謝意を表している。

(14) 岡沢、前掲書、二五九—二六一頁。
(15) 竹内好「解説」『日本プロレタリア文学大系　八』（三一書房、昭和三〇）、四一六頁。
(16) 平野謙「昭和文学の概観」『平野謙全集　三』、一八頁、同「作家同盟の解散」『同』、四一頁。
(17) 中塚明『「蹇蹇録」の世界』（みすず書房、平成三）「第四章　太平洋戦争前夜の「陸奥宗光」」を中心に参照。
(18) 白柳秀湖『太平洋争覇時代』（慶応書房、昭和一六）、四三七—四四一頁。ベンサムの功利主義の学説は十九世紀初頭の思想界に大きな影響を及ぼし、陸奥の翻訳（明治一六）などによって明治初期の日本もその影響下にあった。『世界大思想全集　二四』（春秋社、昭和三）に田制佐重訳『功利論』、『世界の名著　三八』（中央公論社、昭和四二）に山下重一訳『道徳および立法の諸原理序説』がある。
(19) 宮川雅青「解説」『日本名作戯曲全集　一五』（北条書店、昭和二五）。
(20) 第一部の予定のタイトルは、
第一巻　太陽の子（前篇）
第二巻　太陽の子（後編）
第三巻　若き日の山陽、新鶯、北斎、シーボルト夜話、三十年
第四巻　愛の中の詩人
第五巻　転々長英、母ぎみ、検死、妖蔵
第六巻　渡辺崋山（前篇）
第七巻　渡辺崋山（後編）
第八巻　悲恋の為恭、七草旅行、自刃
第九巻　大原幽学、望東尼
第十巻　少年、江戸城明渡し、上野の戦争
第十一巻　若き洋学者
第十二巻　由利公正、陸奥宗光、岡倉天心、矛盾の子
第十三巻　若き啄木、野口英世
第十四巻　犠牲、いなづま、逃れたる人々、こほろぎ、草間中尉
第十五巻　呼び声、拍手しない男
第十六巻　純情、今浦島
（『たぎつ瀬』一三八—一三九頁）
(21) 東洋文庫三七　横井金谷著、藤森成吉訳『金谷上人行状記　ある奇僧の半生』（巻一—七）（平凡社、昭和四〇）藤森成吉「解説」。この現代語訳は『太陽の子　前篇』の二十年もあとの仕事であるが、小説は話の順序など忠実に『行状記』に依っている。藤森成吉「金谷上人発掘談」『（月刊）世界政経』（昭和四九・一二）参照。

第七章　その最後まで　一九四五—一九七七

(1) 山田国広『夜明けの霧』（甲陽書店、昭和四九）、七九頁。
(2) 大熊信行は、発起人らは「自己の戦争協力を告白し、批判する自由を（略）永久に奪われた」と言う（「窪川鶴次郎・藤森成吉の崩壊過程」『時事新報』昭和三一・一一・二〇）。
(3) 奥野健男『日本文学史　近代から現代へ』（中央公論

社、昭和四五)、一八六—一八七頁。

(4) 渡辺順三、前掲書、一九九頁。

(5)『平野謙全集　一』三〇一頁以下。

(6) 藤森成吉「松川事件の意義」松川文集委員会編『真実は壁を通して』(月曜書店、昭和二六・一二)。

(7)「般若は近ごろ老いたらしい」「もう過去の作家さ」「骨董的存在だよ」というような外野の声や、「第一に党の力が伸びず、第二に自分の力が伸びず、第三に家内が死にかかり、第四第五に婿二人と孫までの入院。第六に家計が火の車」という本人自身の繰り言などが見られるのは『悲しき愛』下巻(角川書店)一五五—一五六頁。

(8) 安藤昌益は江戸時代中期の思想家。戦後、彼の身分制度批判、徹底した平等主義の思想に世の関心が集まった。E.H.Norman 著、大窪愿二訳『忘れられた思想家——安藤昌益のこと——』上下(岩波新書、昭和二五)参照。

(9) 左翼劇場の松本克平はギャング事件の時強盗幇助罪で連行され不起訴になったが二十九日間拘束された。犯人らは彼の指導で付け髭やドーラン塗りなどをととのえた、という(『安曇野　五』、五八〇頁以下)。

(10) 松村昇はスパイMで、モスクワから帰国後昭和五年七月に検挙され、特高課長毛利に口説かれてスパイになった。党中央委員の彼は党組織と資金網を掌握しており毛利に報告した。昭和七年三月のコップ一斉検挙によって資金源を失った党は大森ギャング事件を起こした(中沢、前掲書、一二九頁)。

(11) 武井昭夫、吉本隆明『文学者の戦争責任』(淡路書房、昭和三一)、一二一—一五九頁。

(12) 藤森は外遊中ドイツ、ベルギー、オランダの美術館を観て回り、ブラウエルを発見した。「外国へ行かなければ、あんな天才は、夢にも知らなかったでしょう。」(「劇作家の椅子　九」前掲誌、五七頁)

(13) 藤森成吉「宮本武蔵の人及び芸術」(『文化日本』昭和一六・七)でも、国宝「枯木鳴鵙」をことばで活写し、崋山とこの画の関係についての「逸話」にも触れている。

おわりに

戦争末期私と弟は長野県和田村の伯父の寺へ縁故疎開し、私は和田小学校を卒業しました。窪田空穂がここの生徒で教員でもあったことを知ったのは「藤森成吉」を開始してからです。敗戦後、活字に飢えてはいましたが、父の本棚にあった『渡辺崋山』は表紙の侍姿の絵だけ見て素通りでした。そのころ父が「ある体操教師の死」の先生を知っている、と言ったことはおぼえています。長野県辰野の農家の八人兄弟の末子だった父は小学校を終えると茅野の寺で得度し、そこから諏訪中学に通いました。のちの中川紀元画伯は、辰野の生家時代からの年長の友人でした。家が近所だったと聞いたような気がします。宗門の学校を経て、本郷の学生時代に（卒業後か）中条百合子さん（や網野菊さん）に漢詩を講じたことがあるそうで、わが家では使い場所もなかった美しい刺繍のテーブルかけは中条さんのウクライナのお土産と聞きました。私が高校を終える年、父あての中条さんの年賀状に（私が）「もう大学か」というくだりがあり、父は上機嫌でそれを読み上げてくれました。当時の私は英文科に入ることで頭がいっぱいで、このあと急逝された彼女のことは、彼女がシンクレアの『石炭王』を読んでがっかりしたということをずっとあとで知るまでは、遠い存在でした。のちに父はくだんの寺の住職になりましたが、この寺のうしろに広がる山は永明寺山と呼ばれています。寺が何百年か前には「永明寺」であったという話や「教員事件」のことは父からは聞き損いました。

何十年か前、学生生活が終わってしばらくして、同学の小塩トシ子さんに誘われて科学史の渡辺正雄先生の「科学と英文学」という研究会に参加しました。会が「科学思想とアメリカ文学」に進展すると私は五里霧中状態でしたが、江口裕子先生にこのテーマで面白いところはダーウィニズムとの関連でノリスやロンドン、と助言されたのがはじまりでした。ロンドン、シンクレアや前田河を経て「藤森成吉」に辿りついたことを、いまは亡き渡辺、江口両先生にご報告する次第です。

やはり同学の池田綾子さんが、ご尊父池田大伍氏の遺蔵書のなかから『日本戯曲全集　四九』をお贈りくださったのはちょうど「藤森」に取り掛かったころでした。この巻に収められている作家五人のうち二人が前田河と藤森です。これは池田さんからいただいたいくつかの貴重な応援のひとつです。

本書中敬称を略させていただきましたが、先行の研究者、執筆者のかたがたに敬意を表し、複数の図書館や文学館にはなにかとご助力をいただきましたことを感謝します。十分に調べられなかったことや納得できない点もありますが、これをまた国書刊行会から出版できる日が来たことは「なんとか間に合った」という思いで安堵しております。

令和三年六月

中田幸子

藤森成吉作品（小説・戯曲）初出一覧

※（戯＝戯曲）

一九一四年（大正三）

六月『波』中興館書店

九月「炬燵」（『帝国文学』）

一九一五年（大正四）

一月「雲雀」（『新潮』）

一九一六年（大正五）

一月「病気」（『新潮』）

十二月「造花」（『新小説』）

一九一八年（大正七）

七月「山」（『中外』）

八月「憧憬」（『新潮』）

九月「娘」（『文章世界』）

一九一九年（大正八）

一月「研究室で」（『文章世界』）

一月「お玉婆さ」（『中外』）

三月「湖水の彼方」（『中外』）

四月「床甚」（『雄弁』）

五月「子供」（『大観』）

六―八月「煩悩」（『東京日日新聞』四九回）

六月「蛙」（『帝国文学』）

六月「祭の夜」？

七月「旧先生（第一篇）」（『文章世界』）

八月「母」（『新潮』）

九月「水郷雨語」（『雄弁』）

九月「燕」（『太陽』）

十月「家と彼」（『大観』）

十月『新しい地』（山、子供、娘、湖水の彼方、憧憬、旧先生、床甚）新潮社

十一月「発狂」？

一九二〇年（大正九）

一月「鼠」（『太陽』）

一月「その兄弟」（『文章世界』）

一月「狂つた友だち」（『新潮』）

一月『研究室で』（研究室で、お玉婆さ、雲雀、造花、母、炬燵、発狂）聚英社

二月「車掌」（『雄弁』）

二月「蓬莱屋」（『サンエス』）

三月「竹と蝸牛の話」（『大観』）

四月「故郷を去るまで」（『大観』）

四月「盗人」(『改造』)
五月「春」(『文章倶楽部』
六月「水を恋う」(『新潮』)
六―七月「煩悩」(『東京日日新聞』四九回)
七月『若き日の悩み』新潮社
七月「皿」(『大観』)
九月『寂しき群』(盗人、その兄弟、狂つた友だち、鼠、燕)叢文閣
九月「仔鳥の死」(『文章世界』)
十月「灯」(『太陽』)
十一月「奇妙な家」(『新小説』)
十一月「雀の来る家」(『新潮』)

一九二一年(大正十)

一月「日傘」(『大観』)
一月「罪業」(『太陽』)
一月「蜘蛛」(『東京日日新聞』)
四月「悪夢」(『東京日日新聞』)
五―七月「妹の結婚」(『新文学』)
七月「勿忘草の花」(『大観』)
七月「崩れたる夢」(『福岡日日新聞』)
九月「路上」(『新潮』)
九月「妹の結婚」(『文章世界』)(『新文学』)
九月『妹の結婚』叢文閣
九月『その夜の追憶』(故郷を去るまで、罪業、海、その夜の追憶、灯、仔鳥の死、日傘、奇妙な家、水郷雨語)金星堂
十月「雨」(『時事新報』)
十一月『煉獄』(煉獄、一つの作、家と彼、小さな女性、春、雀の来る家、蛙、皿、轢殺された犬、勿忘草の花、蓬莱屋、竹と蝸牛の話、水を恋う)新潮社
十一月「避暑客」(『解放』)
十二月「月」(『種蒔く人』)
十二月「無題」(『新小説』)

一九二二年(大正十一)

四月「サンタの死」(『解放』)
四月「鳩」(『解放』)
六月「その後の旧先生」(『新潮』)
七月「ある体操教師の死」(『解放』)
十一月「少年の群」(『解放』)
十一月?十二月?「若き修道者」(『太陽』)
十二月「ぼんぼんの教授」(『女性改造』)

一九二三年(大正十二)

一月「脱走者」(『解放』)
一月「山湖」(『婦人生活』)
一月「昔ばなし」(『サンデー毎日』)
三月「憶ひ出」(『サンデー毎日』)
三月「地主」(『新潮』)
五月「東京へ」(『東京朝日新聞』夕刊)

六月「一喜劇」（『解放』）
六月「童話　蜘蛛の国の話」（『女性改造』）
七月「無心」（『改造』）
八月『東京へ』（東京へ、無心、少年の群、脱走者、若き修道者、山湖）改造社

一九二四年（大正十三）

一月「逃れたる人々」（『改造』）
一月「こほろぎ」（『大観』）
三月「お園の手紙」（『新潮』）
四月『鳩を放つ』（逃れたる人々、こほろぎ、一喜劇、避暑客、ぼんぼんの教授、車掌、鳩を放つ）玄文社
五月「古匣四編」（『新小説』）
六月『暖き手紙』（お玉婆さ、盗人、暖き手紙、造花）新潮社
八月「絵物語」（『女性改造』）
十月「北見」（『改造』）

一九二五年（大正十四）

三月「親ごころ」（『改造』）
四月「京洛の秋」（『新潮』）
六月「魚音」（『文芸春秋』）
九月「祖母」
十一月「野人」（『文章倶楽部』）

一九二六年（大正十五／昭和元）

一月「箱馬車」（『解放』）
二月「新機運」（『文芸春秋』）
二月『悩み笑ふ』（北見、ある体操教師の死、親ごころ、古匣二編、路上、地主、京洛の秋、野人、菓子の侮辱、祭の夜、幼年）改造社
三月「とぼける子供達」（『文芸行動』）
四月「迎へ俥」（『反響』）
四月「鳥」（『新潮』）
五月「群犬」（『新小説』）
五月　戯「礫茂左衛門」（『新潮』）
六―七月　戯「犠牲」（『改造』）
九月　戯「夫婦」（『新潮』）
九月「門出」（『新小説』）
十月「死　一青年の手記」（『サンデー毎日』）
十月「お松」（『週刊朝日』）
十月「祖母と孫」（『婦人倶楽部』）
十月『故郷』（迎へ俥、鳥、新機運、とぼける子供達、祖母、お園の手紙、お松、群犬、無題、三掌編、魚音、敵、苺の幻想、絵物語、友と下駄の記憶）改造社

一九二七年（昭和二）

一月　戯「仇討物語」（『婦女界』）
一―四月　戯「何が彼女をさうさせたか」（『改造』）
三月　戯「楽屋」（『文芸春秋』）

四月「田園騒動」(『改造』)
六月「速力黙示録」(『新潮』)
七月「散弾(一、拍手しない男　二、尾の裂けた雀)」(『文芸戦線』)
八月「のれん一重」(『改造』)
八月「山蟹」(『中央公論』)
十二月「父と子」(『文芸春秋』)

一九二八年(昭和三)

一月　戯「相恋記」(『改造』)
一月　戯「偽造証券」(『前衛』)
一月「鈴の感謝」(『新潮』)
一月　戯「親友」(『女性』)
四月『相恋記』(偽造証券、親友、散弾、山蟹、桃の木、田園騒動、父と子、のれん一重、速力黙示録、馬の足、夏休み一風景、門出)春陽堂
五月「放す」(『戦旗』)
九月「貧乏な兵士」(『文芸春秋』)
九月　戯「拾万円事件」(『改造』)
十月「草間中尉」(『戦旗』)
十一月「潮の音」(『労農新聞』三日、『戦旗』)

一九二九年(昭和四)

一月「土堤の大会」(『戦旗』)
一月「応援」(『文芸春秋』)
三月「光と闇」(『戦旗』)
四月「ツバサ」(『改造』)
五月「病床から」(『文学時代』)
八月　戯「選挙」(『中央公論』)
九月『光と闇』(土堤の大会、ツバサ、放す、貧乏な兵士、草間中尉、潮の声、選挙)戦旗社
十一月「同志」(『新潮』)
十二月『同志』(同志、応援、病床から、金目王子の話、町へ、土堤の大会、拾万円事件、改作磔茂左衛門)南蛮書房

一九三〇年(昭和五)

一月　戯「蜂起」(『改造』)
一月「急行列車」(『戦旗』)
一月『蜂起』(蜂起、急行列車、散弾)日本評論社

一九三一年(昭和六)

十月「転換時代」(『改造』)
十一月　戯「支那の兄弟を救へ」(『ナップ』)

一九三二年(昭和七)

二月『藤森成吉全集』全一巻　改造社
六月「争ふ二つのもの」(『改造』)
九月「亀のチャーリー」(『改造』)
九月「ドイツ選挙戦風景」(『中央公論』)

一九三三年(昭和八)

藤森成吉作品（小説・戯曲）初出一覧

一月「移民」（『改造』）
五月「ベルリンの春」（『文化集団』）
九月　戯「江南燕」（『改造』）
十二月『飢』（飢、移民、ベルリンの春、亀のチャーリー、江南燕）叢文閣
十二月「地主の子」（『中央公論』）

一九三四年（昭和九）
二月「老人」（『文学建設者』）
四月「餓鬼」（『改造』）
五月「阿呆」（『文学評論』）
六月　戯「星の島」（『テアトロ』）
九月　戯「雨のあした」（『文学評論』）
十一月「女優達」（『文芸』）

一九三五年（昭和十）
七―十月「渡辺崋山（退役篇）」（『改造』）
十月「召喚」（『文学案内』）
十二月『渡辺崋山』（改造社）

一九三六年（昭和十一）
一月　戯「シイボルト夜話（『日本評論』）
一月「長英の行きかた」（『文学評論』）
四月『星の島』（餓鬼、老人、女優達、星の島、雨のあした）文學案内社
五月　戯「火」（『改造』）
八月　戯「雨」（『文芸春秋』）
十一月　戯「鳥」（『文芸』）
十一月　戯「燈」（『文学案内』）
十二月　戯「三十年」（『中央公論』）

一九三七年（昭和十二）
一月「はらわた」（『日本評論』）
一―五月「真実」（『都新聞』一四七回）
七月「妖蔵」（『文芸春秋』）
十月「或男」（『改造』）

一九三八年（昭和十三）
一月　戯「江戸城明渡し」（『改造』）
二月『江戸城明渡し』（江戸城明渡し、シイボルト夜話、三十年、検死、妖蔵）改造社
五月「タカセブネ」（『文芸春秋』）
十月　戯「悲恋の為恭」（『テアトロ』）

一九三九年（昭和十四）
一月　戯「若き啄木」（『改造』）
二月『若き啄木』（若き啄木、転々長英）新潮社
六月「上野の戦争」（『大陸』）
八月『上野の戦争』（上野の戦争、絵師為恭、或る男、はらわた、タカセブネ、記念祭の夜、阿呆）高見沢木版社

一九四〇年（昭和十五）
三月　戯「陸奥宗光」（『改造』）
四月　戯「患者」（『知性』）
六月『陸奥宗光』（陸奥宗光、幡随院長兵衛、母ぎみ）高見沢木版社
九月　戯「大原幽学」（『中央公論』）
十二月『大原幽学』（大原幽学、七草旅行、左門の放送、由利公正）筑摩書房

一九四一年（昭和十六）
十一月『純情』新潮社
十二月　戯「頼山陽」（『中央公論』）

一九四二年（昭和十七）
三月　戯『若き洋学者』日新書院
五月「鶯」（『知性』）
七月『頼山陽』至文社
八月二三日—「太陽の子」（『都新聞』）

一九四三年（昭和十八）
四月『昭和演劇新書』（若き日の山陽、愛国蘭学者長英、江戸城明渡し、上野の戦争）建設社
九月「静」（『政界往来』）

一九四四年（昭和十九）
一月「裸一貫」（『農村文化』）

三月『太陽の子　前篇』新潮社

一九四六年（昭和二十一）
二月『夢日記　野村望東尼』生活社
三月「家出」（『呼び声』第一章）（『解放』）
五月「ピオの話」（『子供の広場』）

一九四七年（昭和二十二）
一月「をとり」（『世界』）
一月「かがみ犬」（『子供の広場』）
六月『富士に題す　戯曲集』（富士に題す、その一刀、静、新しい娘、患者）北信書房
十二月『歴史の河第九巻　大原幽学』（大原幽学、野村望東尼）小峰書店
十二月『豚に乗って』（ブラシ君、鶯、痩せはしたが、裸一貫、売立て、季節の女、闇の死、豚に乗って、をとり、社員素描、地主の子、一ツ家、コント二編）西郊書店

一九四八年（昭和二十三）
一月「県命」（『少年少女の広場』）
二月『歴史の河第一、二巻　太陽の子　前後編』小峰書店
四月「闇の死」（『創作集　新しい小説　二』新日本文学会）
十月「夢魔」（『歴史小説』）

藤森成吉作品（小説・戯曲）初出一覧

十一月『歴史の河第八巻　悲恋の為恭』小峰書店
十一月「虫」（『新日本文學』）

一九四九年（昭和二十四）
七月「人間誕生」（『世界』）

一九五〇年（昭和二十五）
一月「逆照」（『新日本文學』）
五月『人間誕生』（新ハムレット、人間誕生、タイマツ、今浦島、女神と美人）北条書店

一九五一年（昭和二十六）
一月「分派」（『人民文学』）

一九五二年（昭和二十七）
五月「スパイ手帖」（『政界往来』）
八月「役者の宿」（『小説公園』）
十月　戯「二人の見たもの」（『人民文学』）

一九五五年（昭和三十）
八月『悲しき愛』上下　角川書店

一九五七年（昭和三十二）
四月　戯「河上肇伝　一、二幕」（『人民』）

一九五八年（昭和三十三）
六月　戯「河上肇伝　三、四幕」（『人民』）

一九五九年（昭和三十四）
五月『愛のなかの詩人』東都書房

一九六〇年（昭和三十五）
八月『悲歌』上下　三一書房

一九六九年（昭和四十四）
三月　戯「独白の女」（『悲劇喜劇』）

一九七〇年（昭和四十五）
十月　戯「忠義と意地」（『世界』）

一九七一年（昭和四十六）
三月『夜明け前のエレジー　渡辺崋山』造形社

一九七二年（昭和四十七）
十月『呼び声』日本青年出版社

一九七三年（昭和四十八）
八月『独白の女』（独白の女、五条橋、おばけ邸、河、忠義と意地、一寸法師と鉢かつぎ姫）未来社

人名索引

あ行

か行

さ行

た行

な行

は行

ま行

や行

ら行

わ行

著者略歴
中田幸子（なかだ・さちこ）
東京女子大学文学部英米文学科卒業、東京都立大学大学院人文科学研究科修士課程修了。主な著書に『ジャック・ロンドンとその周辺』（北星堂）、『父祖たちの神々——ジャック・ロンドン、アプトン・シンクレアと日本人』（国書刊行会）、『アプトン・シンクレア——旗印は社会正義』（国書刊行会）、『前田河廣一郎における「アメリカ」』（国書刊行会）、『文芸の領域でIWWを渉猟する』（国書刊行会）ほか。

叛逆《はんぎゃく》する精神《せいしん》　評伝《ひょうでん》　藤森成吉《ふじもりせいきち》

2021年８月12日初版第１刷印刷
2021年８月19日初版第１刷発行

著者　中田幸子

発行者　佐藤今朝夫
発行所　株式会社国書刊行会
〒174-0056　東京都板橋区志村1-13-15
TEL.03-5970-7421　FAX.03-5970-7427
https://www.kokusho.co.jp

装丁者　山田英春
印刷・製本所　三松堂株式会社

ISBN 978-4-336-07233-7 C0095
乱丁本・落丁本はお取り替え致します。